ガンパレード・マーチ
5121小隊 熊本城決戦

榊　涼介
Illustration／Junko Kimura

CONTENTS

イラスト／きむらじゅんこ（アルファ・システム）
デザイン／渡辺宏一（2725Inc.）

第一話

緒戦——士魂号

どうやら整備班が散々な目に遭ったらしい。戻ってみると整備テントはぼろぼろだし、整備の連中の雰囲気も出撃前と違う。皆、必要以上に元気を出そうとしていた。空元気も元気の裡っていうけれど、ホント、わかりやすい人達だよな。けれど散々な目に遭ったのは戦闘部隊も同じだ。整備班を襲った災難とほぼ時を同じくして、俺達戦闘部隊も、緒戦、予想外のトラブルに見舞われた。壬生屋機の失踪、滝川機の不調と、幸運ならぬ不幸の女神様がこの日に焦点を合わせてやってきたんじゃないかと思ったくらいだ。複座型の速水、芝村がいつもと変わらず淡々と敵を倒し続けてくれたお陰で危機的な状況を乗り越えることができた。それにつけても壬生屋、滝川——おまえさん達の面倒を見るのは疲れるよ。お兄さんとしちゃ、戦いが終わったら肩揉み券百回分は貢いで欲しいな。

（瀬戸口隆之　指揮車上での心のつぶやき）

四月二十四日〇五四〇時——。

陰鬱《いんうつ》な空に砲声《ほうせい》がこだまする。春だというのに肌寒《はださむ》く、小雨《こさめ》まじりの重苦しい天気だった。住民が避難《ひなん》し、無人《むじん》となった熊本《くまもと》市内には朝霧《あさぎり》が発生していた。

霧に包まれた道を地響《じひび》きをあげて一体の巨人が進んでゆく。巨人の大きさは約九メートル。全身に灰色を基調《きちょう》とした都市型迷彩《めいさい》を施《ほどこ》され、人工筋肉《じんこうきんにく》で覆《おお》われた骨格《こっかく》をさらに特殊装甲《とくしゅそうこう》で補《ほ》強《きょう》された厳《いか》めしい姿である。巨人の手にはジャイアントアサルトが握《にぎ》られ、背には巨大なミサイルポッドを背負《せお》っている。

士魂号《スピリット・オブ・ナイト》複座型突撃仕様《とつげきしよう》。第5121独立駆逐戦車小隊《くちくせんしゃしょうたい》の三番機だった。

「熊本大ポイントまであと二分十五秒。どうする舞《まい》?」

ほの暗いコクピット内で三番機パイロットの速水厚志《はやみあつし》の唇《くちびる》が動いた。顔の上半分はヘッドセットに隠《かく》れて見えない。ヘッドセットを通じて脳内《のうない》に投影《とうえい》される映像には、無人の荒涼《こうりょう》とした街並みが映っている。

後方《こうほう》で発射音《はっしゃおん》がして、複座型《ふくざがた》の頭上を煙幕弾《えんまくだん》が煙を曳《ひ》きながら飛んでいった。

「ここでいったん停止。じきに敵と遭遇《そうぐう》するはずだ」

芝村《しばむら》舞の冷静な声がコクピット内に響いた。厚志は機体を停止させると、戦術画面《タクティカル・スクリーン》を拡《かく》大表示《だいひょうじ》し、五感の神経《しんけい》を研《と》ぎ澄《す》まして待った。

ほどなくヘリのローター音が他の音を圧して響き渡った。きたかゼゾンビ。自衛軍《じえいぐん》の戦闘《せんとう》へリ・きたかぜの機体を寄生体《きせいたい》タイプの幻獣《げんじゅう》が乗っ取ってできた敵の快速《かいそく》空中ユニットだ。

「壬生屋《みぶや》、オトリ役頼む」

舞が通信を送ると、一番機パイロットの壬生屋未央《みお》の声が返ってきた。

「了解《りようかい》しました」

壬生屋の単座《たんざ》型重装甲《がたじゅうそうこう》は超硬度《ちょうこうど》大太刀《おおたち》をきらめかせ、ダッシュしてゆく。と、低層《ていそう》ビル群の陰からきたかぜゾンビが姿を現した。

「参《まい》りますっ！」

壬生屋は突進、高度を上げようとするきたかぜゾンビに追いすがった。跳躍《ちょうやく》と同時に、白刃一閃《はくじんいっせん》、きたかぜゾンビは空中で爆発した。

「壬生屋機、きたかぜゾンビ撃破《げきは》」

指揮車《しきしゃ》オペレータの東原《ひがしはら》ののみが戦果《せんか》を確認する。隣席《りんせき》の瀬戸口隆之《せとぐちたかゆき》がGPS画像《がぞう》を見て通信を送った。

「壬生屋、今日は一段と太刀筋《たちすじ》が冴《さ》えているな」

しかし壬生屋は返事をせず、二機めに取りかかった。

大太刀が一閃すると、きたかぜゾンビがさらに一機、黒煙《こくえん》を吐《は》きながら落下してゆく。

「最高だ、壬生屋。その調子《ちょうし》でちゃちゃっと敵を片づけちまおう。おい、気分でも悪いのか、

「壬生屋、壬生屋さん……？」

瀬戸口が呼びかけると、ようやく壬生屋の声が返ってきた。

「わたくしは大丈夫《だいじょうぶ》ですから、他の皆《みな》さんのナビをお願いします」

声が硬い。いつもならもっとイキのいい返事が返ってくる。

「そうはいかない。おまえさんは一番危険が多い役まわりだからな。目を離せないよ」

瀬戸口が首を傾《かし》げて言うと、壬生屋のくすくす笑いが聞こえた。

「ありがとうございます。けれど、本当に大丈夫ですから。心配なさらないでください。わたくしいつだって瀬戸口さんに迷惑《めいわく》をかけてきました。これ以上、瀬戸口さんに手を焼かせるわけにはゆきませんわ」

「なあ壬生屋、今は戦闘中だぞ」

「……そんなことはわかってます！」

「壬生屋！」

通信が一方的《いっぽうてき》に切られた。瀬戸口は顔をしかめてつぶやいた。

「あいつ……」

「未央ちゃん、どうしたの？」

東原が心配そうに瀬戸口の顔を見上げた。瀬戸口は苦笑《くしょう》して、東原の頭に手を置いた。

「姫はどうやらご機嫌《きげん》ななめみたいだよ」

滝川陽平《たきがわようへい》の二番機は熊本城公園北側陣地《じんち》と熊本大ポイントの中間地点に待機《たいき》していた。漆黒《しっこく》の塗装《とそう》を施された壬生屋機の姿が一瞬《いっしゅん》、宙に舞ったかと思うと、きたかぜゾンビを斬《き》り下ろすのが見えた。爆発音がして、アスファルトの路面《ろめん》がビリビリと震《ふる》えた。

「壬生屋はやるよなぁ」

滝川は二番機に向かって言った。愛機に話しかけるのは滝川の癖《くせ》だ。

「それに比べると俺ってやつは」

滝川の体が震えた。意識すればするほど暗闇《くらやみ》が、……この狭いコクピットがこわくなる。一週間ほど前だった。戦っている最中に、ふと昔のことを思い出した。

それから苦しくなった。

じめついた布団《ふとん》のにおい。狭苦しい押入《おしいれ》の中で、滝川は「母ちゃん」を呼んでいた。しかし押入は開かず、母ちゃんは返事をしてくれなかった。

ただ、その時は自分が悪いんだと思っただけだ。学校の誰とも口をきかず、ロボットの絵ばかり描いているから。給食のピーマンをどうしても食べられず、陽《ひ》が落ちるまで教室に残されているから。夜遅く帰った母ちゃんを責めるような目で見るから。

このままじゃ母ちゃんはいなくなってしまう。自分は真っ暗な中にひとり残される。そう考えると、全身が震えて息が苦しくなった。

暗くて狭いところはこわいよ。無理していたけど、本当にこわいんだよ。

「だめだ、俺……」

ウォードレスの下を汗がつたっていることがわかる。滝川はコクピットを抜け出したい衝動《しょうどう》に駆られた。突然、何かが強く心に語りかけてきた。

「だめだって……じゃあ、どうすりゃいいんだよ！」

滝川の網膜《もうまく》は再び壬生屋機をとらえた。ビルの屋上を踏み台にして、跳躍したところだった。機首《きしゅ》部分を斬り飛ばされたきたかぜゾンビが煙《けむり》を上げて落下してゆく。

「何をぼんやりしている。滝川、壬生屋の援護射撃《えんごしゃげき》をしろ」瀬戸口の声が聞こえた。

「了解……」

二番機はジャイアントアサルトを構えたが、滝川の動揺《どうよう》がそのまま反映されたのか、引き金《トリガー》を引く手は小刻《こきざ》みに震えていた。狙《ねら》いが定まらず、滝川の額《ひたい》を汗がしたたった。

「どうした？　ああ、わかったぞ。緊張してぶるってんだろ？　リラックスしろ、滝川。仕事が終わったら合コンをセッティングしてやる」

瀬戸口の陽気な声が響いた。

二番機は引き金を引いた。ジャイアントアサルトの二〇㎜ガトリング機構《きこう》が高速回転をはじめる。粉塵《ふんじん》を上げて、彼方《かなた》のビル群が粉々《こなごな》に消し飛んだ。

「おい、よく狙いを定めろ！　もう少しで味方がいるビルを撃つところだったぞ」

「瀬戸口さん、俺、調子が……」

「落ち着け。ゆっくりと息を吸って、吐く。大丈夫だ、おまえさんならうまくやれる」

瀬戸口の穏《おだ》やかな声。しかし滝川の震えはいっこうに収まらなかった。こんなこと人には言えない。言ったら最後、パイロット失格《しっかく》の烙印《らくいん》を押されて士魂号から降ろされてしまう。

自分で自分が制御《せいぎょ》できずに、滝川は泣きたくなった。

その時、東原が話しかけてきた。

「陽平ちゃん、むかしはただのおもいでなの。いまはひとときのこしかけなの。じゅーよーなのはむかしにもいまにもないの」

「東原……」

どうしてそんなことを言うんだ？　俺のことがわかるのかよ？

「わかるよ。陽平ちゃんはかなしいことをおもいだしたんだね。だけど、あしはむかしといまからどこかに走っていくためについているのよ」

東原の言葉に滝川は全身の力を抜いた。東原ならわかってくれる——そう信じさせる何かを東原は持っている。息を吸って、吐く。吸って、吐く。心なしか震えが収まってきた。したたる汗をこそばゆく思いながら滝川は気弱《きよわ》な通信を送った。

「悪《わり》イ、東原。自信ないけど……俺、もうちょい頑張《がんば》ってみるよ」

「滝川のたわけめ、どうしたというのだ」

オペレータと滝川のやりとりを傍受《ぼうじゅ》して、舞は不機嫌に吐き捨てた。肝心《かんじん》な時に失敗をする。滝川が精神的に弱いことは知っていたが、この様子《ようす》ではそれだけではなさそうだ。やつに何が起こったというのだ？　そう思いながらも舞はもう一方で、滝川抜きで戦闘《せんとう》しなければならなくなった時のことを考えていた。

「滝川、ああ見えてもナイーブなところがあるから」厚志が取りなすように言った。

「どういう意味だ？」

「感情に左右されやすいんだよ、あいつは。良い意味でも悪い意味でもね」

「感情に左右されて良い意味などあるのか？」

「……戦闘中でなければね」

厚志の答えに舞は憮然《ぶぜん》となった。何を悠長《ゆうちょう》なことを。戦闘中におのれの能力を発揮《はっき》できずして、良いも悪いもあったものではない。戦闘で真っ先に戦死するのはこの種の人間だろう。

厚志は時々、妙《みょう》なことを口走る。

「どうする？　壬生屋さんのところに敵が集まっているけど、そろそろ行こうか？」

「わかっている。壬生屋機に追随《ついずい》。ミサイルでいっきに殲滅《せんめつ》する」

「了解」がくんと後ろへ引っ張られる感覚。強烈《きょうれつ》なGに舞は顔をしかめた。

厚志の網膜に、ぐんぐんと一番機が迫る。視界《しかい》いっぱいにまばゆい光が広がって、一番機の左右で爆発が起こった。

「壬生屋さん、後ろに下がって」

厚志が呼びかけると、すぐに壬生屋から通信が返ってきた。

「いえ、このまま先に進んで敵を捕捉《ほそく》し、各個撃破《かっこげきは》します」

「待て。少し様子を見よう。進むのは状況《じょうきょう》を見極めてからだ」舞が冷静に言った。

「これまでずっと生き残ってきました。ご心配には及《およ》びません」

壬生屋は珍《めずら》しく舞に抗《あらが》った。

遠ざかる一番機の背を見送りながら厚志は首を傾げた。壬生屋さん、何か変だな？

厚志は再び呼びかけようとしたが、足下《あしもと》でゴルゴーンの生体ロケットが爆発した。

「ミサイル発射」

これまでに数え切れぬほど聞いた舞の声だ。

複座型背面《はいめん》の後部ポッドから二十四発のジャベリン改《かい》ミサイルが発射された。狙い過《あやま》たず、ミサイルは次々と幻獣の体内に吸い込まれていった。オレンジ色の閃光《せんこう》。爆発と同時に、敵の姿は次々と四散《しさん》していった。

なんて嫌《いや》な女なの、と壬生屋は自己嫌悪《じこけんお》に駆《か》られていた。

今は戦闘中だ。私情《しじょう》など挟《はさ》む余地《よち》はないというのに、自分は瀬戸口とまともに向き合えないでいる。瀬戸口は幼稚《ようち》なあてつけと思うだろう。自分を軽蔑《けいべつ》するに違いない。

壬生屋は恥《は》ずかしさのあまり、かぶりを振った。そもそも自分と瀬戸口はそんな関係ではなかった。瀬戸口は誰にでもするように自分にやさしく接してくれただけだ。

ただ、それまで誰かにやさしくされたことなんてなかった。胴着《どうぎ》に袴姿《はかますがた》、世間《せけん》知らずの自分はどこへ行っても変人扱いされ、孤独《こどく》だった。瀬戸口だけがやさしくしてくれた。やさしくされて、それ以上のものを求めてしまう自分は欲深い嫌な女だ。

今も瀬戸口の気を惹《ひ》こうと、こんな態度を取っている。

帰れない。帰って瀬戸口の顔を見るのがこわい。

そんな思いを抱きながら壬生屋は突進《とっしん》した。後方で複座型がミサイルを発射する音が聞こえた。しばらく進むと、戦場の音が遠くなったような気がした。人も車もいなくなったせいでやけにだだっぴろく感じられる県道《けんどう》上に一番機は立っていた。敵の姿は見えない。回収《かいしゅう》されずに路肩《ろかた》に放置《ほうち》されたゴミ袋が寒々《さむざむ》と壬生屋の目に映った。

「壬生屋さん、壬生屋さん、聞いてる？」

厚志から通信が送られてきた。壬生屋はためらったが、しぶしぶと応じた。

「はい、壬生屋です」

「妙なんだ。戦術画面には敵の姿が表示されているのに、どこにも見えない。そちらの様子はどう？」

壬生屋はゆっくりと周囲《しゅうい》を見まわした。網膜に投影される映像は、閑散《かんさん》とした低層のビル群と一般《いっぱん》の住宅だけだ。右手の方角にはどんよりと濁《にご》った川の流れが見える。念のために戦術画面を参照《さんしょう》する。おびただしい赤い光点《こうてん》が、県道付近に静止している。それと重なるように表示されている青い光点は自分の機だろう。

ぞくりと肌が粟《あわ》立った。

「逃げろ！」

舞の声がした。と、舗装《ほそう》された路面に亀裂《きれつ》が走った。

路面が割れて、地下から次々と幻獣が出現した。頭部から肩にかけて、弾痕《だんこん》のように穿《うが》たれた無数の目がこちらを見ている。ミノタウロス！　その数、十体以上。背後《はいご》からも中型幻獣が出現し、一番機は挟撃《きょうげき》されるかたちとなった。

「地下かっ！」

壬生屋は悔《くや》しげに叫ぶと横っ飛びに転がった。敵の生体ミサイルが爆発し、爆風に機体はあおられた。一番機に激突《げきとつ》され、倒壊《とうかい》したビルの破片《はへん》が機体に降り注《そそ》ぐ。濛々《もうもう》たる塵埃《じんあい》に視界が一瞬さえぎられた。単独では十体の中型幻獣を相手に戦うことはできない。

一番機は建物を破壊しながら道をつくって、死にものぐるいで敵から逃《のが》れようとした。

しかし敵は執拗《しつよう》に追ってくる。

背後で生体ミサイルが立て続けに爆発した。熱風《ねっぷう》が機体の背を焼いて、こころなしかコクピット内が蒸《む》し暑く、息苦しく感じられる。背に敵の足音を聞きながら一番機は走った。

(そんなにわたくしの命が欲しいのか?)

壬生屋は歯を食いしばり恐怖《きょうふ》と闘《たたか》った。

その時、壬生屋の脳裏《のうり》を、きぃんと突き刺すような思念《しねん》が通り過ぎた。奈落《ならく》の底をかいま見たような。底には悪意と殺意がよどんでいる。声が聞こえた。

——殺してやる。兄と同じく一本ずつ手足をもぎながら。汝《なんじ》の兄はたわいないものだったよ。苦しみを延ばしてやろうとしたが、すぐに死んでしまった。人間とは壊れやすいものだな。

壬生屋の負《ふ》の心理状態がつくり出した幻聴《げんちょう》かもしれない。しかしその声に壬生屋は恐怖し、怯《おび》え、しゃにむに逃げ出していた。

「いやあああ!」

絶叫《ぜっきょう》した。兄の無惨《むざん》な死に様《ざま》がよみがえった。四肢《しし》を失い、串刺《くしざ》しにされた姿でテレビ画面に映っていた兄。壬生屋は強烈な意志で、これまでその時の衝撃を封じ込めてきた。しかしもう限界《げんかい》だった。

「壬生屋さん、壬生屋さんっ!」

厚志の呼びかけにも応じず、一番機は必死で這《は》い、逃げ続けた。

「なんてこった……」

瀬戸口は戦況分析《せんきようぶんせき》スクリーンに目を凝《こ》らした。壬生屋機を表す青い光点は敵に追われ、戦《せん》域《いき》から急速に遠ざかってゆく。

まさか地下に潜《ひそ》んでいたとは。地図には載《の》っていない。してみると大戦中に掘られ、そのまま打ち捨てられた地下通路か？　その化け物じみた外見から、幻獣の知能を低く見積もってしまうところが人類側の悪いところだが、してやられたと思った。

「どうしました、壬生屋さんは？」

小隊司令《しれい》の善行《ぜんぎょう》忠孝《ただたか》が尋《たず》ねてきた。

「戦術行動とは思えませんね。僚機《りょうき》から遠ざかっていきます」

瀬戸口はスクリーンに目を凝らしたまま言った。

壬生屋は超硬度大太刀を使った接近戦を得意とする。突出《とっしゅつ》し、オトリとなって敵を引きつけるのが壬生屋の一番機の役目だ。十分敵を引きつけたところで速水・芝村の三番機が進出し、ミサイルでいっきに敵を殲滅《せんめつ》する。この間、滝川の二番機は煙幕弾の射出《しゃしゅつ》、別方面の敵のケアなど補助《ほじょ》的な役目を担《にな》う――これが必勝パターンだった。

各機の緊密《きんみつ》な連係《れんけい》が、パイロット達を生き残らせてきた。一機が脱落《だつらく》すればそのパターンは崩《くず》れ、戦力は半減《はんげん》どころでは済《す》まなくなる。

「壬生屋、おい、壬生屋……だめだ、通信が切られている。どうしますか、司令？」

「速水機を救援《きゅうえん》に向かわせてください。滝川機はそのまま待機」

善行が神経質《しんけいしつ》に眼鏡《めがね》に手をやった。緒戦《しょせん》からアクシデントか？　この先が思いやられる。

「……未央ちゃんの声が聞こえたよ」

東原が瀬戸口を見上げた。東原は超能力を開発する研究所《けんきゅうじょ》で、被験体《ひけんたい》として生きてきた。他者《たしゃ》の心を感じることができ、一時は幻獣の声を聞くこともできたという。

「壬生屋は大丈夫か？」

「えっとね、だいじょぶ。だけどいまはくらいところにおちているわ。じぶんなんてだれからもひつようとされない、あいしてもらえないって」

東原は悲しげに目をつむり、耳を塞《ふさ》いだ。

「そうか」

瀬戸口は憂鬱《ゆううつ》そうにかぶりを振った。あいつに何が起こったかはだいたいわかる。けれど俺に何がしてやれる？　壬生屋は自分の心の闇《やみ》に負けようとしている。人間ってやつは大昔からそうだ。おのれの敵をおのれの内に抱《かか》えている、矛盾《むじゅん》に満ちた生き物だ。

「ニャ——ゴ」不意に場違いな鳴き声が車内に響き渡った。

瀬戸口と善行は顔を見合わせた。運転席でハンドルを握っていた石津萌《いしづもえ》が、席を立って備品《びひん》棚《だな》に駆け寄った。

石津はもともとは衛生官《えいせいかん》だったが、最近では運転手兼銃手《けんじゅうしゅ》として指揮車に乗り込んでいる。フランス人形のような目鼻立ちとつややかな肌を持った少女だ。美少女と言ってもいいだろう。

ただし、陰気《いんき》でオドオドした態度が本来の美点を帳消《ちょうけ》しにしている。前の隊でひどいイジメに遭《あ》ったらしく、以来、まともに人と話すことができなくなったという。

善行は瀬戸口と相談して、石津を指揮車付きとして手元に置いていた。

「ブータ？」

善行が唖然《あぜん》として石津を見つめると、石津は気まずそうにうなずいた。備品箱からブータがのっそりと這い出してきた。ブータは体長一メートルを超える巨大な猫だ。いつの頃《ころ》からか小隊にいつき、今では隊のマスコット的な存在になっている。

「ブータも戦うって……だから……連れてきたの。一緒《いっしょ》にいて、いい？」

石津が訴《うった》えるように善行を見つめた。善行は苦笑した。

「まあ、今は猫の手も借りたい時です。邪魔《じゃま》しないようにと言い聞かせてください」

ブータは石津の横をすり抜けると、ヒゲをピンと伸ばし、じっと瀬戸口を見上げた。

（若いの……）

瀬戸口は目をしばたたくと、善行に尋《たず》ねた。

「今、何か言いましたか？」

「いいえ」

瀬戸口の問いに善行は困惑《こんわく》して眼鏡を直した。

（中途半端《ちゅうとはんぱ》なやつだ。まるで人間のように考え、悩《なや》む。もっともそこがおまえの良いところで

じゃがな)

はあるがな。安心するがよい。あの少女は苦しみを乗り越える。手を差し伸《の》べてやる者が必要

瀬戸口は憤然《ふんぜん》として石津をにらみつけた。

「石津、おまえさんがなにものかは知らんが、俺を惑《まど》わすな!」

「わたし……?」石津は首を傾げ、瀬戸口を上目遣《うわめづか》いで見た。

「石津さんがどうしたというのです?」善行は困惑《こんわく》した面もちで尋《たず》ねた。

「妙なことを口走って……」

「石津さんは何も言っていません。しっかりしてください、あなたが参ったら小隊は終わりですよ」

「しかし……待てよ?」

そういうことか。瀬戸口の顔が納得《なっとく》したような表情になった。ブータとにらみ合ったかと思うと、にやりと笑ってその耳を引っ張った。

「瀬戸口君」

「ははは。大丈夫ですよ。……指揮車をあと五百メートル前進させましょう。許可《きょか》を」

善行は腕《うで》を組んだ。現在、指揮車は二番機の後方に停車《ていしゃ》している。二番機との距離《きょり》はちょうど三百メートルというところか。さらに三番機からは七、八百の距離を保《たも》っている。

戦闘力をほとんど持たない指揮車が、これ以上進むのは危険だ。

「どういうことです？」

「こちらから出向いて壬生屋の背をどやしつけてやるんですよ。とにかく戦線《せんせん》に復帰《ふっき》させないと。たまにはオペレータも体を張らないとね」

壬生屋の一番機は県道《けんどう》をはずれ、三番機からさらに四、五百メートル離れてしまった。スクリーンを見ると、一番機は住宅街の真っただ中で停止している。

一番機を失うわけにはゆかない。善行はうなずくと瀬戸口に言った。

「……原《はら》さんに伝えてください。東原君を後方へ下がらせます。至急《しきゅう》迎えの者をよこすようにと」

ほどなく原から通信が入った。善行はためらったが、しぶしぶとマイクを手に取った。

「どういうことかしら？」

「伝えた通りです」善行は努《つと》めてやわらかな声を出そうとした。

「そうじゃなくて、どうして今になって東原さんを下がらせるの？　もしかして戦いが……」

原は詰問口調《きつもんくちょう》になっている。戦闘には直接関《かか》わらない整備《せいび》主任《しゅにん》の原素子《もとこ》に不安を与えたくはなかったが、なまじっかな嘘《うそ》は見破られる。善行は正直《しょうじき》に話すことにした。

「壬生屋機にトラブルがありましてね。現在、二機で戦闘を続行中《ぞっこうちゅう》です。戦力が大幅《おおはば》に低下した状態《じょうたい》なので、万が一のことを考え、東原君を下がらせることにしました」

「トラブルって。壬生屋さんは無事《ぶじ》なの……？」

「おそらくは。詳《くわ》しいことはのちほど」

これ以上の説明は無意味だ。壬生屋の安否《あんぴ》を一刻《いっこく》も早く確かめねば。なおも話を続けようとする原の機先《きせん》を制《せい》し、善行は通信を切った。

「かまわないんですか？　原さんの怒った顔が目に浮かぶようだ」

瀬戸口が冷やかすように言う。

「ご心配なく。あなたは壬生屋さんのことに集中《しゅうちゅう》するように」

善行はそっけなく応じて瀬戸口を黙《だま》らせた。


まったく、なんだってこんなことに。

瀬戸口は自分の酔狂《すいきょう》さにあきれながら、瓦礫《がれき》を掻《か》き分け進んでいた。指揮車を危険区域《きけんくいき》ぎりぎりまで接近《せっきん》させ、降車《こうしゃ》した。二十分以内に、と善行は条件を出し、瀬戸口はそれを呑《の》んだ。しかし……二十分で何ができるというのか？

建物が倒壊《とうかい》し、半《なか》ば瓦礫に埋《うず》もれた道ができている。壬生屋機が通った後だった。地響きがあがった。すぐ横を一体のゴルゴーンが通り過ぎてゆく。間近《まぢか》に見ると巨大だ。瀬戸口はあらためて、軽量の戦車兵用《せんしゃへいよう》ウォードレスで守られているだけの我《わ》が身の頼りなさを実感した。武器はアサルトライフルが一丁《いっちょう》。他には超硬度カトラスを装備しているだけだ。

前方に騒々《そうぞう》しい足音。瀬戸口はとっさに物陰《ものかげ》に隠れた。三体のミノタウロスが周囲を警戒《けいかい》しながらこちらに向かって進んでくる。

瀬戸口は息を調《ととの》え、敵をやり過ごそうとした。

不意に肩《かた》を掴《つか》まれた。振り向くと、来須《くるす》銀河《ぎんが》の無愛想《ぶあいそう》な顔があった。武尊《たける》と呼ばれる最新式のウォードレスを着用《ちゃくよう》し、手にはレーザーライフルと接近戦用のサブマシンガンを携《たずさ》えている。戦車随伴歩兵《スカウト》でありながら中型幻獣とも互角《ごかく》に渡《わた》り合える実力と装備を来須は持っていた。

敵が去った後、来須は黙って瀬戸口を見つめた。

「わかっている。どうしてこんなところにいるか、だろ？　壬生屋の様子がおかしいんで、その……な」瀬戸口は口ごもった。

が、来須はあっさりとうなずくと、短く言葉を発した。

「この先か」

「そのはずなんだが。やけに静かだな」

と――、瓦礫の中から突如《とつじょ》として一番機が姿を現した。

瀬戸口と来須が見守るなか、一番機は三体のミノタウロスに突進した。超硬度大太刀の一閃に背を割られた一体が体液《たいえき》を撒《ま》き散らしながら崩れ落ちる。

残る二体が体勢《たいせい》を整《ととの》えぬうちに、返す刀でさらに一体を串刺しにした。この間、一秒に満たぬ。動体視力《どうたいしりょく》に優《すぐ》れた瀬戸口と来須の目でようやく追うことができた。

一番機は両手に握った大太刀を、誇示《こじ》するように高々と掲《かか》げた。最後のミノタウロスがやっと正面を向いた瞬間、余裕をもって二本の刃《やいば》を胴体《どうたい》に貫《つらぬ》き通した。

「速い……なんて速さだ」

瀬戸口はつぶやいた。心もち顔が青ざめている。あいつ、いつのまにこんな……。

「行け。援護する」

来須にうながされ、瀬戸口は我《われ》に返ると、一番機に向かって駆けた。二十メートルの距離に近づいて、瀬戸口は一番機に呼びかけた。

「壬生屋──！」

巨人の首がゆっくりとこちらを向いた。頭部のレーダードームが点滅《てんめつ》した。

表情をもたぬ九メートルの鎧《よろい》武者《むしゃ》。敵の体液をしたたらせた大太刀を引っ提《さ》げている。瀬戸口をわずかに凝視《ぎょうし》したかと思うと、巨人は背を向け、その場を去ろうとした。

「返事をしろ、壬生屋っ！」

巨人の脚《あし》が止まった。しかし再び声をかける間もなく、巨人はビル群の中へ駆け去った。ほどなくビルのひとつが崩壊し、おびただしい粉塵《ふんじん》が宙に舞った。

瓦礫の中に身を潜めて敵を待ち伏せしようというのか。しかし──。

「あいつ……」瀬戸口は、その場に立ち尽くした。

「あれは壬生屋じゃない」

「なんだって？」

「壬生屋の戦いぶりはずっと見てきた。やつはあそこまで速くないし、自分の強さを誇示《こじ》することなどしない」

大太刀を高々と揚《あ》げた動きを差している。確かに。あれだけの速さで動いていてはパイロットの身体《からだ》がもたないし、酷使《こくし》された人工筋肉にも不具合が生じるはずだ。加えて、壬生屋の流儀《りゅうぎ》にしては、戦いぶりが殺伐《さつばつ》としすぎていると瀬戸口は思った。

「じゃあ誰が動かしているんだ？」

瀬戸口が尋ねると、来須は首を傾げた。

「……あの兵器は人の手にある。何が起こっても不思議《ふしぎ》には思わん」

「親切な忠告《ちゅうこく》、感謝《かんしゃ》するぜ」

瀬戸口はふっと笑った。壬生屋がどうであれ、あいつは自分を必要としていると感じた。臆病《おくびょう》な騎士《きし》は姫と一緒に戦うことはできないが、肩のひとつでもたたいてやることはできる。

「俺は行くよ。来須、おまえはどうする？」

「司令から命令が下《くだ》った。俺はこれから地下に潜り、敵を捜索《そうさく》せねばならん」

「そいつは素敵《すてき》な仕事だな」

「……」

瀬戸口の軽口《かるくち》にはつき合わず、来須は背を向けると歩《あゆ》み去った。

三番機の二〇㎜機関砲弾《きかんほうだん》が最後の敵を切り裂《さ》いた。

ガトリング機構《きこう》の回転音が収まると、戦場は再び静寂を取り戻した。残る敵は壬生屋機と外郭陣地《がいかくじんち》に籠《こ》もる戦車随伴歩兵の小隊が始末《しまつ》したのだろう。三番機はあたりを警戒《けいかい》しながらその場に待機した。

「壬生屋さん、どうしちゃったのかな？」

厚志は、戦術画面の片隅《かたすみ》に静止している青い光点を見た。壬生屋機は逃げながら、追いすがる敵を一体、また一体と撃破し、全滅させた。とはいえ、奇妙《きみよう》なことに静止したまま微動《びどう》だにしない。通信をしても応答《おうとう》がない。

「まったく……どいつもこいつも」

舞が忌々《いまいま》しげにつぶやいた。滝川といい壬生屋といい、どうしてやつらはこうなんだ？　まともなのはわたしと厚志だけではないか。

「そう心配することはないんじゃない？　考えようによっては、これまで平然《へいぜん》と戦い続けてこられたのが不思議さ」

「たわけたことを」

「僕達は子どもなんだよ、どんなに戦うことが上手《じょうず》になっても。これまでずっと不安や恐怖を押し殺して戦い続けてきたんだ。不安定になってもしょうがないよ。それがたまたま悪いタイミングで出ただけさ」

「たわけ。我々《われわれ》はそれ以前に兵だ。子どもかもしれんが、そんなことは言い訳にはならん」

厚志め、また妙なことを言う、と舞は唇を噛《か》んだ。が、同時に、厚志の大らかさに心強いものを感じていた。「たまたま悪いタイミングで出ただけ」だと？　どうしてそこまで楽観《らっかん》的に考えられるのか？　厚志は本物のたわけだ。

「あ、今、たわけと思ったね、僕のこと」

「た……、すでに二度言っている。三度めを言わせるな」

「あはは。けど、舞はふたりを信じているでしょ？」

ヘッドセットの下で舞は顔を赤らめた。

信じている。むろんだ。滝川は超がつくほどのたわけだから、立ち直るのも早い。単純な機構の機械ほど実用性《じつようせい》に優《すぐ》れているのと同じことだ。壬生屋は情緒《じょうちょ》不安定で感情の抑制《よくせい》がきかぬところはあるが、欠点を補《おぎな》ってあまりある生まれついての戦士で頼りになるパイロットだ。たとえアクシデントがあったとしても、壬生屋なら必ず乗り切れる。

「敵有力部隊が山鹿《やまが》方面より南下《なんか》。現在、植木《うえき》環状《かんじょう》陣地にて激戦が展開《てんかい》されています。我々はこれより応援《おうえん》に向かいます」

善行から通信が送られてきた。

「了解した。時に瀬戸口はどうした？」

「取り込み中と言っておきましょう。じきに復帰《ふっき》します」

「ふむ。瀬戸口に任《まか》せてよいのだな」

「……おそらくは」

およその事情は察しがついた。舞はうなずくとヘッドセットの端《はし》に表示されている戦術画面を切り替え、県中央部のマップを呼び出した。現在、敵は阿蘇《あそ》、山鹿、合志《こうし》そして玉名《たまな》方面の四方面から進撃《しんげき》してくる。防衛側に有利な点があるとすれば、多くの日本の都市の例に洩《も》れず周辺は山がちの地形で、道路状況は必ずしも良いとは言えず、大軍の展開には不向きであることだ。しかも鉄橋《てっきょう》などを爆破《ばくは》したこともあって、幻獣側の侵攻《しんこう》ルートは限られ、戦力の集中を妨《さまた》げることができる。熊本大付近で阻止《そし》した敵は、市内に到着《とうちゃく》する時間が早すぎたのだろう。

限られた侵攻ルートのうち、地形上防衛に適したところでは道沿《ぞ》いの陣地に展開した戦車随伴歩兵が敵に砲火《ほうか》を集中し、討《う》ち洩らした敵は市内の味方に任せ、さらに北側陣地の防衛線でたたく。こうして敵に大量の出血を強《し》い、弱らせた後に包囲《ほうい》援軍によって敵をいっきに殲滅するというのが司令部の作戦だった。

植木は熊本城から北に九キロ弱。幹線道路《かんせんどうろ》が合流《ごうりゅう》する古くからの戦略上の要地《ようち》だ。司令部はこの地に「植木環状陣地」と称《しょう》する強力な防御陣地を完成させていた。今は国道沿いに南下する敵に旺盛《おうせい》な砲火を浴《あ》びせている。

これと連係《れんけい》すれば相当数の敵を削《けず》ることができる——善行はそう判断したようだ。

「滝川、聞いた通りだ。行くぞ」舞が呼びかけると、一瞬沈黙があって、

「お、俺は何をすればいい？」滝川が通信を返してきた。

「ふむ。壬生屋が動けぬ分、頑張ってもらうしかあるまい」

「……わかった」

心なしか滝川の声が硬い。しょうがない。少しやさしくしてやるか。舞は顔をしかめると、とっておきの「やさしい声」で言った。

「そう心配するな。壬生屋の役どころをやれとは言わぬ。三番機がオトリになる。そなたは煙幕を張った後、これまで通り安全なところから支援射撃をしてくれればよい」

「……舞。声が裏返っているよ」

厚志が小声で言った。舞が憮然《ぶぜん》として黙り込むと、厚志が代わって滝川に呼びかけた。

「これまで通りの戦い方でいいんだ。行こうよ」

厚志は機体を植木方面に向けた。

「急げ」

「わかっている。ちょっときついけど、我慢《がまん》してね」

舞が答えぬうちに三番機は猛然《もうぜん》とダッシュした。「そ、そなた……面白《おもしろ》がっているな……」

厚志の耳にGに弱い舞の声が途切《とぎ》れ途切れに聞こえた。

壬生屋未央は、長く苦しい夢を見ていた。

闘争《とうそう》と流血《りゅうけつ》の夢。すでに消滅《しょうめつ》しつつある死骸《しがい》を踏み分けながら、彼女は物憂《ものう》げな微笑《びしょう》を浮かべ、戦士達を従え行進する。

彼女は別の世界で別の名で戦っていた。

幻獣の殺戮者《さつりくしゃ》——英雄《えいゆう》として世界の期待を担《にな》っていた。

しかし、殺せば殺すほど、彼女の心は血を流した。人々の喝采《かっさい》は彼女を傷つけた。彼女の繊《せん》細《さい》な心は人々の声に、力を持つ者への畏《おそ》れ、羨望《せんぼう》、そして嫉妬《しっと》を感じていたからだ。にも拘《かか》わらず、彼女は戦わなければならなかった。

戦いが終わった後、自分にどのような未来が待っているか、彼女にはわかっていた。

——あなたは悲しい時に微笑《ほほえ》むのですね
戦士のひとりが語りかけた。彼女がかぶりを振ると、戦士はささやいた。

——ずっとあなたとご一緒します。それがわたしの定めなのですから
ずっとあなたと……聞き覚えのある声が何度も何度も耳にこだました。気がつくと壬生屋はほの暗いコクピットで涙を流していた。

わたくしは何故《なぜ》、泣いているのだろう？　壬生屋は直前まで見ていた夢を思い出すことができなかった。ただ、無性《むしょう》に寂しい。喉《のど》の渇《かわ》きに似た強烈な孤独を感じていた。

涙をぬぐうと、網膜に灰一色の映像が映し出された。瓦礫か？　敵から必死に逃げたところまでは覚えている。その後、何かの事故で、機体が瓦礫に埋もれてしまったのか？　情けない、

と壬生屋は自分に失望《しつぼう》した。戦列《せんれつ》を離れて、こんなところでなすすべもなく横たわっているとは。しかし、何故か起き上がろうとする気力が湧《わ》いてこなかった。

（戦いはもういい……）

　このままずっと横たわっていよう。これまで一生懸命《けんめい》やってきたのだもの、これ以上、無理して戦うことはないだろう。

　不意に、こつこつと機体をたたく音が聞こえた。壬生屋が耳を澄ますと、聞き慣れた声がどこからか降ってくる。

　壬生屋が身を起こすと、「わっ！」と悲鳴《ひめい》が聞こえた。

　一番機は瓦礫の中から身を起こした。しまった、自分は九メートルの巨人になっていたのだ。壬生屋はあわてて声の主《ぬし》を探した。

「俺を殺す気か！」

　頭をめぐらせて探すと、瀬戸口が地面に尻餅《しりもち》をついてこちらを見上げていた。壬生屋は拡声《かくせい》器《き》のスイッチをＯＮにした。

「瀬戸口さん、どうして……」

「俺は滅多《めった》に口汚《くちぎたな》い言葉を使わないが、言わせてもらうよ。……この馬鹿娘！　情緒不安定、自己中心、不器用《ぶきよう》、不細工《ぶさいく》、それから、ええっと……」

　瀬戸口は開き直ったようにあぐらを掻《か》くと、次々と単語を並べたてた。相当に怒っている。

不細工、の言葉に壬生屋はぐさりときた。

「……ええ、確かにわたくしは馬鹿です。情緒不安定、自己中心、不器用なことも全部ひっくるめて認めますわ。けれど不細工はないでしょう、不細工は！　わたくしはいたらぬところは多いけれど、一生懸命に励《はげ》んでいるつもりです。瀬戸口さんはそんなわたくしを不細工とおっしゃるのですか？」

早口にまくしたてる壬生屋の声を聞いて、瀬戸口の口許《くちもと》が嬉《うれ》しげにほころんだ。

「ははは。じゃあ、不細工はなし、だ。代わりにこういうのはどうだ？　やぁい、臆病者《おくびょう》」

「なんですって！」壬生屋の声が殷々《いんいん》とこだました。瀬戸口は耳を押さえた。

「わたくしは……！」

「今のおまえさんは臆病者だよ。こんなところで何をしてるんだ？　昼寝《ひるね》か、サボリか？」

「それは……」壬生屋が絶句《ぜっく》すると、瀬戸口は決めつけるように言った。

「さっさと戦いに戻れ！　二番機、三番機は植木陣地に向かったぞ。おまえさん、あいつらを見殺しにする気か？」

「わかってます！」

壬生屋の目に光が戻った。一番機は頭をめぐらし、瀬戸口をにらみつけた。こわもての重装《じゅうそう》甲《こう》だが壬生屋本人よりはこわくないな、と瀬戸口はにやっと笑った。

「そうだ。ついでに俺を指揮車まで運んでくれ。約束《やくそく》の時間まであと五分しかないんでね」

「運んでくれって言われても」

「なに、俺を抱きかかえてくれればいいのさ。そっと、やさしく、な」

「は、はいっ……！」

何故か壬生屋は頬《ほお》を火照《ほて》らせて返事をしていた。

「揺れると思いますけど、ご気分はいかがですか？」

一番機は細心《さいしん》の注意を払って、瀬戸口を抱《かか》え、駆けていた。

やめとけばよかった……。瀬戸口は吐き気を堪《こら》えて、平静な声を保った。

「快適至極《かいてきしごく》。姫とドライブするなんてはじめてだよな」

「お忘れですか？　前に軽トラックに乗せてもらったことがあります」

「ああ、そうだった。なあ、この仕事が終わったら、また北本《きたもと》のおやじでもからかいに行くか」

北本のおやじとは、壬生屋の超硬度大太刀を鍛《きた》えてくれた現代の刀鍛冶《かたなかじ》だ。市の郊外《こうがい》で避難もせずにしぶとく小さな町工場を経営《けいえい》している。

「本当ですか？　嬉しいです！」

「……頼《たの》むから壬生屋、大声、出さないでくれる？　拡声器、すぐ近くなんだよ」

「あ……すみません」

指揮車が見えてきた。壬生屋は「ドライブ」が終わるのが少し残念だった。

「優秀ですね。きっかり二十分で戻ってきた」

駆け込んできた瀬戸口を一瞥《いちべつ》して善行は無表情に言った。

「どうやら機嫌が治ったようです、姫は」

「けっこう。それではわたし達も出発しましょう。石津さん、県道を真《ま》っ直《す》ぐに北へ」

石津は黙ってうなずくと、アクセルを踏んだ。

「東原さんが着いたわ」

原から通信が入った。善行は瀬戸口からヘッドセットを受け取った。

「東原君、どうですか？」

「途中《とちゅう》、敵と出合ったらしいけど、落ち着いたものね。護衛役《ごえいやく》の岩田《いわた》君のほうが興奮《こうふん》している」

原の声は弾《はず》んでいた。隊員達のさえずりにまじって、人間のものとは思われぬ奇声《きせい》が聞こえてくる。

「ええ、東原君はいつだって冷静ですよ」良かった、平和なものだな、と善行は口許をほころばせた。

「善行さんがうつったのかしらね。もしかして隠し子？　なんちゃって」

瀬戸口がくくと笑った。善行は大きくため息をついた。

「……そちらはヒマそうですね。ああ、こちらも良い報《しら》せです。壬生屋機が戦列に復帰《ふっき》しました。どうやら脳震盪《のうしんとう》を起こしていたようです。機体にもさほどの損傷《そんしょう》は見られません。もっとも彼女、あなたに怒られるのではないかと気にしていたそうですが」

弾《はじ》けるような笑い声が返ってきた。

「やあねえ、わたし、怒ったりしないわ。帰ったらやさしく抱きしめてあげる」

原の嬉しげな返事に、善行は苦笑してかぶりを振った。

「市内に突入した敵はとりあえず撃破しました。我々はこれより植木方面に向かいます。植木環状陣地を拠点《きょてん》にして、しばらく戦闘行動を行う予定です」

「本当のところどうなの？　戦況《せんきょう》は」

「ええ、今のところ順調《じゅんちょう》です。ただし、北の植木環状陣地は相当な敵の圧力を受けています。この要塞《ようさい》陣地でどれだけの敵戦力を殺《そ》げるかが戦局の焦点《しょうてん》でしょうね」

「環状陣地に士魂号の整備員がいるか問い合わせてみましょうか？　もし一般《いっぱん》の整備員だけだったら申し送りすることがあるし」

原は機嫌がよさそうだ。願わくばずっとこの状態でいて欲しい。

「そうですね、フォローしてもらえればありがたいですね」

「ほほほ、お安いご用だわ」

ヘッドセットを返すと、瀬戸口がにやりと笑った。

「整備の女神《めがみ》さまも、ご機嫌うるわしく。司令もやれやれというところですね。けど壬生屋は原さんに怒られるなんて言っていませんでしたよ」

「……壬生屋さんの話題になると彼女、やさしくなりますから」

「さすが狐《きつね》だ」

「誉《ほ》め言葉と受け取っておきましょう」

善行は澄ました顔で眼鏡を直した。


「どうした？　ずいぶんと時間を食ったようだが」

若宮康光《わかみややすみつ》は怪訝《けげん》な面もちで来須に言った。若宮は自衛軍出身の生粋《きっすい》の戦車随伴歩兵である。善行に従って、これまで各地を転戦《てんせん》してきたらしい。屈強《くっきょう》な体つきにふさわしく、可憐《かれん》と呼ばれる四本腕の重ウォードレスを着込んでいる。来須と並んで立つと、その周辺だけ重力が発生するような迫力になる。

ふたりは壬生屋が奇襲《きしゅう》を受けた路面にたたずんでいた。アスファルトの路面はところどころが陥没《かんぼつ》し、五メートルほど下には地下道が広がっている。

「岩田、東原、瀬戸口と会った」

「なるほど、それで素人《しろうと》さんの面倒《めんどう》を見てやったってわけか」

「そんなところだ」

「それじゃあ、ひと働きするか」

若宮は重ウォードレスを着込んだ巨体に似合わず、身軽《みがる》に足場《あしば》をつたって地下道に降り立った。

来須もこれに続く。赤外線《せきがいせん》ゴーグルを装着して周辺の様子を探る。

使われなくなって久《ひさ》しい地下道は半ば埃《ほこり》に埋もれていた。近くに川があるせいだろうか、湿《しっ》気《け》を含《ふく》んだ冷気が空間を満たしている。

先導《せんどう》しようとする若宮を制して、来須は先頭に立った。いざという時にはより軽量な武尊を着用している来須のほうが小まわりがきく。

不意に若宮が口を開いた。

「なあ、来須。おまえ、戦争が終わったらどうするつもりだ？」

「……わからん」来須はぼそりと答えた。

「俺は除隊《じょたい》して清掃会社《せいそうがいしゃ》をやろうと思っている。そこいらの清掃会社とは違って、瓦礫の除去《じょきょ》もできる。俺は大型特殊《おおがたとくしゅ》を持っているからな。善行さんがその気なら社長《しゃちょう》に迎えるつもりだ」

「そうか」

「どうだ、一緒にやらんか？　おまえがいてくれれば心強い」

若宮はまじめに自分の将来を考えているようだ。何故、清掃会社なのかは不明だが、彼なりの理屈《りくつ》があるのだろう。

「……考えておこう」

進むうちに嗅《か》ぎ慣れたにおいが鼻をついた。それは埃と黴《かび》のにおいにまじって、しだいに強くなってきた。赤外線ゴーグルを通して見ると、突き当たりの壁《かべ》を確認した。道はほぼ直角に折れ曲がり、においはその先から流れてくる。

来須はサブマシンガンを構え、壁に張りつくようにして進んだ。神経を研《と》ぎ澄《す》まし、角から敵の気配《けはい》をうかがう。次の瞬間、むっとするようなにおいが来須の鼻孔《びこう》を刺激《しげき》した。来須が合図《あいず》をすると、若宮が歩み寄ってきた。ふたりは百平米《ひゃくへいべい》ほどの広場に出た。

「くそっ！　なんだって、こんな……」

若宮が憤然《ふんぜん》として吐き捨てた。

広場の真ん中には整然と人の首が積み重ねられていた。百以上はあるだろう。半《なか》ば肉がはがれ、眼球《がんきゅう》が流れ落ちた古い首もあれば血をしたたらせた新しい首もあった。幻獣はかなり前から地下道に潜伏《せんぷく》して、夜な夜な市街《しがい》に出没《しゅつぼつ》していたに違いなかった。

何故、こんなことをするのか？　遺体《いたい》を辱《はずかし》めることにどんな意味があるのか？

来須が片手を上げ、方向を示した。若宮がうなずく。ざわざわとおびただしい気配がして、闇の中に無数の赤い目が光った。

来須はためらわずサブマシンガンの引き金を引いた。若宮の四本の腕に握られた七・六二mm機銃が吠《ほ》える。五つの火線《かせん》が狭い通路に吸い込まれてゆく。敵は反撃する暇《いとま》もなく倒れ、戦闘は一瞬のうちにけりがついた。

ゴブリンとゴブリンリーダーが通路に折り重なるようにして倒れていた。

若宮は一体のゴブリンリーダーの前で足を止めた。おびただしい体液をしたたらせながらも、巨大なひとつ目からは光が失われていず、しきりに起き上がろうともがいている。若宮の足がゆっくりと上がった。「野郎《やろう》……」絞《しぼ》り出すように言うと、若宮は踵《かかと》を振り下ろし、幻獣の目を潰《つぶ》した。来須も黙々と敵にとどめを刺してゆく。

「どうしてこんなやつらが生きているんだ？」

幻獣にとどめを刺すうち、若宮はしだいに激してきたらしい。こいつらの死体が塩をかけられたなめくじのように消滅《しょうめつ》しなければ、人間にしてきたことと同じ目に遭わせてやりたかった。来須は応《こた》えずに、無表情に若宮を見ただけだった。

「……頭が冷えた。先を急ごう」

しばらくして若宮の声に正気《しょうき》が戻った。来須はそっけなくうなずいた。

ふたりは敵の来た道を逆走《ぎゃくそう》してゆく。途中、こちらに向かってくる小型幻獣の群れをいくつも掃討《そうとう》した。どうやら敵は急いでいるらしい。警戒もせず、無防備《むぼうび》な密集《みっしゅう》隊形で移動している。ふたりは敵の接近を察知《さっち》して、待ち伏せするだけでよかった。

不意に地下道が揺れ、埃が舞った。

来須は天井《てんじょう》を見上げた。

「上ではじまったようだな。どうする？」

と若宮。来須は上官だから、その意向は尊重《そんちょう》しなければならない。本音《ほんね》を言えば、今、自分達は絶好《ぜっこう》のポジションで戦っていた。ほとんどがゴブリンとはいえ、三十分足《た》らずの間に百体以上の小型幻獣を始末している。好調だ。まだまだ狩《か》りを続けたかった。

通信機が鳴り、原の声が流れてきた。

「来須君、聞こえる？」

「ああ」

「陣地が襲われているの。至急《しきゅう》戻って！　今、どこに……」

「五分持ちこたえろ」来須は原の言葉をさえぎると通信を切った。

「五分だ」来須は若宮を見た。この分だと地上には敵が充満《じゅうまん》していることだろう。戻るとしたら敵にかまわず、しゃにむに陣地まで走らねばならない。若宮の重ウォードレスには相当な難題《なんだい》だ。

「知っているか？　俺は生まれた時から歩兵《ほへい》だった」

若宮がにやりと笑うと、来須も口許をほころばせた。

「行くぞ」

ふたりは重たげな足音を響かせて駆け去った。


灰、茶、緑の都市型迷彩を施された指揮車は県道を北上《ほくじょう》していた。

善行はハッチを開けて、機銃座《きじゅうざ》からあたりの風景を眺《なが》める。

背の低い住宅が延々《えんえん》と続き、道沿いには、ところどころに小規模な防衛陣地が築かれていた。

「外の景色《けしき》はどうです？」瀬戸口が声をかけてきた。

「風光明媚《ふうこうめいび》、とは言えませんね。前方に壬生屋機の姿をとらえました。さながら遅刻して走る生徒といったところですね」

「ははは、壬生屋が聞いたら怒りますよ。無遅刻無欠席を自慢《じまん》にしていますから」

五百メートルほど先で爆発が起こった。敵か味方か、ヘリのローター音が微《かす》かに聞こえた。

「我が隊ですか？　位置は？　敵の規模《きぼ》は？」

「四方寄《よもぎ》付近で二番機、三番機が現在戦闘中。敵はきたかぜゾンビ三、ミノタウロス五、ゴルゴーン三……東原、GPS画像をONに。と、いないんだっけ」

「なご」ブータがうなった。

「ははは。おまえさんの出番はまだだよ」

瀬戸口がサブスクリーンを開くと、三番機がミサイル発射体勢に入るところだった。二番機は離れたところから支援射撃を行っていた。

どうも二番機がぱっとしない。支援射撃は大きくはずれて、いたずらに周辺の建物を破壊するだけだった。

「壬生屋、三番機が孤立《こりつ》している。急いでくれ」

「参りますっ！」

壬生屋は凛《りん》とした声を発した。一番機は超硬度大太刀をきらめかせ突進していった。

「滝川め、何を遊んでいる」舞は不機嫌に吐き捨てた。

滝川の支援射撃はまるで役立たずだ。厚志の巧《たく》みな操縦《そうじゅう》で敵生体ミサイルを辛《かろ》うじてかわしたものの、機体は斜めに大きく傾《かし》いだ。わたしは厚志と違って、内臓《ないぞう》も三半規管《さんはんきかん》も頑丈《がんじょう》ではないのだ、と忌々しく思いながら、舞はすばやく敵をロックした。

有線式のジャベリンミサイルが、次々と敵を探知《たんち》し、撃破してゆく。

「速水機、ミノタウロス撃破!」

瀬戸口の声が回線を通じて流れてきた。瀬戸口め、戻ったか。舞は大きくうなずいた。

「ミノタウロスが一体、ゴルゴーンが二体残ったぞ。しっかりしろ滝川、支援射撃はどうした?」

瀬戸口の励ます声が聞こえた。

「す、すいません……」

滝川の気弱《きよわ》な声。それにしても、どうしたのだ滝川は? 悪いものでも食べたのか? 舞が首を傾げると、機体がふわりと浮き上がった。厚志得意の跳躍だが、舞にはこれが一番苦手だ。着地《ちゃくち》の瞬間が気持ち悪い。

「このまま直進して敵を振り切るよ。その後に旋回《せんかい》。あとはよろしくね」

「任せるがよい」

ふたりの息はまるで一卵性双生児《いちらんせいそうせいじ》のようにピッタリと合っていた。本来なら言葉など交《か》わさなくても戦闘を続けることができるのだが、厚志はどうしてもしゃべりたいらしい。わたしもそのほうがよいな、と舞は思う。相手の声を聞くことで、不安を鎮《しず》め、つかのま神経を休め、緊張と弛緩《しかん》のメリハリをつけることができる。

着地と同時に旋回。一瞬の無駄《むだ》もなく、ジャイアントアサルトが火を噴いた。敵が生体ロケットを発射する機先を制し、二〇㎜機関砲弾がゴルゴーンの身体《からだ》に吸い込まれてゆく。一体が誘爆《ゆうばく》を起こして爆発、ほどなくもう一体も四散《しさん》した。

厚志と舞の横を漆黒の機体がすり抜けた。きら、とまばゆく光るもの。大太刀にすっぱりと切断されたミノタウロスの上体が、三番機の前に転がった。

「遅れてしまって。ごめんなさい」

壬生屋の声が聞こえた。厚志の口許に笑みが広がった。

「壬生屋さん！　大丈夫なの？」

「はい、その……軽い脳震盪を起こしたらしくて、もう平気ですから」

「ふむ。脳震盪が好きなやつだ」

舞がそっけなく言った。実は冗談《じょうだん》のつもりだ。

「芝村さんにも心配をおかけして」

受けなかった……。やはり芝村には冗談は似合《にあ》わぬか。舞は努めて冷《ひ》ややかな声を出した。

「わたしは心配などせぬ。心配は厚志の担当《たんとう》だ」

「舞ったら素直じゃないんだから」

「なんだと！」

「ははは、そこまでにしておけ。植木まであと少しだ」瀬戸口の陽気な声が響いた。

「そういえば東原さんは……？」厚志が尋ねた。

「ひと足先に陣地に戻った。代わりにブータが頑張ってくれている。さあ急いだ急いだ」

戦闘指揮車は植木環状陣地に向かっていた。

前方には三機の士魂号が駆けている。各方面で砲声が起こり、曇り空を赤々と照らした。なかでも植木方面の空は閃光と黒煙に充《み》ち満ちていた。

「こちら植木陣地。聞こえますか、どうぞ」

通信が入った。善行はマイクを取ると、すぐに応じた。

「5121独立駆逐戦車小隊の善行です。状況はいかがです？」

「我が陣地は田原坂《たばるざか》ポイントを突破《とっぱ》してきた敵の強襲《きょうしゅう》を受け、苦戦《くせん》しております。一兵でも多くの援軍《えんぐん》が欲しい状況です。応援よろしく」

「了解しました」

善行が通信を切ろうとすると、瀬戸口が声をあげた。

「原主任から通信が入っています」

「……代わってください」善行は回線を切り替えた。

「元気にしてた？」

原の声は平静《へいせい》なものだった。しかし善行は嫌な予感がした。感情を抑《おさ》えている時、原は別人かと思われるほど静かな口調になる。

「何か」

「戦いがはじまったわ。実況中継《じっきょうちゅうけい》するけど、聞こえる？」

善行の耳に突如《とつじょ》として、砲声と小隊機銃の掃射《そうしゃ》音が聞こえた。まさか整備班が襲われているのか……？　善行は愕然《がくぜん》として瀬戸口と顔を見合わせた。

「……聞こえました。状況は？」

「あと少しは頑張れると思う。けど、十分ないし二十分といったところね」

「十分ですか、二十分ですか？」

善行は淡々《たんたん》と尋ねた。真剣《しんけん》になればなるほど、声は静かに平板《へいばん》になる。

瀬戸口が北側陣地のスクリーンを表示した。あらゆる正面が真っ赤に染まっている。すでに点などではなかった。面だ。赤く塗《ぬ》りつぶされた面だった。

５１２１小隊は、北側陣地のはずれの、最も圧力を受けにくい地点に位置していたが、それでも正面にはびっしりと敵を表す赤い光点が密集《みっしゅう》していた。

「二十分は。ウチの隊員って見かけによらずしぶといから。それ以上を要求するのは酷《こく》ね」

「味方の応援はどうです?」

「だめ。他の陣地はもっとひどい状況になっている。これまでに救援要請《ようせい》を三つ聞いたわ。整備の子達に無理なことさせたくないのよ。すぐに作戦を中止して戻ってきて!」

「……できる限り急ぎます」

どうしてこう次から次へと予想外の事態が続くのか。善行は頭を抱えた。

「わたしの声が聞きたかったら、急ぐことね。後悔《こうかい》しても遅いのよ」

善行が通信を切ると、再び植木陣地から通信が入った。

「そちらも取り込み中のようですね」

「面目《めんぼく》ありません」

「事情はわかっております。こちらのことは気になさらずに。ご武運《ぶうん》をお祈《いの》りします」

植木からの通信は切れた。善行は各機に通信を送るよう、瀬戸口に命じた。

「北側陣地が小型幻獣の大軍に襲われている。急いで戻るぞ」

瀬戸口からの通信に、舞は「ふむ」とうなずいた。市内に突入した敵はすべて掃討《そうとう》したと思っていたが、小型幻獣ならばあらゆる道を通って進むことができる。敵は民家《みんか》に潜んで、路地《ろじ》という路地に集結《しゅうけつ》し、さらには地下という地下に潜んで攻撃のタイミングをはかっていたのだろう。各迎撃《げいげき》ポイントからの砲火に大量の出血を強《し》いられるだろうが、それを苦にしないだけの圧倒的な量を揃《そろ》えれば作戦は成功し、ローラーで押しつぶされるように味方陣地は壊滅《かいめつ》する。

「まんまと敵にのせられたか。考えたものだ」

舞の言葉は他人事《ひとごと》のように冷たく聞こえたが、厚志は舞を理解していた。口先だけの心配など何の意味もない。むしろ頭を冷やして来《きた》るべき敵を分析することが大切だ。心配は自分の担当だ——と厚志は割り切っている。

「整備の人達、危ないんじゃない?」厚志が機体の速度を速めながら言った。

「むろんだ。しかし今さらそんなことを口にしてもしかたがあるまい」と舞。同じようなやりとりをこれまでに何度もしてきた。

「道を開けろ。俺、ひと足先に行く!」

滝川の声が聞こえた。単座型軽装甲なら指揮車より速い。すかさず瀬戸口の声がたしなめる。

「勝手《かって》なまねをするな。おまえさんは命令《めいれい》に従っていればいい」

「そうですわ。整備の皆さんのこと気がかりでしょうけど、思いつきや感情で動いて良いことはありません」壬生屋が口を合わせて言った。

「あれ? 壬生屋、ずいぶん大人になったじゃないか。お兄さんは嬉しいよ」

「茶化《ちゃか》さないでください! わたくしだって気になって気になってしかたがないんです!」

厚志は後部座席の様子を冷や冷やしながらうかがった。こうしたじゃれ合いを舞は嫌う。しだいに苛立《いらだ》ってくるのが厚志にはわかる。

と、瀬戸口の声のトーンが変わった。低く、凄《すご》みのある声になった。

「……どうやらすんなり戻れるってわけにはいかないようだ。各機、戦闘態勢に入ってくれ」

四方寄《よもぎ》の交差点付近だった。

厚志達の前に、幻獣軍の「空中要塞」スキュラをはじめ、十体以上の幻獣が待ち受けていた。西合志《にしごうし》方面から国道沿いに進出した中・大型幻獣を主力とする敵は、味方陣地を次々と踏みつぶしながら熊本城まで数キロの地点に進出、その一部が士魂号と遭遇《そうぐう》していた。

飛田《ひだ》、山室《やまむろ》付近で激しい砲声が起こっている。小雨まじりの曇り空を、閃光がぱっと明るく照らした。付近には自衛軍の駐屯地《ちゅうとんち》があり、強力な戦車小隊の一群がこの一帯を守っている。どうやら激戦の渦中《かちゅう》に巻き込まれたようだ。

スキュラの機首《きしゅ》が転回する機先《きせん》を制して、二〇㎜機関砲弾がその横腹《よこばら》を裂《さ》いた。傷つきながらも敵はなお反撃に出ようとしたが、向きを変えた瞬間には三番機の姿はなかった。厚志は巧《たく》みに死角《しかく》から死角へと機体を移動させていた。再び機関砲弾をたたきつけられ、空中要塞は炎を噴きながら地上に激突《げきとつ》した。

「スキュラ殺し」の異名《いみょう》は伊達《だて》ではなかった。三番機は本来は動きの鈍《にぶ》い複座型でありなが華麗《かれい》なステップワークで中・大型幻獣の撃破数を飛躍《ひやく》的に伸ばしている。

「大丈夫か、厚志」

舞が厚志に呼びかけた。

「え？　大丈夫だけど」

「そなた、疲れてはおらぬか？」舞は重ねて言った。

「全然。操縦《そうじゅう》していると楽しいしさ。前にも言ったはずだけど、長く乗れば乗るほど自分の手足と同じになってくるんだ」

厚志はあっけらかんと言った。厚志によれば、士魂号を起動《きどう》した直後は、どうしても微かな違和感《いわかん》があり、自分の手足とまではゆかない。はたから見れば同じに見えるが、この微妙な感覚が大切なんだ、という。

実は舞のほうが疲れていた。必ずしも快適《かいてき》とはいえない士魂号に乗り込んで、Gに耐え続け、胃《い》はむかむかするし、コクピットに籠《こ》もるにおいには未《いま》だに慣れることができない。人工筋肉とたんぱく燃料、自分達の体内からの分泌物《ぶんぴつぶつ》。有機《ゆうき》的な成分《せいぶん》が入りまじって、コクピットには独特なにおいが籠もっている。こうした時、舞はハッカのにおいを思い出すことにしている。ハッカ入りの香水《こうすい》、入浴剤。ハッカ入りのガム、ハッカ入りのトイレ芳香剤《ほうこうざい》――。

「舞、あと少しの辛抱《しんぼう》だからね」

厚志からやさしい言葉をかけられて、舞は、はっと我《われ》に返った。舞の顔はみるまに不機嫌になってゆく。

「辛抱とは何の辛抱だ？　わたしはいっこうに平気だ。コクピットは第二の我《わ》が家《や》だからな」

ミノタウロスが突進をかけてきた。厚志は闘牛士《マタドール》のように楽々《らくらく》と突進をやり過ごす。すかさず舞が敵をロック、ジャイアントアサルトが背を見せた敵を粉砕《ふんさい》した。

「速水機、ミノタウロス撃破。さすがだな。ああ、壬生屋もミノタウロスを撃破か。凄いぞ、たった五分で五体のミノタウロスを片づけちまった。危険な女だな、壬生屋は」

瀬戸口がまた脱線《だっせん》した。毎度《まいど》のことのように壬生屋もいちいちこれに反応する。

「わ、わたくしは義務《ぎむ》を果たしているだけです！　瀬戸口さんは誤解《ごかい》しておられます！」

「おっと、二番機が手こずっているぞ」瀬戸口は軽く壬生屋の抗議《こうぎ》を受け流す。

滝川の二番機は最後のミノタウロスに至近距離から銃弾《じゆうだん》を浴びせていた。が、二番機の射《しや》撃《げき》はいっこうに当たらず、ミノタウロスは生体ミサイルの発射準備をしている。

一番機が跳んだ。背後から大太刀を斬り下げると、敵はゆっくりと倒れ伏《ふ》した。

「これでゲームオーバーってわけだな。戦果《せんか》はスキュラ二、ミノタウロス八、ゴルゴーン五。鬼のように強い、とはおまえさん達のことだよ。ごくろうさん」

瀬戸口はパイロットをねぎらった。

「急がねばならん。陣地へのルートはどうなっている？」と舞。

「行きはよいよい帰りはこわいってやつだ。だが、俺達はこれ以上、味方につき合ってやることはできない。県道をいっきに南下《なんか》、敵にはかまわず突破するぞ」

「ふむ。そろそろ弾薬《だんやく》も残り少なくなってきた」

「あいつら……無事かな」

滝川がぽつりと口を開いた。今日の滝川は啼《な》かず飛ばずだ。声にも張りがない。

「ああ、原さんが補給車で頑張っている。来須と若宮も駆けつけたらしいし、大丈夫さ」


部隊は道を急ぐ。

指揮車を挟むようにして、前を二番機が二十メートルほどの間隔《かんかく》をおいて走り、後ろには一番機と三番機が従っていた。

県道の両側には無《む》傷《きず》の小陣地、通称《つうしょう》「ポイント」が残っており、守備《しゅび》する兵達は植木環状陣地、そして熊本城方面の空を不安げに見上げていた。

断続的《だんぞくてき》に降り続いていた小雨は勢いを増し、細かい雨滴《うてき》が風にあおられ霧雨《きりさめ》となっていた。

霧雨の向こうでウォードレス姿の学兵《がくへい》が敬礼《けいれい》をしている。

滝川はぼんやりと学兵を見た。こんな時に敬礼なんてズレてるんじゃねえか、と思ったが、その表情を見て息を呑んだ。

きっと今の俺も似たような顔をしている。不安げで自信のない表情だ。怯《おび》える心をなんとかしようとして、部隊が通るたびに敬礼をしているのだろう。何故、敬礼なのかはわからないが、それしか思いつかなかったんだろうなと滝川は想像した。

視界が煙《けむ》って、熊本城が霞《かす》んで見える。ありとあらゆる戦場の音が、じめついた空気をつたって、滝川の耳にこだました。

「どうしてこんなことになっちまったのかな?」

滝川は声に出してみた。「むかしはただのおもいでなの」東原の戒《いまし》めがよみがえったが、戦車兵を志願《しがん》した時のことを思い出していた。テレビの政府《せいふ》PRに出てくる戦車兵は格好《かっこう》よかった。戦車の前に整然《せいぜん》と列を組んで待機し、隊長の号令一下《いっか》、あっという間に部署《ぶしょ》に散る。特に電子《でんし》照準器《しょうじゅんき》をのぞきこむ砲手《ほうしゅ》の女の子が最高だった。滝川が戦車兵に志願したとどめは、ローカル局が放映した人型戦車のCFだった。人型戦車がのそのそと演習場《えんしゅうじょう》を歩行するだけの芸《げい》のないCFで、すぐに放映は打ち切られたが、滝川は即刻《そっこく》、担任の先生に志願したものだ。

担任はほっとした顔で滝川に礼を言った。どうやらクラスごとに志願者のノルマが決められていたらしい。「希望・ぜったいぜったい人型戦車!」と応募《おうぼ》書類《しょるい》に書いて、結果はその通りになった。それから5121小隊に配属《はいぞく》されて、何度も死ぬ思いをして……。

「俺って、馬鹿だよな」

別に国を守ろうとか、そんな大それたことは考えていなかった。

ただ人型戦車が格好よかったから志願した。戦車兵になればモテるかも、と考えて志願した。

しかし最大の理由は、家を出たかったからだ。どうして母ちゃんはあんな風になってしまったのか？　働かず、一日中酒を飲むかテレビを見るかパチンコをしていた。時々、ヒステリーを起こして泣きわめき、まわりに毒《どく》を撒き散らした。

「今日は静かだね、滝川」厚志が話しかけてきた。

「ああ……ちょっと、昔のこと思い出して。おまえ、昔のことって思い出すか？」

「たぶん、君と同じくらいは」

「ちぇっ、それどういう意味だよ？」

滝川が鼻白《はなじろ》むと、すぐに速水の声が返ってきた。

「ええと、そんな深い意味はないんだけどさ」

なんとなく歯切れが悪い。こいつ、俺のこと馬鹿にしているのか？　どんよりと粘《ねば》りつくような疲れのせいもあって、滝川の心にふと疑念《ぎねん》が芽生《めば》えた。

「はっきりしねえやつだな。ちょっとむかつく」

「じゃあ、言うよ。こんな時に話すことじゃないと思うんだけど、この小隊の人達ってみんな過去に傷ついている。……傷を負《お》っている。ずっとそう思ってきた」

厚志の言葉に、滝川は何故か猛烈《もうれつ》に腹が立った。

「おい、勝手に決めつけるなよ。俺は傷ついてなんかいねえぞ！」

「ごめん、変なこと言っちゃったね」

「わかったようなこと言いやがって、馬鹿にしやがって……！」

「滝川、そうじゃなくって……痛いっ！」

厚志の悲鳴が聞こえた。

「そなたは暗いな」苦手な声だ。舞のきっぱりした声がコクピット内に響いた。

「厚志も暗いから蹴《け》ってやった。そなたはおのれのことばかり思い出していたのだろう。おのれがいかに傷つき、いかに悩んだか、そんなことばかり考えているのだろう。それは楽しいことかもしれぬが、健康に悪いぞ」

「べ、べつに楽しいなんて……」

「たわけ。楽しいから飽《あ》きもせず考えるのだ。楽しくなければ考えまい？　そうであろ？」

舞は強引に畳《たた》みかけた。

「ははは、芝村らしいな。お説ありがたく拝聴《はいちょう》するよ。だが今は戦闘中だぞ」

瀬戸口の苦笑まじりの声が聞こえた。

「そうであった」と舞。

「滝川、事情はわからんし、聞くつもりもないが、今日のおまえさんは最低だぞ。もう少し戦闘に集中しろ」

「……了解」滝川とてこれまでに数え切れぬほど戦闘に出ている。個人的な事情や悩みなど、戦闘の前では不要にして有害《ゆうがい》なものだということも知っている。

そうとは知りながら、感情を抑《おさ》えることができない。俺はだめなやつだと滝川は思った。

不意にミサイルの風切り音が聞こえ、すぐ近くで爆発した。

滝川が視点を向けると、陣地が直撃を受け、敬礼をしていた学兵の姿は消えていた。

「ちっくしょう。やりやがったな……！」

滝川は悔しげに声を絞り出した。

機体が揺れた。滝川は、あわてて周囲を見まわした。いたっ！　一体のナーガが瓦礫の下から這い出してきた。応戦《おうせん》しようとジャイアントアサルトを構えたとたん、再び機体が揺れ、目の前が真っ暗になった。

「滝川機、被弾《ひだん》！　運動性能、火器管制《かきかんせい》、機体強度《きょうど》、性能低下！」

瀬戸口は内心で歯がみした。集中が必要なのは自分も同じだ。近接戦闘用のレーダー画面を表示するのを怠《おこた》ったために、たかがナーガごときに損害を受けてしまった。

二番機は至近からのレーザー射撃をまともに受け、転倒《てんとう》していた。機体はピクリとも動かず、コクピットから滝川が脱出《だっしゅつ》する気配《けはい》もない。

「滝川、しっかりしろ、滝川……！」

呼びかける瀬戸口に一番機から通信が入った。

「わたくし、参りますっ！」

一番機は県道をはずれ、なおも二番機に狙いを定めるナーガに肉薄《にくはく》すると一刀《いっとう》のもとに斬り捨てた。これだけか？　否《いな》。サブスクリーンに表示されたGPS画像に、ミノタウロスの一団《いちだん》が縦隊《じゅうたい》を組んでこちらに向かってくる様子が映った。その距離約百五十。三番機はミサイルを使い果たし、戦闘力は格段《かくだん》に落ちている。戦闘がはじまってから二時間。これまでに何度も遭遇《そうぐう》戦を戦い抜いてきた。

パイロットの疲労《ひろう》が思いやられる。これ以上、戦わせたくはなかった。

しかし、瀬戸口にはどうすることもできなかった。

「壬生屋、お客さんを頼む。速水、芝村は支援射撃よろしく」

瀬戸口は言い捨ててから善行に向き直った。

「滝川の様子を見てきます」

「お願いします。あなたはさながら戦う保父《ほふ》さんといったところですね」

善行の冗談に、瀬戸口は苦笑を浮かべた。

「ええ、本職《ほんしょく》はオペレータなんですがね」

「……石津さん」善行が石津に呼びかけると、石津は待っていたようにギアをチェンジし、猛然と指揮車をバックさせた。外へ飛び出すと瀬戸口の目の前に二番機の頭部があった。コクピットを開け、ほの暗い空間をのぞきこむ。滝川は胎児《たいじ》のように丸まって穏やかな表情で眠り込んでいた。瀬戸口は拍子抜《ひょうしぬ》けしたように肩をすくめた。

「まったく、壬生屋といい滝川といい、世話の焼けるやつらだ。滝川……おまえさん、性格を変えないといつか死ぬぜ」

「滝川君は？」指揮車に戻ると善行が声をかけてきた。

「疲労のあまり爆睡《ばくすい》。こんな状況でよく眠れるもんですよ。どんな夢を見ているんだか」

「……そうですか」

士魂号パイロットの疲労度についての詳細《しょうさい》なデータはない。士魂号は神経接続《しんけいせつぞく》によってパイロットの脳を機体の生体脳《せいたいのう》と同調《どうちょう》させる生体兵器だ。本来なら精神的、健康的な面での影響も考慮《こうりょ》して開発されなければならない。が、戦局《せんきょく》の悪化はそれを許さなかった。

神経接続の際《さい》にパイロットが見る「グリフ」と呼ばれる夢の正体についても詳しいことはわかっていない。それどころか、こうした類《たぐい》の情報は完璧《かんぺき》に隠蔽《いんぺい》され、統制《とうせい》されていた。パイロットの身には何が起こっても不思議ではなかった。彼らは知らずモルモットの役割《やくわり》を負《お》わされていたのである。

善行はほろ苦く笑うと、左手の多目的結晶《たもくてきけっしょう》に目を落とした。

「あと一分だけ、彼を休ませてやりましょう」


……滝川は夢の中でひとりの少女と向かい合っていた。

何を話すわけでもない。少女はにこりともせず、しゃがみこんで、じっと滝川を見つめている。年格好《としかっこう》は滝川と同じくらいか。髪《かみ》は短く切り揃え、白衣《はくい》ともパジャマともつかない質素《しっそ》な格好をして、胸には番号が書き込まれたプレートをつけている。
少女の無遠慮《ぶえんりょ》な視線に、滝川は面映《おもは》ゆさを感じた。
――ここはどこだ？
滝川はあたりを見まわした。四囲《しい》をすべて白い壁で囲まれた空間。滝川と少女の他は何ひとつとして存在しない。少女の目にわずかに感情が宿《やど》った。
――牢獄《ろうごく》だ。おまえも物好きなやつだ。こんなところまで来るとはな
滝川はぎょっとして出口を探した。少女は口許をほころばせた。
――大丈夫、おまえはすぐに解き放たれる。わたしはずっとおまえを見てきたよ。おまえはどこにでもいる普通の男の子だ。それゆえにおまえの戦いは尊《とうと》い。栄光にはほど遠く、英雄と讃《たた》えられることもない。それゆえに尊いのだ
――おまえ、誰だ？
滝川が尋ねると少女はかぶりを振った。
――名前など忘れた。意味もないしな。わたしはおまえの一生懸命なところが好きだよ
――なあ、おまえ、誰なんだ……？
――戦闘中だろう。そろそろ行け。二度とここへは来るな
滝川がなおも口を開こうとすると、少女の姿は掻き消えた。気がつくと滝川はほの暗いコクピットにひとりでいた。

今まで誰かと話していたような気がする。滝川は思い出そうとしたが、あきらめて、ほうっと息をついた。古い友達に会ったような懐《なつ》かしい気分だった。

「聞こえるか、滝川」

瀬戸口の声が響いた。滝川は迷子《まいご》になった子どものように瀬戸口の声に反応《はんのう》していた。

「瀬戸口さん、俺、俺……！」

「休み時間は終わりだ。そろそろ戦争に戻ろうじゃないか」


「我々は陣地から一キロの地点に達しています。じきにそちらへ……」

善行が通信を送ると、すぐに原の声がさえぎった。切迫《せっぱく》した口調である。

「二十分どころか、その倍は経《た》っているわよ。小隊の陣地と整備テントは敵に占領《せんりょう》されてしまった。わたしは補給車《ほきゅうしゃ》に閉じ込められ、死を待っている状況よ」

善行は息を呑んだ。激しい喉の渇きを覚え、瀬戸口のペットボトルに手を伸ばした。「それ、俺のウーロン茶……」瀬戸口の抗議《こうぎ》にかまわず、ごくごくと喉に流し込んだ。

「……脱出《だっしゅつ》はできないのですか？」

善行は絞り出すような声で尋ねた。

「無理ね。幻獣の大群《たいぐん》に囲まれてしまった。素子ちゃん、大ピーンチ！」

原のおどけた口調が、かえって絶望的な状況を感じさせる。たとえどんなに救いようのない状況に陥ったとしても、ことさらに陽気に振る舞ってみせる。原素子はそういう女だ。欠点は多いが、健気《けなげ》で心やさしい。善行は奥歯を噛みしめた。

「待ってください！　あきらめてはだめだ」

「さよなら善行さん、いろいろと楽しかったわ」

通信が切られた。善行は拳《こぶし》を自分の掌《てのひら》にたたきつけた。瀬戸口と石津が茫然《ぼうぜん》として顔を見合わせた。司令のこんな仕草《しぐさ》ははじめて見る。

「司令……」

「しばらく黙っていてください。わたしは……」善行はうつむくと、必死に激情《げきじょう》を抑えた。

と、再び通信が聞こえてきた。新井木《あらいぎ》……？　新井木勇美《ゆうみ》らしき声がまくしたてている。

「……脚色《きゃくしょく》がすぎるっていうか、大げさっていうか、幻獣に囲まれているなんて嘘を……」

「だって面白いんだもの」

原のあっけらかんとした声が響いた。善行は、はっとして自分の拳に目をやった。そして瀬戸口と視線を合わせると、きまり悪げに拳を解《ほど》いた。

瀬戸口は、ふっと笑って肩をすくめた。

「君はいったい何をやっているんですか？　遊びじゃないのですよ！」

まんまと騙《だま》された！　善行の目元が赤らんでいる。

「わかってる。けど、士魂号が到着しなければこちらの出番はないわ」

原は悪びれた様子もなく、むしろ生き生きとした調子で応じた。

「それはそうですが……」

「安心して。来須君、若宮君が駆けつけて、隣の隊の陣地に入っている。補給車から見えたの。これから反撃よ。あなたが戻るまでに整備テントを奪い返さなきゃね」

今度こそ通信が切られ、善行は、ため息をついた。疲れる。原素子はその気になれば自分を過労死《かろうし》させることができる女だ。昔からそういう女だった。

「あの、司令……？」瀬戸口が遠慮《えんりょ》がちに声をかけた。

「あ、ああ、何でしょう？」

「俺のウーロン茶、弁償《べんしょう》してくださいよ」

一〇一五時。善行は遅々《ちち》として進まぬ帰還《きかん》に苛立っていた。陣地までの道路は惨憺《さんたん》たる状況になっている。横倒しになった電柱が道を塞《ふさ》ぎ、路上には瓦礫が散乱している。士魂号はそのたびに障害物《しょうがいぶつ》を除去し、指揮車を通さねばならなかった。

「いっそ士魂号を先行させるか……」

善行がつぶやくと、瀬戸口がかぶりを振った。

「そんなことをしたら指揮車は格好《かっこう》の標的《ひょうてき》にされますよ。あと少しの辛抱《しんぼう》です」

北側陣地の方角から聞こえてきた砲声、射撃音はごく散発《さんぱつ》的なものになっていた。陣地までは直線距離にして五百メートルをとうに切っているはずだ。

「そうですね。あせってもしかたがない状況です。石津さん、落ち着いて運転頼みます」

善行は運転席の石津を思いやって言った。ただでさえ視界《しかい》が限られた装甲車《そうこうしゃ》である。運転する者はつねに緊張を保っていなければならない。石津も懸命に疲労と闘っているに違いない。

「……任せて」石津は背を向けたまま、こっくりとうなずいた。

「正直なところどうなんです？　先ほどのことなんですが」

瀬戸口が唐突《とうとつ》に口を開いた。善行は眼鏡を押し上げた。瀬戸口との会話はつねに地雷原《じらいげん》にいるようなものだ。少しでも油断《ゆだん》すると、こちらの心を見透《みす》かしたようなことを言ってくる。

「正直なところは、そうですね……あなたが考えている通りだと思いますよ」

善行は努めて冷静に言った。

積極的な前進防御戦術を採《と》ろうとして、結果として敵に裏を掻《か》かれてしまった。プロセスについて言えば、自分の判断は決して間違《まちが》っていない。市街地での機動性《きどうせい》に富《と》む人型戦車を陣地にへばりつかせて守るなど、宝《たから》の持ち腐れである。ただし、戦闘は結果がすべてだ。最悪の場合、留守《るす》を守る整備班がパニックに陥《おちい》り全滅したとしても不思議はなかった。運良く整備班が持ちこたえてくれたお陰で作戦を続けていられる。

整備班にはまったく期待していなかった。仮《かり》に敵が攻めてきたとしても、他の陣地からの砲火支援で十分に対応できると楽観《らっかん》していた。しかし自分達の留守中に行われた敵の攻撃は、そんなになまやさしいものではなかったようだ。

善行が考え込むと、瀬戸口はにこやかに笑って言った。

「ははは。照れなくてもいいと思いますよ。まあ確かに原さんは独特な性格の持ち主ではありますがね」

「……あなたは何を言っているんですか？」

善行は唖然《あぜん》として言った。作戦指示のことではなかったのか？

「司令があんなに熱くなるなんて。はじめて見ましたよ」

「あなたは無駄口《むだぐち》が多すぎる。自衛軍だったらヒンシュクものですよ」

「あ、それを言いますか。そりゃあ俺達は半分学生ですしね。自衛軍とは違いますよ。けど、違っててもいいんじゃないですか？　俺達には俺達の流儀《りゅうぎ》がある」

「俺達の流儀ねえ……」

善行は顔をしかめた。こんな不遜《ふそん》なことを言って許されるのは5121小隊だけだ、と善行は時々苦々しい思いをすることがある。構成員《こうせいいん》の過半《かはん》を整備兵が占《し》め、パイロット達もそれぞれ独自《どくじ》の論理《ろんり》で動いているように思える。この試作実験機《しさくじっけんき》小隊を発足《はっそく》させたのは自分だが、隊がどんな色合いに染まるかまでは想像していなかった。

あらゆる意味で予想外。これが結論だ。戦闘中に無駄口をたたいたり、人生相談《じんせいそうだん》をしているような子どもっぽく素人っぽい連中《れんちゅう》が、どうして高度な整備技術を有し、有能《ゆうのう》なパイロット足《た》り得《え》るのだろうか？　この落差《らくさ》に善行は未だに慣れることができないでいる。

　瀬戸口にしてもそうだ。パイロットへの通信の三分の一は軟派《なんぱ》なおしゃべりという本来なら存在し得ないオペレータだが、うまくパイロットを誘導《ゆうどう》し、結果を出している。噂《うわさ》では学兵の女子の間で瀬戸口の通信を傍受《ぼうじゅ》することが流行《はや》っているという。

「君は５１２１小隊に合っていますね」

「皮肉《ひにく》を言われても困りますよ。水は方円《ほうえん》の器《うつわ》に従うでしたっけ？　俺は小隊に合うように自分を合わせているだけです」

　合わせすぎだ、と思いながら善行は冷静に尋ねた。

「……あとどれくらいです？」

「五分、見ていただければ」

　陣地の方角で射撃音が起こった。砲声はない。残敵《ざんてき》の掃討か？　すべての部隊が戦闘に入ったというわけではなさそうだ。善行は念《ねん》のために原に通信を入れてみた。

「あと五分ほどでそちらに到着します。一・二番機小破、三番機も軽い損傷を受けています。スタンバイよろしく」

　銃声《じゅうせい》が聞こえる。原が通信に応じるまでに時間がかかった。

「整備班はまたしても戦闘中。今度は派手《はで》なことになりそうね。とっとと助けに来て」

　冗談めかしてはいるが、原の声には余裕がなくなっている。

「この銃声はもしかして……」

「整備テントは奪回《だっかい》したんだけど、敵の関心《かんしん》を引きつけちゃったらしくて。敵はミノタウロスもまじった豪華《ごうか》キャスト。このままでは全滅よ。急いで──!」

最後の原の声には切迫《せっぱく》感が感じられた。善行はすぐさま瀬戸口に指示を下した。

「有力な敵に整備班が襲われています。全速で陣地へ向かえと各機に伝えてください」

「全速で、か。そんなことはわかっている」

舞は不機嫌につぶやいた。疲労は限界に達していた。胸はむかむかするし、体のふしぶしは痛むし。辛《かろ》うじて頭脳だけが平静を保っている状態だ。陣地に到着したら、すぐに外の空気が吸えると思っていたらこのざまだ。

機体が加速《かそく》した。左方向に微かなG。機体はゆるやかに曲がっていった。銃声は近い。五百メートル圏内《けんない》というところか。目の端《はし》にちらと機銃《きじゅう》の発射光が見えた。小隊の陣地だ。

「何を悠長《ゆうちょう》な。公園の柵《さく》を越え、直進せよ」

「だめだよ。地雷《じらい》を踏む危険がある。決められた経路《けいろ》から公園に入らないと」

厚志の声は冷静だった。一刻《いっこく》を争う状況だからこそ逆に慎重《しんちょう》になる。戦闘中の厚志は自在《じざい》に自分の感情をコントロールすることができる。

公園入り口が見えてきた。滝川の二番機が付近に待機し、腰《こし》だめにジャイアントアサルトを発射している。後方からは壬生屋の一番機の足音が近づいてくる。

「滝川、射撃しつつ陣地へ向かうぞ。壬生屋はミノタウロスに専念《せんねん》してくれ」

舞が通信を送ると、すぐに応答があった。

「わかった」

「了解しました」

舞の網膜に木々を撤去《てっきょ》され、さら地と化した公園内の風景が映った。熊本城の本丸《ほんまる》に隣接《りんせつ》している公園だった。特に北側には塹壕《ざんごう》陣地が網《あみ》の目のようにいりくんで構築《こうちく》されている。51 21小隊の陣地は、樹木園《じゅもくえん》の一郭《いっかく》、北側陣地の東端にあった。生《お》い茂《しげ》る木々が撤去し切れず、点々と残されている。殺風景《さっぷうけい》な光景を埋《う》めるように幻獣の大群《おおむれ》が見えてきた。横列《おうれつ》を組んで小隊陣地のほぼ正面に向かっている。

背後でロケットポッドの発射音が聞こえた。それまでごく散発《さんぱつ》的な戦闘と楽観していた他の陣地が、ことの重大さを悟《さと》ったのだろう。

距離五十メートル。ジャイアントアサルトから発射された二〇㎜機関砲弾が、幻獣の群れに吸い込まれていった。小型幻獣を中心とする群れはあっけなく薙《な》ぎ倒された。中型のミノタウロスだけが屈せず、ゆっくりと士魂号のほうへ向き直る。

「参りますっ！」

壬生屋の一番機が突進した。漆黒の機体は幻獣の群れに躍《おど》り込んで、一体のミノタウロスを斬り下ろした。

「気合いが入ってるね、壬生屋さん」

と厚志。「ふむ」舞はうなずくと、陣地から二十メートル四方のエリアをまんべんなく掃射した。二番機もこれに続き、射撃を集中する。

「壬生屋機、ミノタウロス撃破。さすがだ、お嬢さん」

瀬戸口の声に励まされ、一番機は休む間もなくミノタウロスに斬りかかる。接近戦を許した時点で、敵には勝ち目はなかった。転々と移動を繰り返す一番機に、そのつどミノタウロスは生体ミサイルを放つべく反応するが、追い切れず、死角《しかく》からの攻撃にあえなく倒されてゆく。

ジャイアントアサルトのガトリング機構が、からからと乾《かわ》いた音をあげた。残弾《ざんだん》なし。舞は舌打《したう》ちして退却《たいきゃく》する敵を見やった。

「間に合って良かったね」厚志は、ほっとしたように言った。

「そうだな」ふたりの恒例《こうれい》となっている無駄口だ。舞はしかたなく応じてやった。気分が悪い。最悪だ。こんなに長い時間、戦闘を続けたのははじめてだった。頭がくらくらして吐き気がする。自分が乗り物に……士魂号に弱いことを厚志は知ってか何かと気遣《きづか》ってくれるが、舞は意地《いじ》でも弱音《よわね》を吐くまいと思った。

「みんな良くやったな。整備テントに入ってくれ」

瀬戸口の軽やかな声がコクピットに響いた。舞は切羽《せっぱ》詰《つ》まった声音《こわね》で厚志に言った。

「急げ！　全速だ。早く皆の顔が見たい」

「あれ、心配は僕の担当じゃなかったっけ？」厚志はのんびりと機体を転回させた。

「……馬鹿め、本音を言わせるな。気分が悪いんだ。早くしないとそなたの頭に吐いてやるぞ」

「わ、わかった。わかったからあと三十秒だけ我慢《がまん》して！」

厚志は他機の間をすり抜けるようにして三番機を整備テントへ向かわせた。


一〇四〇時。善行は隣に配備されていた独立混成《どくりつこんせい》小隊の塹壕にたたずんでいた。

よくもちこたえたものだ。しかも整備班の損害は軽傷《けいしょう》が一名、軽い神経症が一名のみだった。むろん、陣地の片隅《かたすみ》に配置されていたこともある。そして独立混成小隊が予想外に働き、整備班を助けてくれた。が、犠牲《ぎせい》を出さずに済んだ最大の要因《よういん》は運だ、と善行は考えた。

サイの目で一が連続して何回も出る時のように、幸運が重なって、全員無事でいる。

考えてみれば、この小隊の最大の強みは運だ。初陣《ういじん》から数次《すうじ》の戦闘を運良く切り抜けた結果、雛《ひな》が飛翔《ひしょう》することを覚えるように、隊員達は成長を遂《と》げた。

願わくは今日一日、幸運が続けばいいが、と善行は眼鏡を直しながら思った。

「運が良かった」

振り返ると来須が立っていた。善行の心を見透《みす》かしたようなことを言った。

「あなたもそう思いますか？」

「ああ、今日の戦闘でわかった。やつらがあれほどやるとは思わなかった。やつらは自分達の戦意《せんい》が高いということにすら気づかぬ愚者《ぐしゃ》の集まりだが。愚者はあきらめることを知らず、逃げることを知らず、死神《しにがみ》などはじめからなめてかかっている。そんな連中がこれほど寄り集まったというのは、やはり運が良いということだろう」

「不思議な理屈《りくつ》だが、あなたもしゃべれたのですね」

「……」

「失敬《しっけい》。実はあなたのことが気になっていましてね。ひとつだけ聞きましょう。この小隊に配属されて良かったと思いますか？」

来須はふっと口許をほころばせた。

「ああ」

なるほど来須君のお墨《すみ》つきか、整備の連中はよほど頑張ったのだろうなと思いながら善行も口許をほころばせた。

「その言葉が聞けて良かったですよ」

パイロット達、指揮車クルー、それぞれに最善《さいぜん》を尽くした。その結果、ここにこうしている。善行の脳裏《のうり》をふと原の面差《おもざ》しがかすめた。

そうだな、原のご機嫌うかがいでもしに行くか。留守を守ってくれた最大の功労者《こうろうしゃ》だ。善行は咳払《せきばら》いをすると来須に手を上げ、歩み去った。

ソックスハンターは永遠にIII　虎は吠えるか

「このほころびは人生を語っていますよ」

タイガーはウォードレスのアタッチメントから一足《いっそく》のハイソックスを取り出した。

等級《とうきゅう》からいえば特Aクラス。くるぶしのところにあからさまなほころびが見られる。持ち主《ぬし》の靴はおそらく茶のローファー。生地《きじ》に微《かす》かに塗料《とりょう》が付着《ふちゃく》している。持ち主はほっそりと甲幅《こうはば》の狭いエレガントな足をしていたはずだ。彼女は既製品《きせいひん》の靴が合わず、悩《なや》んでいただろう。くるぶしのほころびはそうして生まれたものだとタイガーは静かに語った。

「先日、リムジンに乗っていたら、風に乗って飛んできましてね。運命を感じたものです。持ち主は華奢《きゃしゃ》。どちらかと言えばおとなしくしとやかなタイプですね。念《ねん》のために顕微《けんび》鏡《きょう》で調べたんですが、くるぶし部分を除けば全体に繊維《せんい》が崩《くず》れていません。登下校は車で送り迎えされていたかもしれませんね」

「令嬢《れいじょう》ってやつか」

淡々《たんたん》と所見《しょけん》を述べるタイガーの前で、中村光弘《なかむらみつひろ》は妄想《もうそう》を膨《ふく》らませた。市内で車で送り迎えをさせるようなお嬢様学校といえば数えるほどしかない。持ち主はきっと病弱《びょうじゃく》で、透《す》き通ったような肌をしていて、茶道《さどう》部とか華道《かどう》部に入っていて、笑う時は口に手を当てて笑うに違いなかと思った。髪《かみ》はさらりとしたロングヘアで、近づくとシャンプーのにおいがするばい……とこれは中村のベタな妄想である。

「な、なあ、と……タイガー、そこまで調べたんなら、持ち主を特定できんか？　俺は持ち主の顔を見てみたいばい」

「それはだめです。我《わ》が家《や》の研究所《けんきゅうじょ》で詳細《しょうさい》に分析《ぶんせき》すれば、DNAまで特定でき、あとは各校の生徒データを参照《さんしょう》すれば済《す》むことですが、わたしの美意識《びいしき》が許しません」

「美意識ちゅうても……」

「妄想……もとい想像は人間に許された最も甘美《かんび》な行為《こうい》ですよ。現実にあえて背を向け、想像の世界に遊ぶのです。一足のソックスから無限に広がる世界。わずかなほころびにもロマンがある。どうです、堪能《たんのう》しましたか？」

「まあ、なんとか。だけん、少し物足りなか」

「ああ、それくらいでよいのです。未練《みれん》が残って、尾《お》を引くくらいが好ましいですね」

タイガーがにこやかに語り終えた時、不意に声がした。

「タイガーあああ、自《みずか》らを偽《いつわ》って楽しいんですかあ？」

岩田《いわた》裕《ひろむ》が冷たい笑いを浮かべ、立っていた。タイガーの顔が険《けわ》しくなった。

「……何を言っている？」

「フフフ、とぼけても無駄《むだ》です。変態《へんたい》と呼ばれることを恐れ、あなたのハンティング成績はかんばしくありませんね。あげく、プライドを捨て切れぬ自分に絶望《ぜつぼう》して贋作《がんさく》に手を染《そ》めるようになった。そのほころびはピンセットで細工《さいく》したものです。そこはかとない香《か》は研究所で化学的に合成したものだったのだぁ！」

タイガーの顔から血の気が引いていった。岩田は勝ち誇《ほこ》ったようにピッと指を突きつけた。

「市場《しじょう》に本物以上のグレードを持つ逸品《いっぴん》が出まわっていると聞き、わたしは密《ひそ》かに調査《ちょうさ》をしていたのです。あなたはわたしの親友です。告発《こくはつ》するわけにはゆきません。これで潔《いさぎよ》く……」

岩田は黒光りするものをごとりと置いた。

「くっ、どうしてわかった？」

タイガーは辛《かろ》うじて言葉を絞《しぼ》り出した。

「ほころび、ですよ。あなたのほころびへの偏愛《へんあい》が墓穴《ぼけつ》を掘りました。しかも決まってくるぶし。エレガントな足に生まれたばっかりに合わない靴に悩まねばならない令嬢パターン――フフフ、長いですね――に執着《しゅうちゃく》しすぎましたね。上質《じょうしつ》の、しかもくるぶしのほころびなどそうあるものではありません。

とどめは生地。オリジナルにソックスを作らせたんでしょうが、最高級品を使っていますね。一足で購買部《こうばいぶ》で売っているソックスを百足は買うことができます」

岩田が語り終えると、タイガーはがくりと肩を落とした。破滅《はめつ》だ。確かに自分はあまりに傾《けい》向《こう》的にすぎた。ある時、交差点《こうさてん》で信号待ちをしている少女に衝撃《しょうげき》を受けた。「この靴、合わないな」とそこはかとない憂鬱《ゆううつ》を漂《ただよ》わせ、何度もくるぶしに手をやっているのを目撃《もくげき》し、心が震《ふる》えたものだ。以来、くるぶしのほころびに執着するようになった。

たとえ変態と呼ばれようとあの時、声をかけていれば。タイガーは、ふっと自嘲《じちょう》した。

「わたしは一線を越えることができなかった。ハンター失格《しっかく》ですね」

岩田が置いたハサミを手に取ると、ソックスをじょきりと切った。と、タイガーの目の前に星が散った。

「馬鹿もん！　こげなことでぬしゃあきらめるのか？」

中村だった。真っ赤になって、拳《こぶし》をぶるぶると震わせている。

「し、しかし……わたしはもう」

「出直すことはできるばい。それを助けるのがハンター仲間だけんね。心を入れ替え、立ち直って、ソックスタイガーの名を天下《てんか》に示すばい！」

「中村……」

「ノォオオ、百万年に一度は中村もいいことを言いますね。感動しました。わたしも及《およ》ばずながらタイガーの再起《さいき》に協力しますゥ！」

三人の「趣味《しゅみ》の仲間」は整備テントの片隅《かたすみ》で人目をはばかるように、しかし暑っ苦しく手を取り合うのであった。

第二話

5121小隊――小休止

ええ、そうですよ。わたしも第九次イ号作戦に加わりました。初めて戦ってみて気づいたことがわたし達の陣地の火力の貧弱さ。それと弾薬の消費量のすさまじさ。この分じゃ午後の戦闘は乗り切れないと、中村、加藤の発案で急遽作戦決行となったわけです。中村はこの時のために生きているんじゃないかと思うくらい活き活きとしていましたね。装備弾薬はもとより、チョコレート、あんパン、缶コーヒーと、加藤さんと一緒になって嬉々としてトラックの荷台に積み込んでいました。わたしはスナイパーライフルを見つけたほか、小隊機銃二丁を確保したんですが、この機銃が後々、非常に役にたってくれました。……ところで、自衛軍のチョコレートは独特な味がしますね。まるでコールタールを口に押し込まれているみたいで、慣れない人だと気絶しかねません。気をつけて。

（遠坂圭吾　戦後、インタビューに答えて）

三番機は倒れ込むように整備《せいび》テントに帰還《きかん》した。

テント内の惨状《さんじょう》を見て速水《はやみ》厚志《あつし》は息を呑《の》んだが、森精華《もりせいか》の指示《しじ》に従って機体をハンガーにつけた。コクピットから出たとたん、二階部分の鉄板《てっぱん》が崩《くず》れ、厚志は辛《かろ》うじて手すりに掴《つか》まった。

「大した反射神経《はんしゃしんけい》だ」

芝村舞《しばむらまい》は体も心も疲労《ひろう》の極《きわみ》にあったが、悠然《ゆうぜん》とコクピットから降り立った。厚志の腕《うで》を掴んで引き上げると、揃《そろ》って地上に降り立った。

「あの……、お疲れさまです。これ、整備班から……」

田辺真紀《たなべまき》が駆け寄ってきて、蝮《まむし》のラベルが貼《は》ってある栄養《えいよう》ドリンクをふたりに渡した。舞は「ふむ」とうなずいて、「どこか考えごとをする場所はないか？」と尋《たず》ねた。考えごととは、要するに大の字になって寝そべる場所のことだ。

「お隣《となり》さんの塹壕陣地《ざんごうじんち》の中でしたら。来須《くるす》さんが守っていますし、安全ですよ」

「感謝《かんしゃ》する。いろいろと考えねばならんことがあるのでな」

舞は礼を言うと、栄養ドリンクを飲み干《ほ》し、ふらふらと頼りなげな足取りで整備テントを後にした。舞は相当に疲れがたまっている。元々華奢《きゃしゃ》な体格だから、揺れやGに長時間さらされると消耗《しょうもう》が激しいのだろう。あ、転んだ……厚志は駆け寄ろうとして思いとどまった。そんなことをすると舞は傷つく。

厚志はといえば、さほど疲れは覚えなかった。操縦《そうじゅう》自体が楽しかったし、Gは苦にならない。待ち時間の間、整備テント内を見てまわろうと思った。

とはいえ帰還した直後である。整備班の面々《めんめん》は目を血走らせて走りまわっている。話しかけづらいな、とウロウロしているうちに、何かにけつまずいた。

「わっ、痛《いて》えっ！」

滝川陽平《たきがわようへい》がテント隅《すみ》で折り畳《たた》んだ段ボールをかけ布団《ふとん》代わりにして長々と伸びていた。ほとんどホームレス状態《じょうたい》である。

「滝川、無事《ぶじ》で良かった」

滝川は厚志をちらと見て、視線《しせん》をそらした。

「……悪かったよ」

「何がさ？」

「おまえに変なこと言って絡《から》んじまった。その……散々《さんざん》おまえ達の足も引っ張ったしよ」

滝川は神妙《しんみょう》な顔をしている。厚志は話を続けようか迷ったが、やがて話しはじめた。

「舞に蹴《け》られたよ、暗いぞって」

「あいつらしいな」

「うん……君も僕も似たような問題を抱えている。過去にとらわれると、きりがなくなる。そうだな……暗い渦《うず》に呑み込まれるような感じっていうの？　どんなに足掻《あが》いて逃げようとしても最後には摑まってしまう」

「速水……」

厚志のまなざしに昏《くら》い光が宿《やど》っているのを見て、滝川は言葉を失った。速水は時々、別人かと思うような陰鬱《いんうつ》な表情になる。十代とは思えないどこか荒涼《こうりょう》とした感じが、厚志の目、表情、そして言葉の端々《はしばし》からうかがえた。こいつ、これまでどんな風に生きてきたんだろう？

滝川の視線を敏感《びんかん》に感じて、厚志は笑顔をつくってみせた。

「ごめん。変なこと言っちゃったね」

「変じゃねえよ。おまえの言うこと、なんとなくわかるから。そうだ、きりがなくなるんだよ。自分を哀《あわ》れんで、その中にどっぷり浸《つ》かっちまうみたいで」

そうか、そういうことだったのかと滝川は思った。俺は自分を哀れんでいた。自分のだめさ加減《かげん》を過去のせいにして、その中に浸《ひた》っていた。

「変わるしかないんだ。絶望《ぜつぼう》的ではあるけれど、変わるしかないんだよ」

厚志は自分に言い聞かせるようにつぶやいた。

滝川に何があったのかは知らないけれど、たぶん過去の亡霊《ぼうれい》がよみがえったのだろう。そう感じた。自分も同じような亡霊を抱《かか》えている。

しかし、そんなものは笑い飛ばすことができる。

芝村舞と出会ってから、厚志はそのことを教わった。たとえ、どんなに絶望的な状況《じょうきょう》ではあっても、背を向けずに苦境《くきょう》を跳《は》ね飛ばし、戦う勇気を得た。自分のことしか考えず、自分の

ちっぽけな運命に一喜一憂《いっきいちゆう》する卑小《ひしょう》さを嫌《いや》というほど感じた。

「……なんてね。今の僕達には戦って戦い抜くことしか残されていないのさ。先へ進むために。待っているものが何かはわからないけど」

「そうだよな」

あしはどこかへゆくためについているのよ。東原《ひがしはら》ののみの言葉を滝川は噛《か》みしめた。悪いけど、母ちゃん、さよならだ。滝川は急いで段ボールをひっかぶった。

三番機に目をやると、さっそく森がヨーコ小杉《こすぎ》と茜 大介《あかねだいすけ》を指図《さしず》して点検《てんけん》作業を行っていた。森の肩《かた》には包帯《ほうたい》が巻かれ、血を滲《にじ》ませている。見るからに痛々《いたいた》しいが、森はてきぱきと作業指示を下《くだ》していた。

「森さん、その傷《きず》……」

厚志が声をかけると森は振り返り、きっとにらみつけてきた。

「パイロットは休んでいてください！」

「けど、痛くない？」

森の剣幕《けんまく》に厚志は驚いた。どうしてこんなに不機嫌《ふきげん》なんだ？ 傷が痛むのか？

「傷が痛いのは当たり前です。あと十分は話しかけないで。忙《いそが》しいんですから」

森のそっけない態度《たいど》を見かねたか、茜が声をかけてきた。

「無事《ぶじ》だったか、速水」顔中、泥《どろ》と煤《すす》で汚れているが、茜は気づかず澄《す》まし顔のままである。

「びっくりしたよ。戻ったら整備テントはこんなだし」

「ここでもいろいろあったのさ。姉さんなんてちょっと前まで傷が痛いって泣いてたんだぜ」

「誰が泣いたっていうの？　あんたこそ幻獣《げんじゅう》と鉢合《はちあ》わせして漏《も》らしちゃったって誰かさんが言ってたわよ」

「誰かさんって誰だ？　いい加減《かげん》なこと言うな！」

「喧嘩《けんか》はだめデス。森サン、大声出すと傷口、開きますよ。茜君も仕事に集中ネ」

ヨーコが割って入ると、森も茜も気まずそうに黙《だま》り込んだ。

「速水君」

ヨーコが厚志の腕を摑んで整備テントの隅《すみ》へと誘《いざな》った。厚志が怪訝《けげん》な顔をすると、ヨーコはにこっと笑って言った。

「速水君は休んでくださいネ。点検が終わったら、わたし、速水君にお話がありますネ」

舞は陣地に入ると、適当なスペースを見つけて倒れ込んだ。

相変わらず空は曇っていたが、霧雨《きりさめ》はやんで、黒雲が風に流されて遠ざかってゆく。東の空が微《かす》かに明るんでいる。

思いっきり息を吸い込むと、湿《しめ》った土のにおいがした。地面はぬかるんでいたが、そんなことはかまわなかった。

大の字に広げた四肢《しし》を動かしてみる。指先が微かに動いたが、身体《からだ》はやけに重たく各所《かくしょ》の筋《きん》肉《にく》が痙攣《けいれん》しているのがわかる。疲れた、という言葉をボキャブラリーから削除《さくじょ》している舞だったから、しぶしぶと代替語《だいたいご》を口に出した。

「まだまだだな」

そのまま目をつぶって、浅い眠りを貪《むさぼ》った。

いい加減休んだな、と思った時、気配《けはい》がした。目を開けると、来須《くるす》銀河《ぎんが》の後ろ姿が見えた。加藤祭《かとうまつり》と並んで何やら話し込んでいる。舞は大の字になったまま声をかけた。

「そなたらはよくやった。礼を言う」

眠っているところを見られたか？　照《て》れ隠《かく》しにことさらに冷静《れいせい》な声で言った。来須は振り向くと、微かに口許《くちもと》をほころばせた。加藤が近づいてきて舞の顔をのぞきこんだ。

「わたしら、整備班とちゃうから退屈《たいくつ》してたところやねん。芝村さんはよく寝てた。よっぽど疲れてたんやなあ」

舞は心外《しんがい》だというように顔をしかめた。

「わたしは疲れてなどおらぬ。空を見ていたらまぶたが重くなった。それだけだ」

「ま、そうしときましょ。ゆっくり休んで」

舞は反論《はんろん》しようとしたが、エネルギーを無駄《むだ》遣《づか》いしてはならぬと口をつぐんだ。見たければ見るがよい。わたしの寝顔《ねがお》など滅多《めった》に見られるものではないからな。

「三番機、点検終了《しゅうりょう》。いつでも起動《きどう》ＯＫデス」

ヨーコがＯＫサインを出すと、森はほっとしたようにその場に座り込んだ。

傷の痛みを麻酔《ますい》で騙《だま》し騙し作業を続けていたが、左腕は痺《しび》れたように動かない。目眩《めまい》もする。

相当に体力を消耗しているようだ。

「森サン、野戦《やせん》病院《びょういん》に行ったほうがいいデスよ。そこでちゃんと傷の手当てしてもらうネ」

ヨーコが心配そうに森の顔をのぞきこんだ。

「ええ、けど……」

「ここは大丈夫《だいじょうぶ》よ、森さん。一番機、二番機とも思ったより機体の損傷《そんしょう》は激しくなかった。そんなことより、放《ほう》っておくと傷痕《きずあと》が残るわよ」

振り向くと原素子《はらもとこ》が笑いかけていた。

「傷痕なんか残ったっていいんです」

森は少し意地《いじ》を張って言った。こんな大切な時に、怪我《けが》をするなんて。自分の不器用《ぶきよう》さ、運の悪さに腹を立てていた。知らずふくれっ面《つら》になっていたらしい。原はつかつかと歩《あゆ》み寄ると、両手で森の頬《ほお》を挟《はさ》み込むようにして触れた。

「あっ、何を……」

「一回やってみたかったの。そんなふくれっ面をしてると丸い顔がいっそう丸くなるわよ」

「どうせわたしは丸顔ですよ」

「ほほほ、とにかく、自分の体を粗末《そまつ》にするようじゃいい女になれないわよ。つべこべ言わずに病院に行ってきなさい」


「わっ、痛え！」

また踏まれた。滝川が段ボールから顔を出すと、新井木勇美《あらいぎゆうみ》と目が合った。

「気をつけろ、がいこつ女！」

憤然《ふんぜん》と怒鳴《どな》ると、新井木は舌を出した。

「ふんだ、そんなところで寝ているのが悪いんだよ。段ボール亀《がめ》！」

「おまえなあ、ちっとはパイロットの苦労を……」

「そんなの自慢にならないよ。整備班だって大変だったんだから。森さんは怪我するしさ」

滝川はがばと跳《は》ね起きた。気がつかなかった！　機体からよろめき出ると、誰とも話さず、そこいらにあった段ボールを布団代わりにテント隅に倒れ込んだ。

「も、森が？　それで大丈夫なのか？」

「大丈夫みたい。そんなことより、テレビ局が来ているよ。善行司令《ぜんぎょうしれい》や壬生屋《みぶや》さん達、インタビューを受けてる」

「こら、そんなことよりってなんだよ！」

「滝川君も一応パイロットでしょ。早く行かないとテレビに出損《そこ》ねちゃうよ」

こう言い捨てると、新井木はまたたくまに駆《か》け去った。

「このもの達、どこから涌《わ》いて出たのだ？」

舞が小声で厚志に尋《たず》ねた。眠っているところを善行に起こされ、相当に不機嫌である。

「声が大きいよ、舞。これ、全国で流れるらしいよ」

「ふむ。ならば演説《えんぜつ》してもよいか？」

「だめ。よくってひと言ふた言、コメントを求められるくらいだよ。前にも演説をはじめて取《しゅ》材《ざい》、ぶちこわしにしたろ？」

善行忠孝《ただたか》は畏《かし》こまった面もちで、若い女性キャスターの質問に答えている。その後ろでは新井木、中村光弘《なかむらみつひろ》、岩田裕《いわたひろむ》といった顔ぶれが懸命《けんめい》にピースサインを出していた。

「5121小隊は全国でも珍《めずら》しい人型戦車《ひとがたせんしゃ》の小隊《しょうたい》とのことですが、ご苦労なさったことは？」

「そうですね、苦労といえば苦労の連続ですが、これが任務《にんむ》ですから」

善行は慎重《しんちょう》に言葉を選んだ。士魂号《しこんごう》に関してはいっさい話してはならないことになっている。

どのルートから取材許可《きょか》が下りたのか謎《なぞ》だったが、適当《てきとう》に相手をしてお茶を濁《にご》そうと思っていた。

「プロの軍人《ぐんじん》から見て、学兵《がくへい》の皆《みな》さんはどうでしょう？」

「彼らもプロですよ。まあ、自衛軍《じえいぐん》と我《わ》が隊《たい》の違いといえば、敬礼《けいれい》が上手《じょうず》か下手《へた》かですね」

「敬礼……ですか？」

「はい、士官《しかん》学校では敬礼を繰り返し練習させられます。このように……」

善行は見事な角度で敬礼をしてみせた。

「しかし前線《ぜんせん》に出ると、こんなものは役に立ちません」

「善行司令は自衛軍の方ですよね？」

「あ、ああ、そうでした。そうなんですよね。ははは……」

善行が苦笑《くしょう》すると、キャスターは困ったようにクルーを振り返った。「チームの和《わ》を保《たも》つために云々《うんぬん》」とか「この子達ははまだ未熟《みじゅく》ですが、ひとりひとりがチームプレイに徹《てっ》していま す」といった高校野球の監督《かんとく》のようなコメントが欲しかった。

しかたなく、隣《となり》の壬生屋未央《みお》にマイクを向けた。

「パイロットの方ですね？」

「え、ええ……」壬生屋は緊張《きんちょう》のあまり、顔を真っ赤にしている。初々《ういうい》しくていいじゃない、と女性キャスターは思った。

「戦いはどうですか？」

少し不自由な日本語だ。というよりキャスターは不勉強を露呈《ろてい》するような質問をした。たまたまローカル局のニュースを見たロボットアニメ好きのプロデューサーが、士魂号の姿に惚《ほ》れ込んで取材を企画《きかく》したのだ。キャスター自身には人型戦車に関する初歩的《しょほてき》な知識《ちしき》すらない。

「それって空を飛べるんですか？」と軍の広報《こうほう》に尋ねて笑われたくらいだ。取材慣れしたプロ野球の選手に、「調子《ちょうし》はどうですか？」と聞くのと同じことだった。

「どう、とおっしゃいますと？」

「いろいろとご苦労なさっているんじゃありませんか？」

苦労が好きなキャスターだな、と厚志は舞と視線を交《か》わした。

「ええ、いろいろと」

「具体的《ぐたい》には？」

「ええと……一撃《いちげき》で敵を殺せなかった時は落ち込みます。大太刀《おおたち》が敵に当たる瞬間《しゅんかん》に全身の力を解放《かいほう》するんですけど、タイミングを間違えると失敗してしまって。ミノタウロスなんかは一番、殺しにくいです」

キャスターはため息をついた。殺す殺すって……これじゃテレビには流せないわ。それにしても後ろの子達、なんなのかしらとキャスターはウンザリした。やたらに元気よくピースサインを出しまくっている。隊長《たいちょう》も止めようとしないし。これじゃ戦争報道《ほうどう》にはならない。

「おふたりもパイロットですよね？」

「あ、はい」厚志はマイクを向けられてどきりとした。

「むろんだ」

舞に鋭《するど》い目でにらまれ、キャスターはたじたじとなった。

「……戦いはどうですか？」

「ええ、頑張《がんば》ろうと思っています」と厚志。これくらいかな、という適当な返事だ。

「そなたは不勉強だな。そんな質問をされてもどう答えてよいかとまどうばかりだ。小学生の子どもにでもできる質問をするな」

「ま、舞……」

厚志がたしなめるが、舞はかまわずにずけずけと言った。

「どうせそなたは戦争なんて他人事《ひとごと》と思っているのだろう。壬生屋の話だって、それなりの勉強をせねば本当の意味はわからぬぞ。白兵戦《はくへいせん》の名手《めいしゅ》が生死を懸《か》けて得た感想だからな」

「あ、はい、すみません。それではこちらの方……大丈夫ですか？」

キャスターは病院に行くため傍《かたわ》らを通りかかった森に強引《ごういん》にマイクを向けた。森は何がなんだかわからず、きょとんとしている。

「NBCですが、何かひと言」

「そんなこと言われても困ります。わたし忙しいんですから」

森はカメラがまわっていることに気づかないようだ。

「あの……」

「取材なら原先輩にどうぞ。きっといろいろ話してくれると思いますよ」

　森は塹壕陣地を指差した。キャスターが目を向けると、陣地の中で知的な美人が横座りして憂《うれ》い顔でノートに何やら書き込んでいる。戦場《せんじょう》に咲く一輪《いちりん》の花。これだ、これなら絵になるわとキャスターは思った。

「お忙しいところ失礼します。NBCの者ですが、少しお話をうかがえないかと思いまして」

　原は計算され尽くした角度で顔を上げた。はっとするほどの美人だ。

「わたしに何を？」

　穏《おだ》やかな声だ。キャスターは、ほっとして原にマイクを向けた。

「今度の戦いをどのように思われますか？」

「九州《きゅうしゅう》総軍《そうぐん》の命運《めいうん》を懸けた戦いです。ここで負けたら日本は滅《ほろ》びるということですね」

「あなたご自身は？」戦争報道はさほど視聴率《しちょうりつ》を取れない。日本が滅びると言われても困る。プライベートな話題にもってゆきたかった。キャスターは原をアップで撮《と》るように指示《しじ》をした。

「フィアンセがいますので、生きて帰りたいと思っています」

　何を期待されているかを敏感《びんかん》に察《さっ》して、原は優雅《ゆうが》な仕草《しぐさ》で髪《かみ》を掻《か》き上げた。

「まあ、フィアンセは何をなさっている方なんですか？」

「ええ、貿易《ぼうえき》関係の仕事を」

「フィアンセの方はあなたのお仕事についてご理解はありますか？」

「もちろん辞《や》めて欲しいって言われています。あなたを危険な目に遭《あ》わせたくないって。けれどこれがわたしの仕事で生き甲斐《がい》なんです。辞めるわけにはゆきません」

「お仕事と申しますと?」

「整備班を束《たば》ねています」

「整備、といいますと自動車とか」

「自動車ですって……?」

とたんに原の顔がきっとなった。鋭い目でにらまれてキャスターは後ずさった。

「あなたねえ、偏差値《へんさち》いくつ? 整備っていうと自動車整備しか思いつかないの? わたしは人型戦車のエキスパートなの! 取材するんなら少しは勉強してよね。だいたいね、あなた終わっているわよ。可愛《かわい》さだけで勝負できる年齢《ねんれい》じゃないでしょ!」

「あの、ええと……」原にまくしたてられてキャスターは恐怖《きょうふ》のあまり半泣きになって逃げ出した。戦場とはなんと恐ろしいところなのか。カメラマンがあわてて後を追う。

原はなお憤懣《ふんまん》やるかたないといった表情で逃げてゆくキャスターを見送った。

「やれやれ」ため息まじりの声がした。善行が笑みを浮かべて近づいてくる。

「せっかくの取材がぶち壊しだ。といってもそのほうがありがたいのですが」

「誰よ、取材を許可したの」

「たぶん中央でしょうね。あのキャスター、たったひとつ正しかったことは人型戦車の勉強をしていなかったことです。下手に興味を持たれると厄介《やっかい》なことになる」

「そうね……生体脳《せいたいのう》の話なんかできないものね」

「これからは原さんにマスコミ対策《たいさく》は任せますよ。あなたならどんな相手でも追い払《はら》える」

「あの……瀬戸口《せとぐち》さん」

壬生屋は指揮《しき》車上に寝そべっている瀬戸口隆之《たかゆき》に声をかけた。

「どうした、休んでいないとだめじゃないか」

「あの、ひと言お礼を申しあげたくて。なんであんな風になったのか、わたくし、今でもわからないのです。……夢を見ていたような気がします。戦って、戦って、ずっとそれだけ」

壬生屋は顔を赤らめながら、話しだした。夢の具体《ぐたい》的な内容を覚えているわけではない。ただ、瀬戸口には聞いて欲しかった。

「そうか」

瀬戸口は雲の流れを目で追いながら、ぽつりと言った。パイロットの脳は神経接続《しんけいせつぞく》により士魂号の生体脳とつながる。神経接続を行った瞬間、パイロットはグリフと呼ばれる夢を見るが、何故《なぜ》そんな現象《げんしょう》が起こるのかは解明《かいめい》されていない。士魂号の制御《せいぎょ》・神経系統《けいとう》は巨大なブラックボックスだった。たとえば前世《ぜんせ》のことを思い出した、とパイロットが主張しても否定《ひてい》はできない。壬生屋は何を見たのか？　しかし、それを問《と》うたとしても何になる？　瀬戸口は空を見上げたまま苦笑《くしょう》した。

「ご迷惑《めいわく》でしょうが聞いていただきたくて。……きっと迎えにきてくれたからでしょうね」

瀬戸口は身を起こすと、壬生屋に微笑《ほほえ》みかけた。

「まったく……そう俺に懐《なつ》かないでくれる？　アヒルの子どもじゃないんだぜ」

「え、ええ、すみません」

冗談めかして言う瀬戸口の口調《くちょう》にほっとしたのか、壬生屋の表情もやわらかくなった。

瀬戸口はアタッチメントを探《さぐ》ると、壬生屋に言った。

「上がってこいよ。メロンパンがあるんだ」


森と茜は二《に》の丸《まる》に設《もう》けられた野戦病院に向かっていた。

このあたりまで来ると、道は鬱蒼《うっそう》と茂《しげ》った樹木《じゅもく》に囲まれている。時折《ときおり》の強風で葉についた雨《う》滴《てき》が飛び散る。じめついた陽気だが、それでも森はほっとしてあたりの木々に目を細めた。

「姉さん、傷、痛まないか？」

茜が尋ねてきた。麻酔薬《ますいやく》を直接ぶっかけて、裁縫針《さいほうばり》で傷口を縫《ぬ》い合わせるという乱暴《らんぼう》な応《おう》急手当《きゅう》てを森は施《ほどこ》されている。麻酔がいつ切れるかもわからなかったし、傷口は完全には塞《ふさ》がっていず、包帯《ほうたい》には血が滲《にじ》んでいた。

「大丈夫。ここまででいいからあんたは戻って。ただでさえ人手《ひとで》が足りないんだから」

森がそっけなく言うと、茜の顔が怒りに赤らんだ。

「くそっ、姉さんは重傷《じゅうしょう》なんだぞ。放《ほう》っておいて行き倒れになられたら困るじゃないか！」

「自分の怪我《けが》の具合くらいわかります。重傷ってわけじゃないわ」

「いや、重傷だ。それに原さんが言っていたじゃないか。病院で変な手当てされたら一生傷痕が残る。ちゃんとたんぱく原料《げんりょう》の糸で縫合《ほうごう》してくれるとか、だな。だからつき合ってやるんだ」

森は、ふうっと息を吐《は》いて立ち止まった。

茜はなにごとかというように森の顔をのぞきこんだ。

「大介はわたしが好き？」

森は唐突《とうとつ》に口を開いた。

「な、何を言っているんだ！　そりゃあ嫌いってわけじゃないけどさ……」

茜は真っ赤になって横を向いた。

「……わたしは大介が好きよ。けど、このままじゃだめなの」

「意味がわからないぞ」

「わたしを好きになるのは簡単《かんたん》でしょって言ってるの。だってわたし達、小さい頃《ころ》からずっと一緒《いっしょ》にやってきたんだしね。だからだめなの。あんたは他の人を好きになる努力をしなきゃ。そうでないと一生、半ズボン男のままよ」

森と茜は血のつながっていない姉弟だった。ひとつ屋根《やね》の下で暮らし、時に互《たが》いを異性《いせい》として意識し合うという微妙《びみょう》な状態をずっと続けていた。が、森はこのままじゃいけないと思うようになった。茜は他者《たしゃ》とのつながりを拒否《きょひ》している。

はっきりと言葉に表すことはできなかったが、茜も他者の間で揉《も》まれて、友達をつくったり、喧嘩《けんか》をしたりして、自分の居場所《いばしょ》を獲得《かくとく》しなければいけないのだ、と考えていた。ただ、森にはそれをうまく言葉で表すことができない。

「ふ。半ズボン男でけっこうだ。他人を好きになるかどうかは僕の勝手《かって》だろ？」

「そうね。わたしも他の人、好きになる努力をするから。あんたも頑張って」

茜の顔がこわばった。はじめて森家に引き取られてきた時と同じような不安げなまなざしになった。それでも茜は辛辣《しんらつ》な口調《くちょう》を崩さずに言った。

「姉さんはいくら努力したってだめさ。男を好きになるには不器用《ぶきよう》すぎる。どんくさいし。だから僕が守ってやろうと思ったんじゃないか」

「ご心配なく。不器用でもどんくさくても人を好きになれます。あんたと違って、わたし、傷つくのをこわがっていないし」

茜の傷ついた顔を見るのはこわかったが、森はきっぱりと言った。この先、自分達の関係がどうなるかはわからなかったが、今、言っておかなければ、と真剣《しんけん》に考えた。

茜はしばらく黙り込んでいたが、やがて早口にまくしたてた。

「ふ。ははは。姉さんはドラマの見すぎだよ。セリフがやたら芝居《しばい》がかってるし。そんなにまじめな顔をしないでもらいたいね。わかってるって。僕だってこのままじゃいけないとは思っていたさ。そろそろ互《たが》いの関係を見直す時期だとね。僕のことなら大丈夫、ひとりでやっていけるよ。まったく心配性《しんぱいしょう》なんだから」

「……きついこと言ってごめん」森は寂《さび》しげな顔になった。

「いいんだ……けど、病院まではつき合うよ」

茜は横を向いたまま、ぼそりと言った。

「弾薬《だんやく》は、と。あかん、切らしてしまったわ」

加藤祭《かとうまつり》は整備テント隅にある木箱を勘定《かんじょう》してまわっていた。塹壕陣地でぼんやりしていたところ、はっと思い当たって調べてみたら案《あん》の定《じょう》だった。これから手続きをしても遅いし、他の隊の弾薬をもらうわけにもゆかなかった。

「中村君、ちょっとつき合ってくれへん？　弾薬が足りないんや」

「あいたー、ごたごた続きで忘れとったばい！」

中村は青ざめた。朝の戦闘《せんとう》だけでも弾薬を湯水《ゆみず》のごとく使って、なお絶体絶命《ぜったいぜつめい》の思いをした。弾薬がなければ小隊の陣地など一瞬《いっしゅん》にして全滅《ぜんめつ》だ。しかし今から熊本駅《くまもとえき》の物資《ぶっし》集積所《しゅうせきじょ》まで出向くには時間が足りない。

「近くの県営《けんえい》球場に備蓄《びちく》基地《きち》がある。軽トラで五分とかからんよ」

　中村と加藤はその足で原のもとへ赴《おもむ》いた。原は主任《しゅにん》用デスクに座って点検が終わった機体の報告書《ほうこくしょ》を入念《にゅうねん》にチェックしていた。

「原さん、弾薬が足りんとのことです。どぎゃんしましょうか？」

「どうしてわたしに言うのよ。善行さんに言えば済むことじゃない」

　インタビューが大失敗に終わったためか、原は不機嫌に中村をにらみつけた。

「受け渡し票《ひょう》を発行してもらうのも時間がかかるんで、イ号作戦を発動《はつどう》させようと思っととですたい。その許可をもらいに来ました」

「許可って……」これじゃわたしが窃盗団《せっとうだん》の首領《しゅりょう》みたいじゃない、と原は憂鬱《ゆううつ》になった。しかしもう二度とあんな薄氷《はくひょう》を踏むような思いだけはしたくない。

「わかったわ。弾薬の補給《ほきゅう》は死活《しかつ》問題だしね。それじゃ中村君、有志《ゆうし》を募《つの》って作戦を発動させて。ただし時間は限られているわよ」

「合点承知《がってんしょうち》」中村は勇《いさ》んで駆け去った。

　こうして第九次イ号作戦は発動されたのである――。

　整備テント裏のベンチに座り込んでぼんやりと空を見上げていると、ヨーコがやってきた。

「ヨーコさん、僕に話って？」

ヨーコは穏やかに笑いかけると厚志の隣に座った。ヨーコとは普段《ふだん》、あまり話すことはない。クラスが違ったから、どうしてもすれ違いになりがちだ。外見《がいけん》だけで判断すればヨーコは大柄《おおがら》で日本語が下手な、「ガイジン」丸出しの帰化日本人《きかにっぽんじん》だ。しかも、時々、突飛《とっぴ》な言動を取ることから、小隊の中にもヨーコを敬遠《けいえん》する者はいる。

しかし厚志はヨーコに好感を持っていた。子どもの頃から他者《たしゃ》を疑い、臆病《おくびょう》な小動物のように自分を守ってきた厚志である。ヨーコの笑顔が本物かどうかは本能的にわかった。ヨーコと挨拶《あいさつ》をするだけでその日一日幸せな気分になる。そういう人なんだと厚志は思っていた。

「ヨーコは、アナタが何かをするためにここに来たと信じマス」

「は……？」

厚志が目をしばたたくと、ヨーコは微笑んだ。

「わたしは、わたしの目と心、信じマス。キット、あなたは、世界を幸せにスルでス。そう、感じます。万物《ばんぶつ》の精霊《せいれい》を使うヒト、そういう顔するデス」

「万物の精霊って……」

唐突に言われて、言葉の意味を理解するのに数秒かかった。煙《けむ》に巻かれたような厚志の顔を見てヨーコは声をあげて笑った。

「ヨーコさん、ごめんね。君が何を言っているのかわからないよ」

「それでいいデス。キット、わかるようになりマス」

並の人間ならからかわれていると思うだろう。が、厚志はヨーコの気が済《す》むまで話につき合ってみようと思った。

「そうだといいけど」

「手を、出してください」

厚志はこだわりなく手を差し出した。ヨーコは厚志の手を握《にぎ》ると、指で何かの模様《もよう》を描《か》きはじめた。厚志は横を向いてくすぐったさに耐《た》えた。

「これは幸運の模様。万物の精霊、この模様をめぐって踊り、言うことを聞くデス。……はい。できたデス。イアルは太陽の名前。幸福の名。ヨーコは幸せの娘ですよ？」

厚志は自分の右手をおそるおそる眺めた。お守り代わりのまじないかもしれないし、それ以上の何かかもしれない。いずれにせよ、ヨーコは自分に特別なことをしてくれた。それで十分じゃないかと厚志は素朴《そぼく》に思った。

「ありがとう」

厚志が礼を言うと、ヨーコは満面《まんめん》の笑顔で応《こた》えた。

「壬生屋、おい、壬生屋ったら！」

瀬戸口隆之は指揮車上でさらしものになっていた。彼の膝《ひざ》の上では壬生屋が規則正しい寝息《ねいき》を立てている。メロンパンを食べている最中《さいちゅう》、電池《でんち》が切れたかのように、がくりと瀬戸口の膝に倒れ込んできたのだ。

「あー、瀬戸口さん、見ちゃったよ」

新井木が獲物《えもの》を見つけたハイエナのごとく寄ってきた。瀬戸口は内心舌打《したう》ちしながら、にこやかに笑って言った。

「ははは。壬生屋は疲れているんだ。困ったもんだよな」

「へえ、けど瀬戸口さん、嬉《うれ》しそう。あっ、原さん！　見て見て、これ……！」

新井木は近くを通りかかった原を呼び止めた。原も冷やかすような笑みを浮かべて近寄ってきた。

「ふうん、瀬戸口君もやさしいところあるじゃない」

「まいったな。そんなんじゃないですよ。ただ壬生屋が急に気を失って」

「わかってる。照れなくてもいいのよ。どうせ、疲れているんだろ、僕の膝でぐっすりお休みとかなんとか言ったんでしょ？　青春ね――」

原に決めつけられて、瀬戸口は苦《にが》い顔になった。それにしても……と瀬戸口は首を傾《かし》げた。壬生屋にしろ滝川にしろ、並の消耗ぶりではない。士魂号との神経接続は、通常の人間にとってそんなに心身に負担《ふたん》を強《し》いるものなのか、とあらためて考えた。

「原さん、士魂号絡《がら》みの話題はタブーなんでしょうけど……」

瀬戸口が切りだすと、原は真顔《まがお》になって新井木を追い払った。

「僕、犬じゃないですよォ」

「瀬戸口君と大切な話があるの。向こうへ行ってて。聞き耳を立てたらクビよ」

新井木がしぶしぶ消えると、原は瀬戸口に向き直った。

「神経接続に問題があるんじゃないですか？　戦闘中に単座型《たんざがた》のふたりが意識不明……ああ、要するに眠り込んでしまったんですけど」

「そう」原はうなずくと、そっと壬生屋の髪に触れた。

「悪いけど、わたしじゃ役に立てないわ。士魂号には謎《なぞ》が多すぎるの。人工筋肉《じんこうきんにく》だって芝村一族《しばむらいちぞく》から提供《ていきよう》された素材《そざい》を加工《かこう》して使ってるだけだし、生体脳に関しても公式には人工知能搭載《とうさい》となっている」

「……ヤバイってことですね。薄々《うすうす》気づいてはいましたけど」

瀬戸口も真顔になってつぶやいた。

「あと、腕に特殊《とくしゆ》な塗料《とりよう》で模様が描かれているし……」

「模様……ですか？」

「ええ、なんのためにそんなことをするのかわからないけどね。わたしはあの一族のまじないと割り切ることにしているわ」

「それが賢明《けんめい》かもしれないな」

「それを言うなら士魂号と関《かか》わった時点で賢明じゃなかったのよ。わたしが今、生きていられるのは善行さんが守ってくれたお陰だと思ってるわ」

原はこわばった微笑《びしょう》を浮かべた。

「テスト段階での資料《しりょう》はすべてあの一族の手に渡っている。神経接続……パイロットに何が起こったかは謎ね。実戦配備《じっせんはいび》には難《なん》ありとされて過去に廃棄処分《はいきしょぶん》が決まった理由には、そんな問題もあったかもしれない」

「……なるほどね」

「いずれにせよ、わたし達は士魂号に関しては口をつぐむしかないの。パイロットには気の毒だけど、そう割り切るしかないのよ。速水君や芝村さんのように問題なしって例もあるし」

「あのふたりは特別ですよ」瀬戸口は憂鬱そうにかぶりを振った。

「何が起こっても覚悟《かくご》しといたほうがいいわね。今のうちにこの子のこと、可愛がってあげてね」

原が去った後、瀬戸口は壬生屋の寝顔に見入った。

壬生屋は長い間、求め続けてきた人の似姿《にすがた》だ。オリジナルはすでに滅《ほろ》んで、二度と会えないことはわかっているはずなのに、自分は未練《みれん》がましく生き続けてきた。なんのために？　壬生屋にかつて愛した人の面影《おもかげ》を求めて、自分を慰《なぐさ》めるためか？　それは壬生屋未央という独立した人格《じんかく》に対して残酷《ざんこく》なことだ。
（俺は何をやっているんだろう……）
王生屋の穏やかな寝顔を見るうちに、瀬戸口は自責《じせき》の念《ねん》にかられた。
（若いの）
はっとして顔を上げると、ブータが傍《かたわ》らに座っていた。ヒゲをピンと立て、冷《ひ》やかすような
まなざしを投げかけている。
「心をのぞくとは、悪趣味《あくしゅみ》だな」
瀬戸口が言うと、ブータが笑ったような気がした。
（ふらふらと生きている者は心まで浮《う》わついていると見える。失われたものは失われたもの。泣
こうが叫ぼうが戻ってはこぬ。おまえは、おまえを今、必要としている者のために尽くすこと
じゃな。さもなくば救われぬぞ）
瀬戸口は憮然《ぶぜん》として、ブータをにらみつけた。
「よけいなお世話だ。だいたいおまえはなにものなんだ？」
王生屋が身じろぎした。瀬戸口は知らず尖《とが》った声を出していたらしい。目の前からブータの
姿がふっと掻き消えた。
王生屋は声をあげて身を起こした。
「わ、わたくし、どうしたんでしょう？　知らない間に、こんなこと……」

壬生屋は耳たぶまで真っ赤にして、瀬戸口を見つめた。瀬戸口は一瞬視線を宙にさまよわせると、壬生屋に軽薄《けいはく》に笑いかけた。

「俺に見とれて気を失ったのさ」


傷口の縫合はあっというまに終わった。大勢の人間でごったがえす野戦病院で、森は肌を出すことをためらったが、茜が盾《たて》になって解決してくれた。たんぱく原料の糸を使ってくれとしつこく繰り返す茜を医師《いし》はあきれたように見た。

ふたりはもと来た道を引き返していた。互いに気まずい思いをしていた。距離《きょり》を取って黙々《もくもく》と歩いていく。

少し言いすぎたかな、と森は後悔《こうかい》していた。自分の言葉は相当にきつく聞こえるようだ。特に茜は、傷つきやすい性格だったから森は心配になっていた。ちらちらと茜の背を盗《ぬす》み見る。

「明るくなってきたね」

茜が空を見上げてぽつりと言った。森も釣られて空を見上げた。

「午後には陽《ひ》が射《さ》すでしょうね」

森は素人《しろうと》が台本《だいほん》を読むようにぎこちなく応じた。

「その……、姉さんの言うこともわかるんだけどさ、あれじゃいきなり崖《がけ》から突き落として、行ってらっしゃいってなもんだぜ」茜は背を向けたまま言った。

「ごめんね」

「僕は特殊な生《お》い立ちのせいか、長所も多いわりに短所も多い極端《きょくたん》な人間だと思うんだ。天才《てんさい》にはありがちなことだけどさ。傷つくことに慣れていない」

森は黙ってうなずいた。この分じゃ相当に傷ついている。どうしてわたしはこう不器用なんだろうと森は自分の性格が恨《うら》めしかった。

「そこで提案《ていあん》があるんだ。僕が傷つくことに慣れるまで、姉さんは他のやつを好きにならないで欲しい。僕も誰も好きにならないから」

「へ……？」

森のこめかみが引きつった。大介、ベクトルが変な方向に向いている——。

「傷つくたびに僕は何日も何十日も悩まなければならない。それって社会の損失《そんしつ》だと思うんだよね。天才は保護《ほご》されるべきと思うんだ」

森は腰をかがめると石を拾った。

「姉さんには悪いんだけど、僕は時間が……わっ！」

石をぶつけられて茜はつんのめった。振り返ると森が憤然《ふんぜん》とした顔で立っていた。

「特殊な生い立ちですって？　馬鹿大介——！　傷つくことに慣れていないから慣れるまで他の人を好きになるな、ですって？」

「……ぼ、暴力はやめろよ！」

「なーにが社会の損失だ、よ。あんた、いっぺん死んだほうがいいわ。馬鹿！」

血相《けっそう》を変えて詰め寄る森に、茜は後ずさった。しかしすぐに体勢《たいせい》を立て直すと、開き直ったようにその場に座り込んだ。

「くそっ、僕をイジメてそんなに楽しいのか？　姉さんは鬼《おに》だ、悪魔《あくま》だっ！」

「わたしが鬼ならあんたは半ズボンの変態《へんたい》よ！」

「恨《うら》んでやる恨んでやる！」

「あんたに恨まれたって痛くも痒《かゆ》くもないわ。わたし、今日《きょう》という今日は怒ったからね！」

ぎゃあぎゃあと喚《わめ》き合うふたりを、病院帰りの兵がこわごわと避けて通る。

しばらく喚き合ったと思うと、ふたりはほぼ同時に口喧嘩《くちげんか》をやめ、なにごともなかったかのようにすたすたと道を急いだ。

「……今後《こんご》、三メートル以内には近寄らないでよね」

「はっ、自惚《うぬぼ》れるのもいい加減《かげん》にしろ。姉さんとはしばらく絶交《ぜっこう》だ」

――だから、姉と絶交してどうする？

「わはは。ほれほれ、なんでんあっぱい！」

……第九次イ号作戦は成功裏《せいこうり》に終わり、軽トラは物資を満載《まんさい》して凱旋《がいせん》していた。荷台《にだい》の上でチョコレートを鷲摑《わしづか》みにしているのは中村である。「ギブミーチョコレート！」新井木や他の整備兵が嬉々《きき》として荷台に駆け寄る。独立混成《どくりつこんせい》小隊の隊員達はぽかんと口を開けて、そんな様子《ようす》を見つめていたが、「お隣さんも遠慮《えんりょ》せんと、もらっとき！」と加藤が呼びかけると、わっと軽トラのまわりに群がった。

チョコレートやあんパンが飛び交い、缶コーヒーが次から次へとまわされる。中村と加藤は鼻高々《はなたかだか》で「福の神」の役を演じていた。

「まったく……あいつら壊《こわ》れちまったんじゃねえか？」

恥《は》ずかしげに言うのは田代香織《たしろかおり》だ。中村につき合って備蓄基地に赴いたが、中村、加藤とは関係ありませんといった顔で黙々と弾薬を運んでいる。

「まあ、あれが中村の生き甲斐《がい》ですから。加藤さんは、ちょっと違いますね。みんなを元気づけようとしてわざとやっています」

田代をなだめるのは遠坂圭吾《とおさかけいご》だ。遠坂も中村につき合ったひとりだが、彼自身は「若様光《わかさまこう》線《せん》」を駆使《くし》し、小隊機銃《きじゅう》を二丁《にちょう》ゲットするという殊勲《しゅくん》を立てた。誇《ほこ》らしげに肩にかけているのは執事《しつじ》に注文《ちゅうもん》してあったスナイパーライフルだ。どんな無理をしたかは知らないが、宅配便《たくはいびん》の担当《たんとう》者が備蓄基地まで届けてくれたのだ。

銃床《じゅうしょう》の部分は木製で、金属部分には金メッキが施《ほどこ》されている。基本的な構造こそ通常のアサルトライフルと同じだが、特注《とくちゅう》の照準装置《しょうじゅんそうち》を追加し、長銃身《じゅうしん》にするなど大幅に改造《かいぞう》されている。クレー射撃《しゃげき》は本来、命中率《めいちゅうりつ》が高い散弾《さんだん》を使うものだが、遠坂は散弾銃には飽《あ》き、こうしたライフルを使うことを好《この》んでいた。

「それにしても、それ、すげえな。普通のライフルとどう違うんだ？」

田代は金色に輝くライフルを感心したように見た。

「設計《せっけい》は同じですよ。ただし、ひとつひとつの部品はネジの一本まで吟味《ぎんみ》しています。本来、狙撃《そげき》用のライフルというのは一丁一丁手づくりでないと」

相変わらず銃を持つ姿は似合《にあ》わなかったが、遠坂は嬉しそうに語った。


「思いのほか、頑張《がんば》りますね。さすがは精鋭揃《せいえいぞろ》いだ」

戦況分析《せんきょうぶんせき》スクリーンに目を凝《こ》らし、善行は瀬戸口に言った。画面には植木《うえき》環状《かんじょう》陣地の様子が映っていた。三方向から伸びる矢印《やじるし》が、環状の陣地とぶつかっては迂回《うかい》し、一本の矢印《やじるし》に集束《しゅうそく》して熊本城へと向かっている。瀬戸口が数値《すうち》をはじき出した。

「今のところ三十パーセントの出血を敵に強《し》いています。その後、敵は国道沿《こくどうぞ》いに南下《なんか》していますが、抵抗《ていこう》ポイントはなお健在《けんざい》です」

「ふむ。動脈瘤《どうみゃくりゅう》のようなものだな。敵の流れを効果的に妨《さまた》げている」

芝村舞《まい》が後ろから顔を出した。

「わっ、いつのまに！」

瀬戸口がのけぞると、舞は不機嫌に口許を引き結んだ。

「声はかけたぞ」

「ああ、芝村さん、具合はどうですか？」

善行が穏やかに尋ねると、舞はむっとして吐き捨てた。

「わたしの具合などどうでもいい。くだらん挨拶《あいさつ》は抜きにしろ」

「……元気そうですね」

「それで、我々《われわれ》はどうするのだ。また前進防御《ぼうぎょ》か？」

前進防御かと尋ねられ、善行はしぶく笑った。今朝《けさ》の無惨《むざん》な作戦失敗を思い出したのだ。

「何故、笑う？　結果は失敗だったが、わたしが司令ならもう一度この作戦を採《と》る。わたしの計算では環状陣地と連係《れんけい》すれば戦力は十五パーセント増《ぞう》になる」

熱心に説《と》く舞を眺め、瀬戸口は肩をすくめた。善行は眼鏡《めがね》を押し上げた。

「前進防御はリスクが大きかった。今回は陣地前面、五百メートル圏内《けんない》で敵を迎え撃ちます。環状陣地ほどの火力《かりょく》はないにせよ、外郭《がいかく》陣地、そして北側陣地と連係すれば士魂号は相当なパフォーマンスを発揮《はっき》するはずです。あとは包囲《ほうい》援軍《えんぐん》を待ちましょう」

善行の言葉に、舞はそっけなくうなずいた。

「芸《げい》のない作戦だが、確実か。実に善行好みだな」

「色気《いろけ》を出すと失敗するという公式がわたしにはあるようです。よってシンプルな作戦を採ることにしました」

「わかった。待機《たいき》しているゆえ、いつでも命令するがよい」

舞は鷹揚《おうよう》にうなずくと、指揮車《しきしゃ》から去った。

「どちらが司令かわかりませんね」

瀬戸口が冷やかすと、善行は声をあげて笑った。

「まあ、芝村さんは特別ですから」

指揮車の外で、ざわめきが広がっていた。つかのまの休息《きゅうそく》を終えた隊が再び動き出そうとしていた。

原日記V

憂鬱な天気が続いているけど、東の空にほんの少しだけ光が見える。士魂号が出撃した後のわずかな時間を利用して、整備テントでこの日記を書いている。それにつけても憂鬱な日々が続く。どこへ行っても戦争ばっかり。嘆かわしい限り。

わたしは都会のまばゆい光の中で、思いっきり化粧して、ブランドものに身を包んで、ほんのちょっぴりしゃれた会話をかわしたい人なの。子どもの頃、スッチーに憧れたんだけど、中学の頃には航空会社はのきなみ国営化されて、スッチーは絶滅、代わりに警備兵が旅客機に乗り込むなんて時代になった。で、スッチーの代わりに白衣でさっそうと歩く研究者に憧れたんだけど、そこから人生踏み外しちゃったってわけ。

そうか、踏み外したと言えば、そもそもあの男と出会ってしまったのが運のつきだ。あの男とは整備学校の頃に知り合った。向こうは士官学校の学生でランニングや腕立て伏せや、先任下士官にしごかれてヒィヒィ言っていた。僕は不幸な子羊ですって顔に描いてあったわね。それでつい、ね。話しかけてあげたってわけ。無人島に取り残された漂流者が、救いの手を差し伸べられて歓喜の涙を流すってな感じだった。フランソワーズ茜先生に「あんたも物好きね。士官学校の学生なんて飢えた狼みたいなものよ。食べられちゃうぞ」なんて脅かされて、けっこうドキドキしてたんだけど、はじめてのデートで連れて行かれたのはなんと公園。あの男、ベンチに座って「最近、これに凝っていましてね」なんて高等数学の問題集を取り出すの。わたしと数学の話をしようなんて五百万年早いと思ったわ。案の定、メガネ男のさえない外見をホーフッとさせるようなどんくさい解法。「数学の不自由なヒト」って差別用語？　しょうがないから素子ちゃん流のエレガントな解法を教えてあげた。それから一緒にお弁当食べたんだけど……楽しかったな。…………なによ、文句ある？

けど大陸から帰って、あの男は少し変わった。なんだかいっそう薄ぼんやりとしてとらえどころがなくなっちゃって。何があったんだろう、と今でも考える。

あ、そうだ。瀬戸口情報。わたしが「大ピーンチ！」って言ったら、それを信じた彼、ぶるぶる震えて機器にパンチを食らわせたって。上出来。たまには感情をむき出しにして怒ったり、恥をかいたりしないとあの人は自分で自分を追いつめてしまう。だからわたしが一生懸命、イジメるの。わたしが彼をイジメるのって愛情表現なんだからね。

第三話

決戦——どこかの誰かの未来のために

戦争とは非情なものであるという言葉ほど無意味な文言はないだろう。言葉に出したところで時候の挨拶ほどの価値も持たぬ。本作戦の目的は幻獣の殲滅にあった。5121小隊を含め、オトリとなった部隊の生存は副次的な問題に過ぎない。これが戦争の論理である。小隊はあくまでも駒に過ぎないのだ。軍人、しかも士官としてのわたしは当然その論理に従い、隊員達を戦いに駆り立てた。むろん生存する確率は限りなく低いなどということは言わずに。しかしあの状況下で——隊員達はよく生き抜いた。英雄的になどという形容詞が空々しく思えるほど、彼らはあの過酷な戦場で、一分一秒を生き抜いた。戦い慣れた者もいたし、怯えて陣地で震えていた者もいた。しかしわたしは全員に等しく言ってやりたいのだ。君達は本当によくやりましたねと。願わくば、戦後、君達に平穏な日々が訪れんことを。

（善行忠孝『備忘録』より）

四月二十四日一一三〇時。

小康《しょうこう》状態を保《たも》っていた戦線《せんせん》に動きがあった。

はじめに火を噴いたのは北側陣地《じんち》から直線距離《ちょくせんきょり》にして二キロほど離れた熊本大《くまもとだい》ポイントだった。戦車小隊《せんしゃしょうたい》一個と精鋭《せいえい》の戦車随伴歩兵《スカウト》五個小隊で守備《しゅび》するこの外郭《がいかく》陣地は、防御《ぼうぎょ》工事が施《ほどこ》された校舎から、白川沿《しらかわぞ》いに進撃《しんげき》する敵に射撃《しゃげき》を加え、敵の戦力《せんりょく》を確実に削《けず》っていった。

ほぼ同時に、北の植木《うえき》方面からの砲声《ほうせい》も勢いを増した。

空に無数の戦場の音がこだまする。数条《すうじょう》の黒煙《こくえん》が薄曇《うすぐも》りの空を焦《こ》がし、稲光《いなびかり》のような閃光《せんこう》がまたたいては消える。

「士魂号《しこんごう》、出撃《しゅつげき》します」

善行忠孝《ぜんぎょうただたか》司令の命令一下《いっか》、士魂号は次々と起動《きどう》し、一番機から順番に整備《せいび》テントを後にした。

機上の人となった速水厚志《はやみあつし》の目に拡声器《かくせいき》を手にした森精華《もりせいか》が映った。ウォードレスを脱《ぬ》いで、左肩《かた》から腕《うで》まで包帯《ほうたい》で固定している。痛々《いたいた》しい姿だったが、森はきびきびとした声で「三番機、お願いします」と合図《あいず》を送ってきた。

出入り口に向かうと、整備班の面々《めんめん》が並んで見送ってくれていた。

「速水ィ、いいか、危なくなったら逃げるんだぞ！」

「速水君、芝村《しばむら》さん、ファイトです。頑張《がんば》ってくださいね」

「死ぬなよ。死んじまったらおまえのまずいクッキーが食えなくなるぜ！」

「速水君、芝村さん、あなた達ならできるわ。戻ってきたら、抱きしめてあ・げ・る」

「さっさと敵ばやっつけて、祝勝会《しゅくしょうかい》をやるばい」

「頑張ってや。けど無理しちゃあかんで」

「フフフ、わかってますよ」

今朝《けさ》出撃した時とは雰囲気《ふんいき》が違うな、と厚志は思った。皆《みな》、自分の言葉で、声を限りに声援《せいえん》を送ってくれる。厳しい戦いを経験《けいけん》して開き直ったせいだろうか、整備班の面々の顔からは硬さが消え、どことなくたくましくなったような気がする。

彼らの声援は、厚志の耳に心地《ここち》よく響《ひび》いた。よせばいいのに下手《へた》な敬礼《けいれい》をしている者もいる。

「整備の人達、今朝より元気そうだ」

厚志が話しかけると、後部座席《こうぶざせき》の芝村舞《まい》は「ふむ」とうなずいた。

「やつらは腹をくくった」

「……うん」

厚志は炯々《けいけい》と目を光らせてうなずいた。整備班の面々は本来なら戦闘《せんとう》とは無縁《むえん》の存在だ。できることなら危険な目に遭《あ》わせたくなかった。自分達が頑張ることで少しでも彼らの危険が減るなら、どんな過酷《かこく》な戦いにも耐《た》え抜いてみせると厚志は思った。

「君に話しておきたいことがあったんだ」

「なんだ？」

厚志は一瞬《いっしゅん》、ためらった。また暗いぞと言われるかな？

「実は僕……」

厚志が言葉を探していると、舞は「ふん」と鼻を鳴らした。むろん舞は情報処理《じょうほうしょり》の天才《てんさい》である。小隊員の前歴《ぜんれき》は知っていた。問題児と重罪人《じゅうざいにん》の寄せ集め。吹き溜《だ》まり。しかしその寄せ集めが何をなしたか？　答えはすでに出ている。

 地べたを這いずるトカゲは竜となった。わたしはこの小隊を誇《ほこ》りに思うだろう。舞は静かな声で厚志に語りかけた。

「そなたがなにものであろうと、わたしはかまわぬ。我《われ》らのなすべきことはひとつしかない。戦うことだ。どこかの誰かの未来のために。そうであろう？」

「……そうだね」

「それに、わたしが見ていたいのは過去の厚志ではない。今の厚志だ。……今の厚志はずっと見ていても飽《あ》きないぞ」

舞は顔を赤らめながらも、淡々《たんたん》と言った。時として人は必要以上に過去に囚《とら》われすぎる。自分がなにものであるかという答えを過去に求めようとするからだ。しかしそれは錯覚《さっかく》だ。答えは過去にはない。茫漠《ぼうばく》とした未来にこそある、と舞は思っていた。

厚志とともにいる今という時間がわたしは好きだな、と舞は言おうとして言葉を呑《の》み込んだ。

ことさらに好意を示すのは柄《がら》じゃなかった。

「僕は君にありがとうと言うよ。君のお陰で僕は生まれ変わった、そんな気がするんだ。それから他のみんなにもありがとうと。生まれてはじめて仲間ができた」

５１２１小隊に配属《はいぞく》されてからまだ二カ月も経《た》っていないのに、隊員ひとりひとりの面差《おもざ》しは厚志の脳裏《のうり》にしっかりと刻《きざ》み込まれている。これからどんな未来が待っているか厚志にはわからなかったが、これほど自分の心を揺《ゆ》さぶった日々は二度と来ないだろう。

「さて、さっそくだがお客さんがやってきた。敵の戦力はミノタウロス十五、ゴブリンリーダーはじめ小型幻獣《げんじゅう》が三百というところだ。北側陣地より五百メートル圏内《けんない》で迎《むか》え撃《う》つ。わかっていると思うが、中型幻獣の撃破《げきは》を最優先《ゆうせん》に。雑魚《ざこ》は戦車随伴歩兵が片づけてくれる」

瀬戸口隆之《せとぐちたかゆき》の通信がコクピット内に響いた。

「よっしゃ！　名誉《めいよ》挽回《ばんかい》といくか」

滝川陽平《たきがわようへい》の張り切った声が回線《かいせん》から流れてきた。

「煙幕弾《えんまくだん》を忘れるな」舞が冷静に念《ねん》を押した。

「ちぇっ、わかってるよ。俺だってそんなにドジじゃないぜ」

「そなたは調子《ちょうし》にのると必ず失敗する。慎重《しんちょう》に戦うことだな」

「公園入り口に到着。坪井《つぼい》方面の県道《けんどう》上に敵を確認《かくにん》。距離三百。参《まい》りますっ！」

壬生屋未央《みぶやみお》が先陣《せんじん》を切った。ほどなく煙幕が張られ、三番機も公園入り口に到着した。厚志が前方を見ると、煙幕の向こうで爆発が起こった。

「壬生屋機、ミノタウロス撃破《げきは》。その調子《ちょうし》でよろしく」瀬戸口が戦果《せんか》を確認する。

順調《じゅんちょう》なすべり出し。一番機は小型幻獣には目もくれず、先頭のミノタウロスに突進《とっしん》、一刀《いっとう》のもとに斬《き》り捨てた。一番機の刃《やいば》は返す刀でさらに一体の胴《どう》を貫《つらぬ》いた。この間、五、六秒というところだろうか。

「我《われ》らも行くぞ」

舞の言葉に反応《はんのう》して、厚志は三番機を猛《もう》ダッシュさせる。機体はぐんぐんと加速《かそく》して、一番機と二番機の動きを封《ふう》じるように取り囲んでいる敵が厚志の網膜《もうまく》に投影《とうえい》される。三番機は付近のビルを踏み台にして跳躍《ちょうやく》、一番機の頭上を越え、敵のまっただ中に降り立った。大胆《だいたん》にして緻密《ちみつ》なステップワーク。三番機は絶好《ぜっこう》のポジションを得た。

「よしっ！」がくんと下方《かほう》へのG。三番機の背からジャベリンミサイルが発射《はっしゃ》される。すぐ近くにいるミノタウロスの腹にミサイルが深々と突き刺さる。オレンジ色の閃光《せんこう》がまばゆく厚志の目を射《い》た。

次々と爆発し、倒れ伏《ふ》す幻獣の合間を縫《ぬ》って、すかさず一番機が突進《とっしん》する。

「敵は撤退《てったい》をはじめた。追撃《ついげき》は慎重にな」

瀬戸口の声が耳に入ったかどうか、三機の士魂号は猟犬《りょうけん》のように敵を追いはじめた。

軽装甲快速仕様《けいそうこうかいそくしよう》の二番機が一番機、三番機を追い越してジャイアントアサルトを連射《れんしゃ》する。

またたくまに小型幻獣の群れが消し飛んだ。

「へっへっへ、楽勝《らくしょう》楽勝。単座型《たんざがた》軽装甲から逃げようなんざ百年早いんだよ！　朝、しょぼかった分、挽回しなきゃな」

滝川の妙《みょう》に浮きたった声を聞いて、厚志は一種の危《あや》うさを感じた。

「滝川、大丈夫《だいじょうぶ》かな？」

「危ないな。今日のやつは不安定だ」

舞がすぐに応じた。厚志と舞が他のふたりのパイロットと違う点はいくつかあるが、最大の違いは戦闘中は純粋《じゅんすい》に殺戮《さつりく》者として行動できる点だ。平《ひら》たく言えば、戦闘中、ふたりは完璧《かんぺき》に自己《じこ》の感情をコントロールできる。

恐怖《きょうふ》や怯《おび》えは判断を狂わせ、その裏返しの狂躁《きょうそう》状態はあっさりと身の危険を忘れさせる。

厚志と舞に共通するのは、そんな戦闘には邪魔《じゃま》な感情を他人事《ひとごと》のように眺め、制御《せいぎょ》できる能力を持つことだ。戦士として最高の武器を持っていると言っていいだろう。戦闘を重ね、経験を積むうちにふたりはこの能力を磨《みが》き、成長してきた。

ただし、別の言い方をすれば、人としては極端《きょくたん》な、偏《かたよ》った方向へ成長したとさえ言える。ただ戦いに勝つための成長・進化。厚志はそんな自分が好きではなかった。

厚志にとって滝川は、自分が失ったもの、懐《なつ》かしいものをすべて具《そな》えている存在だった。

滝川は軽率《けいそつ》で感情に流されやすく、パイロットとしての能力も低い。だからこそ——と厚志は考える。だからこそ滝川は貴重《きちょう》だ。この非情《ひじょう》で、救いのない戦争にスポイルされていない。

滝川だけは生かして帰してやりたかった。

「油断《ゆだん》するな。滝川、まわりを見ろ！」

瀬戸口の声。厚志は戦術画面《タクティカル・スクリーン》をちらと見た。坪井橋を渡ったところで赤い光点《こうてん》が二番機を押し包んでいる。三、四十体はいるだろう中・小型幻獣がびっしりと二番機を包囲《ほうい》していた。

二番機は数体の敵を葬《ほうむ》ったが、身動きを封《ふう》じられ、集中攻撃《しゅうちゅうこうげき》にさらされた。

「罠《わな》だ。滝川を助けるぞ」

舞に言われるまでもなく、厚志は三番機を全速で走らせていた。

「きりがありません！」

壬生屋の声がした。壬生屋の一番機は、立ちふさがる雑魚敵を斬り伏せ、二番機の退路《たいろ》を切り開こうとするが、敵は無数に涌《わ》いて出る。

「滝川機被弾《ひだん》！　運動性能、機体強度《きょうど》、操縦系統《そうじゅうけいとう》、性能低下。神経接続《しんけいせつぞく》、照準装置《しょうじゅんそうち》、故障《こしょう》！」

瀬戸口の声に、舞の舌打《したう》ちが重なった。

二番機までの距離はおよそ百メートル。その間をびっしりと幻獣が埋《う》めている。少し先では壬生屋の一番機が超硬度《ちょうこうど》大太刀《おおたち》を振るって小型幻獣を狩《か》っていた。

「壬生屋さん、退路《たいろ》を確保して！」

「承知《しょうち》しました」と壬生屋。

三番機は跳んだ。着地《ちゃくち》するとすぐさまミサイルを発射、密集《みっしゅう》していた敵は轟音《ごうおん》とともに消え去った。視界が開けた。すぐ先で二番機がビルにもたれるようにして横たわっていた。

……滝川はぼんやりとあたりを見まわしていた。白い壁《かべ》で囲まれた空間。冷え冷えとした静けさに支配されている。前に一度、来たことがあるような気がする。なにものかの視線を感じた。パジャマを着て髪を短く切り揃《そろ》えた少女が、しゃがんで、滝川の顔をのぞきこんでいた。

——おまえ……。

滝川が口ごもると、少女はため息をついてかぶりを振った。

——だめなやつだな。またこんなところに来た

——ここはどこだ？　おまえ、誰なんだ？

少女の無表情な顔に苦笑《くしょう》が浮かんだ。這《は》うように移動すると互《たが》いの息づかいを感じられる距離にまで接近してくる。少女のまなざしが、滝川のまなざしをしっかりととらえた。

——すぐに戻れ。今なら間に合う

無愛想《ぶあいそう》な言葉とは裏腹《うらはら》に、そのまなざしは穏《おだ》やかでやさしかった。

——なあ、おまえは……。

——さよなら。わたしはおまえが好きだったよ

——待ってくれ

不意に少女の顔が受信不良《じゅしんふりょう》のテレビ映像《えいぞう》のようにゆがんだ。微笑を残して、少女の姿は掻《か》き消えた。気がつくと滝川はコクピットの中で涙を流していた。しかし次の瞬間《しゅんかん》、滝川の表情は凍《こお》りつき、声を限りに叫んでいた。

「速水、気をつけろ。スキュラがいるっ！」

三番機はとっさに横へ転がった。コンマの差でレーザー光がかすめ過ぎる。体勢《たいせい》を立て直し、突進《とっしん》。敵はすぐ横の女子校の校舎を隠《かく》れ蓑《みの》にしていた。加速《かそく》をつけ、肉薄《にくはく》。レーザー発射口《はっしゃこう》を兼《か》ねた巨大な、黄色く濁《にご》った目が建物の隙間《すきま》から見えた。

三番機のキックが敵の目を直撃《ちょくげき》した。

士魂号の爪先《つまさき》が吸い込まれるなんとも言えない感触《かんしょく》。爆発が起こり、スキュラは校舎ごと粉々《こなごな》に消し飛んだ。三番機も爆風《ばくふう》にあおられ県道《けんどう》上に投げ出される。

「くっ……！」舞の苦しげな声。

「もう少しでやられるところだった。何故《なぜ》、もっと早く報《しら》せぬ？」

舞はとがめるように滝川に通信を送った。

「悪《わり》ィ。気を失っていたみたい……」

滝川の声が途《と》切《ぎ》れた。「ちっくしょう！」絞《しぼ》り出すような声が聞こえた。

「どうした？」

「コクピットを直撃された。血だ……俺の血……ちっくしょう」

「落ち着いて。滝川、どこをやられた？」厚志は努《つと》めて冷静に尋《たず》ねた。

「右の膝《ひざ》から下に感覚がねえ。待てよ……わぁあっ！」

滝川の絶叫《ぜっきょう》がコクピットに響き渡った。

「ふむ。足を一本なくしたか？」

舞のこともなげな口調《くちょう》に、滝川はまたしても「ちっくしょう」と悪態《あくたい》をついた。

「足はまだあるよっ！　骨が見えて血が流れている。くそっ、神経まで見えやがる」

「歯を食いしばれ。じきに痛みが襲《おそ》ってくる」

「ばっきゃろ、その前に死んじまう。芝村、おまえには思いやりってモンがねえのか？」

「思いやりは厚志の担当だ」

舞が淡々《たんたん》と応じると、今度は壬生屋の声が飛び込んできた。

「滝川さん、早く脱出《だっしゅつ》してください。また囲まれると厄介《やっかい》ですわ」

「脱出しろったって、動けねえんだよ……」

滝川の声がしだいに小さくなってゆく。厚志は声を励《はげ》まして言った。

「今、三番機の手を伸ばす。なんとかコクピットから這い出して掴《つか》まってくれ」

「……もういいや」

厚志は滝川の言葉に耳を疑った。今、なんて言ったんだ……？

「滝川」

「だからもういいって。こいつ、死んじまった。俺のせいで死なしちまった」

「……死ぬ前に二番機は何か言った？」

「さよならって。けどもう嫌《いや》だ。せっかくこいつ、頑張ってくれたのに、俺、ドジばっかりでこいつに迷惑《めいわく》かけ通しだった。もうこんな思いするのは嫌だ。嫌なんだよ」

そう言うと滝川は嗚咽《おえつ》を洩《も》らした。

「しっかりしろ。あきらめちゃだめだ。君が嫌だって言っても僕は連れて戻るからね」

一番機と協力して、機体ごと滝川を連れ帰ろうと厚志は思った。戦闘開始後わずか十分で二番機は大破《たいは》。滝川は負傷《ふしょう》した。

その時、瀬戸口から通信が入った。

「悪かった、通信入れずに。厄介《やっかい》な連中《れんちゅう》がウロウロしているもので説得《せっとく》していたんだ」

「え、敵がそちらに？」

厚志が尋ねると、瀬戸口は声をあげて笑った。

「ははは、幻獣よりもっと始末《しまつ》に負《お》えない。今、そちらへ向かった」

耳障《みみざわ》りな二気筒《にきとう》エンジンの音がして軽トラが二番機の前で停《と》まった。

「嘘《うそ》だろ……」

厚志は茫然《ぼうぜん》としてつぶやいた。

「よォ、いい子にしてたか？」

コクピットがこじ開けられ、光が射《さ》し込むと同時に聞き覚えのある声が響いた。

「お、おまえ……」

涙顔の滝川に、田代香織《たしろかおり》はにやっと笑いかけた。

「野郎《やろう》のくせにめそめそしやがって。泣き虫め、みっともねえぞ」

滝川は嗚咽を堪《こら》え、あわてて涙をぬぐった。

「それでいい。看護婦《かんごふ》さんが迎えにきてやったぜ。コスプレしてねえのが残念だろーがな」

「なんでこんなところにいるんだ？」

「まぁ、なんつうか……、ええと……、ばかやろ！　俺に考えさせるんじゃねえ！」

田代は首をひねったあげく滝川を怒鳴《どな》りつけた。パイロットの身に何かあった時にはすぐに救出《きゅうしゅつ》できるようにと無断《むだん》で軽トラを動かしたのだ。我《われ》ながらナイスな思いつきだと思ったが、指揮車《しきしゃ》にさえぎられた。善行、瀬戸口と押し問答《もんどう》となったが、滝川の負傷を聞いて勇《いさ》んで駆けつけたというわけである。

「俺はもういいんだ。放っといてくれ……うわっ！」

右臑《すね》を錐《きり》で刺し貫《つらぬ》かれたような痛みが走った。「ちっくしょう。痛《いて》え、痛えよっ！」滝川は脂汗《あぶらあせ》を流して吠《ほ》えた。田代はコクピットに身を差し入れ、ソケットから滝川の左腕を抜いた。

「わあああ……！」

強引《ごういん》に体を引きずり出すと、滝川は悲鳴《ひめい》をあげた。しかし田代はかまわず、滝川を抱《かか》え上げると軽トラの荷台《にだい》に放り出した。

「痛えぞ、おいっ！　この、暴力女！」

「おっ、元気いいじゃねえか。その調子だ。わめけわめけ」

田代は荷台に乗ると、運転席の屋根をたたいた。

「行こうぜ」

「……まだ誰かいるのか？　ちっくしょう、無茶《むちゃ》なことしやがって！」

痛みを紛《まぎ》らわせるためか、滝川は吠え続けた。

加藤祭《かとうまつり》が運転席から顔を出した。

「まいど、加藤有料救急《ゆうりようきゆうきゆう》サービスです。滝川君、松《まつ》、竹《たけ》、梅《うめ》のどれにする？」

「そんなこと言ってる場合じゃ……た、竹！」

「はいな。田代さん、これ。どうせ注射器《ちゆうしやき》使えんやろ。適量《てきりよう》もわからんやろし。傷口《きずぐち》にまんまぶっかけちゃっていいから」加藤は茶色の瓶《びん》を田代に渡した。

「よっしゃ。ところでこれ、何だ？」

「モルヒネ」

田代はぎょっとして瓶を見た。貴重《きちよう》な麻酔薬《ますいやく》ではあるが、劇薬《げきやく》でもあり、素人《しろうと》が扱っていいものではない。

「こ、こんなもん、どこで」

「裏マーケットのおやじさんがくれたんよ。いざという時にはこれで安らかにって」

「お、おいっ、安らかにって何だよ？　俺はまだ死にたくねえぞ！」

滝川は必死に荷台から這い出そうとした。

「あはは、嘘、嘘。おやじさん、薬をたくさん寄付《きふ》してくれたんや。命があったら、お礼しに行かなきゃだめよ」

瓦礫《がれき》の隙間《すきま》を縫《ぬ》うように走り去る軽トラを見送り、厚志はぽつりと言った。

「無茶……だよ」

「無茶だな。無茶すぎる！　自衛軍《じえいぐん》だったら禁固刑《きんこけい》ものだ。さすがにわたしも驚いたぞ。ふむ、敗北感《はいぼくかん》すら抱いた」

「敗北感？」舞の口からは滅多《めった》に出ない単語だ。

「素人ゆえに信じられぬ馬鹿をする。その場の思いつきだけで後先のことを考えぬ。仲間のことを考えたら、いてもたってもいられなくなって身体《からだ》が勝手《かって》に動いてしまう。たわけ。たわけめ！　……わたしはこの部隊《ぶたい》にいてよかった」

舞はどうやら感動しているらしい。吹けば飛ぶような軽トラが駆けつけるさまは妙に滑稽《こっけい》で、しかし勇《いさ》ましかった。どういう思考回路《しこうかいろ》をたどれば、ああいう無茶ができるのだろう？　そのたわけぶりに、舞は心を揺《ゆ》さぶられた。

厚志は黙って、路上に横たわる二番機を見た。激戦を戦い抜いたその姿は荘厳《そうごん》でさえあった。

滝川の言う通り、士魂号は単なる兵器、道具ではない。戦友なんだ、と思った。

「気持ちはわかる」舞がぽつりと言った。

「なんとなく……ね」

三番機はしばらくの間、敬礼をしていた。

「さて、第一波《だいいっぱ》は片づけた。俺達もいったん陣地に戻って補給《ほきゅう》をするぞ」

瀬戸口の声がコクピットに響き渡った。


軽トラが陣地前に停《と》まると、整備員が一斉《いっせい》に駆け寄ってきた。

「馬鹿ね」

事情を知った原素子《はらもとこ》が第一声を放つと、皆《みな》が軽トラに取りつき、口々にしゃべりはじめた。

「わあ、すごい傷。ねえねえ滝川君、触っていい？」

新井木勇美《あらいぎゆうみ》があっけらかんと言うと、茜大介《あかねだいすけ》があわてて止めた。

「だめだっ、滝川に触るな！　いいか、滝川は右スネを骨ごと削《けず》り取られている。ああ、神経組織《そしき》も見えるな。重傷だ。すごいぞ、こんな傷、はじめて見るよ」

「けど運が良かったわ。ほら、神経がぎりぎりのところでくっついている。骨は牛乳をたくさん飲んで治せばいいし、そうね、今のところは血止めをして抗生物質《こうせいぶっしつ》を飲ませて……わたしが簡単な手術をする。そうすればもうひと働きできるわ」

原が子細《しさい》に傷をあらためて言った。整備班の面々はそんな原を頼もしそうに見ている。

「手術って……もうひと働きって……」

滝川は絶句《ぜっく》した。俺は重傷じゃなかったのか？

「大丈夫《だいじょうぶ》ですよ。原さんは人工筋肉《じんこうきんにく》の権威《けんい》ですから。安心してくださいね」

森精華《もりせいか》がやさしくささやいた。

「人工筋肉って、俺は人間……」

「心配しないで。すぐに修理《しゅうり》、じゃなかった。手術は終わるから。若宮《わかみや》君、彼を整備テントに運んでちょうだい」

原は滝川の不安をやわらげようと、努《つと》めてやさしく微笑《ほほえ》んだ。

「ちょ、ちょっと待て。嫌だ、嫌だぁ……！」

滝川は叫びながらテントへと運ばれていった。

「ふっふっふ。田代さん、わたしの目はごまかせんよ」

加藤は肘《ひじ》で、そっと田代をつついた。田代の顔が微《かす》かに赤らんだ。

「なんのことだよ？」

「ま、好みは人それぞれ。田代さんってああいう趣味《しゅみ》してたんだ」

「てめー、いい加減なこと言うとぶん殴《なぐ》るぞ！」

田代が拳《こぶし》を振り上げると、ふたりのやりとりを何気なく見ていた茜が割って入った。

「待て。そうなのか、田代。本当に滝川のことが好きなのか？　もしそうならあいつの親友として僕は話を聞く権利《けんり》がある」

「……」

田代は黙って茜にジャブを見舞《みま》った。茜の体は吹き飛ばされ、塹壕《ざんごう》の中に転がり落ちた。


一二〇〇時。

──のちに熊本城攻防戦と称された戦いは山場《やまば》を迎えつつあった。

出血を強《し》いられながらも圧倒《あっとう》的な戦力で熊本城をめざす幻獣軍に対し、人類側は善戦《ぜんせん》、熊本城防衛の要《かなめ》である植木環状《かんじょう》陣地をはじめとする大小の抵抗拠点《きょてん》は深刻《しんこく》な損害を被《こうむ》りながらも、なお組織《そしき》と陣地を維持《いじ》し、戦闘を継続《けいぞく》していた。

しかし、幻獣側の攻撃も執拗《しつよう》を極《きわ》めた。敵の強襲《きょうしゅう》を支え切れず、しだいに沈黙《ちんもく》する拠点が増えていった。

人類側も必死なら、幻獣側も必死だった。

各拠点では部隊全滅の報《ほう》が相次《あいつ》ぎ、その崩壊《ほうかい》は時間の問題となっていた。５１２１小隊が配《はい》備《び》された熊本城公園北側陣地はなお戦力を維持《いじ》していたが、朝を上まわる攻撃にさらされることは、これも時間の問題となっていた。

「植木の陣地群を突破《とっぱ》した敵の大部隊が県道《けんどう》を南下《なんか》している。時間がないぞ。すみやかに補給を済《す》ませ配置についてくれ」

瀬戸口はパイロット達にあえて敵の戦力を言わずにおいた。侵攻路《しんこうろ》に設《もう》けられた各ポイントが抵抗拠点としての機能を失った結果、圧倒的な数の幻獣軍が北側陣地に迫《せま》りつつあった。

これを阻止《そし》し、包囲《ほうい》援軍《えんぐん》の来援まで持ちこたえることができれば、人類側は辛《かろ》うじて勝利を収める。が、それまで生き延びることができるか、瀬戸口には悲観的《ひかんてき》な結論しか出せなかった。

「どうしました？　浮かない顔ですね」善行が眼鏡《めがね》を押し上げ、声をかけた。

「今度ばかりは年貢《ねんぐ》の納《おさ》め時かなと。俺も長生きしすぎましたよ」

瀬戸口は苦笑した。が、善行は、瀬戸口の笑いにつき合わなかった。

「瀬戸口君が弱音《よわね》を吐《は》くとは珍《めずら》しい。まだ戦いは、はじまったばかりというのに、もう負けと決めるのですか？　わたしは計算高い人間ですが、まだ頑張れると踏んでいます。人間はそんなに弱い生き物ではありませんよ」

「……それはわかっています」

「我々《われわれ》は勝ちますよ。これまでに多くの危機《きき》を、我々の祖先は克服《こくふく》し、生き抜いてきました。幻獣ごときに断じて負けません」

善行は自分に言い聞かせるように言った。

「賛成だ。しかし大の男が揃《そろ》って、ロクでもない会話をしているな」

不意に通信が入り、芝村舞の声がした。回線はOFFになっている。

「通信はOFFになっている。もしかして、芝村……」

「悪いが盗聴器《とうちょうき》を仕掛《しか》けさせてもらった。瀬戸口よ、そなたは我らが信じられぬのか？」

ぬけぬけという舞に、瀬戸口は笑ってしまった。

「盗聴器を仕掛けた本人が言うセリフじゃないぞ。けど、一応謝《あやま》っておくよ。俺はどうやら怯《おび》えの虫に取り憑《つ》かれていたらしい。柄じゃないね」

「意外ですね。瀬戸口さんでも怯えることがあるんですか？」

厚志の声だ。これも相当にぬけぬけとしている。何か大切なものが欠落《けつらく》しているのではと首を傾《かし》げさせるほどだ。

「逆に聞くよ。速水、おまえさんはこれまでこわいと思ったことがあるか？」

「はじめはこわかったけど、今はそうでもないです」

「ふむ。妥当《だとう》な感想だ」舞の冷静な声が割って入った。

「妥当かどうかはわからないけど、仕事だからって割り切ったらそうでもなくなった。操縦《そうじゅう》するのけっこう好きだしさ。舞も後ろについていてくれるしさ」

「最後のセリフが気に入ったぞ」

速水と芝村は面白《おもしろ》いな、と瀬戸口は苦笑した。こんな状況なのにふたりとも、教室で世間《せけん》話《ばなし》をしている時と会話のトーンがまったく変わっていない。これがこいつらの面白さであり、恐ろしさなのだろう。

「さて、そろそろ整備テントに到着《とうちゃく》するぞ。各機、弾薬の補給を忘れるな」

「大丈夫ですか？」

森は心配そうに滝川に尋ねた。滝川は茜と中村に支えられて歩いていた。否《いな》、歩かされていた。滝川の顔が不機嫌《ふきげん》にゆがんだ。

「ちぇっ、大丈夫なわけねえだろ！　俺は怪我人だってえの！」

原に修理を……手術をされ、出血は治《おさ》まっていた。しかし麻酔やら抗生物質やら、はたまた眠気《ねむけ》を抑《おさ》えるために飲まされたカフェインやらで胃《い》がむかついてしょうがない。歩くこともできないし、こんなんで戦うことなんてできるのか？　ふと森の顔を見ると、目元を赤らめている。そういや森って泣き虫なんだって茜が言ってたな。

「……ごめん。俺、平気だから。この戦い、終わったらまたデートしようぜ。何だっけ、ギガントロプスだっけ？　また森の話が聞きたいんだ」

「はい、約束します。だから滝川君、無理しないでね」森は救われたように微笑んだ。

滝川にしてはストレートな誘いに茜と中村は顔を見合わせた。

「滝川、やるばいねー。こげな時にいい根性しとるばい」

中村が冷やかすと、滝川の痩《こ》けて青ざめた顔に血の気が戻った。

「……そうだ、実は君に報告することがあるんだ。君に魔《ま》の手が忍《しの》び寄っている。悪いことは言わない。暴力女に出合ったら逃げろ」

田代に殴《なぐ》られたことを思い出し、茜は忌々《いまいま》しげに言った。

「暴力女か。けど、あいつ、俺を助けてくれたんだよな」

あの赤茶けた髪のツッパリ女の印象は強烈《きょうれつ》だった。が、田代が何故あんな無茶をしたのか、滝川にはまったくわからなかった。

「とにかく油断《ゆだん》をするな」

「大介、わけのわからないことを言って滝川君を困らせないで」

森は茜をにらみつけた。茜もにらみ返す。

「困らせてなんかいない。僕は滝川のことを思って言っているんだ。姉さんこそ油断をするとあの女に盗《と》られてしまうぞ」

「盗られるって何を盗られるのよ？　あの女って誰？」

「くそっ、そんなこと僕に言わせるな！　まったくどんくさいったら」

「な、なあ、こんなところで喧嘩《けんか》するの、よそうぜ」

滝川に言われて、ふたりははっと我《われ》に返った。

代替機《だいたいき》のコクピット前では遠坂圭吾《とおさかけいご》と田辺真紀《たなべまき》が最終点検《てんけん》を行っていた。幻獣に整備テントを襲撃《しゅうげき》されたため、代替機にも小さな損傷《そんしょう》がところどころにできていた。

「ごくろうさまです。遠坂君、どう？」

森が整備班副主任《ふくしゅにん》の顔に戻ってきびきびと尋ねた。遠坂はにこやかに森と滝川を見た。

「小さな傷はありますが上々《じょうじょう》です。ポテンシャルは前の機より落ちますから、機体を徐々《じょじょ》に馴《な》らしていくしかありませんね」

「わかってるよ。じゃあ、俺、行くから」

滝川は助けを借りてコクピットを開け、シートにすべりこんだ。ほの昏《ぐら》い空間にまたひとり。まっさらな機体のせいか、コクピットのにおいが違う。機器類の無機質《むきしつ》で金属的なにおい。ここが独特《どくとく》のにおいを発するようになるまで時間がかかる。また一からやり直しかよと思いながら、滝川はシートのビニールをバリバリとはがした。

左手の多目的結晶《たもくてきけっしょう》をソケットに連結《れんけつ》する。

ほどなくグリフが訪れた。

……波の音が聞こえる。滝川は波打ち際《ぎわ》で貝殻拾《かいがらひろ》いをしていた。目の前には吸い込まれるような深い青に彩《いろど》られた海があった。風に麦藁帽子《むぎわらぼうし》が吹き飛ばされた。帽子を取ろうと思って振り返ると、砂浜に真っ白な日傘《ひがさ》をさした女性がたたずんでいた。

その女性は帽子を拾うと歩《あゆ》み寄って、滝川の頭にかぶせてくれた。滝川は何故か安心して、波打ち際にしゃがむとまた貝殻を拾いはじめた。

「俺……」滝川はグリフから覚めると、ぼんやりとあたりを見まわした。薄暗いコクピットの中だった。俺はどうしてこんなところにいるんだ……？

「滝川君、善行です」

不意に善行から通信が入って、滝川は正気《しょうき》を取り戻した。

「あ、はいっ、滝川です！」

「怪我のことは聞きました。激しい行動は無理なようですから、あなたは陣地に残って、支援《しえん》射撃《しゃげき》をよろしく」

「了解《りょうかい》」

善行からの通信が切れると、入れ替わりに厚志から通信が入った。

「具合はどう？」

「まあなんとか……俺、今度こそ頑張るから。おまえらの足は引っ張らねえからよ」

「足を引っ張られた覚えはないよ。君がバックアップしてくれたからこれまでやってこれた」

「へへっ、嘘でも嬉しいぜ」

足下《あしもと》で森の声が聞こえた。

「二番機、射撃位置まで誘導《ゆうどう》します。部材につまずかないよう、慎重にお願いします」

機体のロックが解除《かいじょ》される音。二番機は地響《じひび》きをたてて整備テントを後にした。

「さあ急いで！　目標時間一分三十秒。新記録に挑戦《ちょうせん》するわよ」

原はどこから調達《ちょうたつ》したか、ストップウォッチを手に整備員を励ましてまわった。早々《そうそう》にミサイルを使い果たした三番機は補給車の隣《となり》にうずくまっていた。

「予備の弾倉《マガジン》をひとつ増やしてくれ。つごう、三つだ」

舞の声が拡声器から響く。

「大丈夫なの？　けっこう重くなるわよ」

「案ずるな。我らは無理はしない。必要と判断したから要求するまでだ」

「それならいいけど。弾倉をひとつ追加！」原は整備員に呼びかけた。

遠坂は弾倉のカートリッジをクレーンに固定していた。これを三番機背面《はいめん》のミサイルポッドに塡《は》め込めば装着完了《そうちゃくかんりょう》だ。

「遠坂君、慎重にね」

原に声をかけられ、遠坂はにこやかに応じた。

「ええ、わかっています」

遠坂は遠坂財閥《ざいばつ》の御曹司《おんぞうし》である。本来なら戦場に出なくてもよい身分だ。しかし本人はそれが嫌であえて学兵《がくへい》に志願《しがん》した。息子《むすこ》の身を案じた父親は軍上層部《じょうそうぶ》に手をまわして遠坂を比較的安全と思われる５１２１小隊の整備班に配属させた。

はじめのうちは慣れぬことの連続だった。他の整備員に比べ技術的な面で遅れを取っていたし、勉強しなければならないことが多すぎた。が、遠坂は超人的《ちょうじん》な努力で短期間でそのハンデを克服《こくふく》した。努力しているとまわりに思わせないところが、遠坂の個性だ。遠坂はまたたくまに他の隊員のレベルに追いつくと、昔からの整備員であったかのように、澄《す》ました顔で隊内で振る舞っていた。

原は良い教師だった。ディナーに誘うと原ははじめ警戒《けいかい》していたが、遠坂が士魂号のマニュアルを広げ質問攻めするに及《およ》んで、納得《なっとく》という顔になった。原も努力しているところを人に見られたくない点では似たようなタイプだった。それぞれタキシードとドレスというでたちで延々《えんえん》と人型戦車について語り合う男女を、店員達は奇異《きい》の目で見たものだ。

遠坂の視界の隅《すみ》に光るものがちらついた。観光《かんこう》ホテルの屋上《おくじょう》だ。遠坂が首を傾げると、傍《かたわ》らで「きゃっ」と悲鳴《ひめい》があがった。

田辺が原にぶつかって、ふたりとも尻餅《しりもち》をついていた。同時に、ずしっと音がして地面に何かが突き刺さった。

「まさか……」遠坂は突進した。原と田辺を抱《かか》え起こすと、両腕に抱き、強引に補給車の陰に引きずり込んだ。標的《ひょうてき》は原か？　田辺がぶつからなかったら、原は頭を撃ち抜かれていた。

「ど、どうしたの、遠坂君？」

遠坂の突飛《とっぴ》な行動に、原が当惑《とうわく》した面もちで尋ねた。田辺も物問いたげに遠坂を見ている。

「狙撃《そげき》です。たぶん……原さんを狙《ねら》っていました」

「どうして……？　誰がわたしを狙うっていうのよ。脅《おど》かさないでよ、遠坂君」

しかし遠坂は応《こた》えず、来須《くるす》を呼んだ。

「観光ホテルの屋上から狙撃されました。来須さんは原さんを頼みます」

「……やめておけ。俺が行こう」

来須銀河《ぎんが》が止めると、遠坂はにこやかに笑って、かぶりを振った。

「来須さんには陣地を守ってもらわなければ。原さんを狙った相手については見当《けんとう》がつきます。わたしなりに決着《けっちゃく》をつけたいのですよ」

「ミサイル装着完了。三番機出撃できます。あれ？」

森が補給車の陰に身を潜《ひそ》めている四人を見つけ、目を丸くした。

「森さん、こっちに来て……！」

原に呼びかけられ、何がなんだかわからぬままに、森は原の隣にしゃがみこんだ。負傷しているためウォードレスを着ていない森は格好《かっこう》の標的になる。

「ど、どうしたんですか？　こんなところで隠《かく》れん坊《ぼう》ですかぁ。あ、マッキーもいる」

新井木が能天気に声をかけてきた。

「狙撃されたの」

「そげき……？　何ですか、それ」新井木は聞き慣れぬ単語に首を傾げた。

原はため息をつくと、「いいから。わたしの隣に来て」と言った。新井木は素直に従い、原と森、田辺の間に割り込み、「えへへ」と愛想笑《あいそわら》いをした。

「……狙撃って、幻獣が狙撃するんですか？」

森が新井木の頭越しに尋ねると、原はお手上げというように肩をすくめた。

「わからないの。遠坂君が見たっていうから」

「観光ホテルの屋上から。遠坂君が見たっていうから」

遠坂が目を光らせて言った。原はまばたきして遠坂の顔を見た。若様《わかさま》にしては引きしまった顔つきになっている。

「どうしてわたしを狙撃するのよ？　それに相手って誰？」

原は矢継《やつ》ぎ早《ばや》に質問を繰り出した。

「士魂号のメンテナンス要員《よういん》を潰《つぶ》せば小隊の戦力は大幅《おおはば》に減少します。原さんを優先《ゆうせん》して狙う理由は整備班のトップだからですよ。相手は幻獣共生派《きょうせいは》ですね」

断定的《だんてい》に言う遠坂に原は違和感《いわかん》を覚えた。他の三人も、今ひとつ納得いかないといった顔をしている。来須だけがホテルの屋上を監視《かんし》している。

「……幻獣共生派にもいろいろいます。大部分は幻獣とコミュニケーションを取り、共存できないかと考える平和主義者《へいわしゅぎ》です。しかし、当局《とうきょく》の弾圧《だんあつ》に対抗するため、武装《ぶそう》している人達もいるんです」

「どうしてそんなこと知ってるの？」原は警戒《けいかい》するように尋ねた。

「ああ、それは……」

「遠坂の父親は元警察官《けいさつかん》だ」

来須が言いよどむ遠坂の機先《きせん》を制《せい》して言った。来須はめざとく地面に穿《うが》たれた弾痕《だんこん》を見つけていた。狙撃地点が観光ホテルの屋上というのも正しい。狙撃者はこれまで潜んでいたか、なんらかの理由で戦場に到着するのが遅れたのだろう。自分が狙撃する立場であれば、善行司令を、そしてパイロットを狙う。原の優先順位はその次くらいだ。

「というわけです。それでは」

遠坂はにこやかに笑うと、ライフルを抱え、おもむろに駆け出した。勝手なまねを。来須は内心で舌打ちしたが、すぐにレーザーライフルを構え、照準器をのぞきこんだ。狙撃者が身を乗り出したら、即引き金を引くつもりだった。

「何も……起こらないわね」

来須のものものしい姿を見て原はあきれたように言った。朝、幻獣を目《ま》の当たりにして一時は死を覚悟《かくご》した。「狙撃」と言われても幻獣ほどのインパクトはないし、第一、自分が撃たれたかどうかすらわからなかった。

「相手はプロだ。同じ位置から二発目は撃たない」

来須はなおライフルを構えたまま、無愛想に応えた。

すでに屋上にはいないだろう。自分でもそうする。

遠坂は愛用のスナイパーライフルを抱え、ホテル近くの木陰に隠れ、付近の建物を見張っていた。陣地からホテルまでは直線距離で二百メートルほどだ。朝でなくて良かった、と遠坂は今さらながら思った。自分が目撃した光は、おそらく銃身《じゅうしん》ないしは照準装置が陽光《ようこう》を反射《はんしゃ》してできたものだ。今朝《けさ》の雨もようの天気では気づかずにいたろう。

それにしても、ぶっそうになったものだと遠坂は思った。父親が現役《げんえき》の警察官だった時代には幻獣共生派が武装することはなかった。一種の平和主義を唱《とな》え、そのイメージに弱い国民の間に浸透《しんとう》する兆《きざ》しがあったため当局、すなわち芝村一族《いちぞく》が適当な罪《つみ》をでっちあげ、弾圧に踏み切ったのだと遠坂は確信していた。共生派もオモテとウラの顔を持つようになったということか。ウラの側には自暴自棄《じぼうじき》になった人間や、仲間を処刑《しょけい》され復讐《ふくしゅう》を誓《ちか》う人間がいるだろう。

自分は狙撃者と戦いたいのだろうか？　兵士《へいし》にしては間《ま》の抜けた疑問を遠坂は大まじめに反芻《はんすう》していた。

（違う。わたしは……）

遠坂はかぶりを振った。

できれば狙撃者と会って、話をしたかった。危険の多い戦場に単身《たんしん》乗り込んでくるような相手だ。戦って勝つ自信はなかったし、こちらには相手を殺す理由はなかった。

観光ホテルの屋上に再《ふた》び光を認めた。ほぼ同じ地点だ。おかしいな、と思いながらも遠坂は通りを隔《へだ》てたホテルに駆け込もうかと考えた。


「若様、戻って来ないわね」

整備テントに戻った原は誰に言うともなくつぶやいた。来須から隠れているように言われ、腐《くさ》っていた。幻獣だけでも厄介《やっかい》なのに、どこの誰とも知れない人間に狙われているかと思うと気味が悪かった。

狙撃兵の恐ろしさを知っている者なら、気味が悪いでは済《す》まされないだろう。目に見えぬところからの銃弾が兵の命を奪っていく。これに対処《たいしょ》するには、身を隠すか、危険を冒《おか》して狙撃兵の位置を突き止めるしかない。たったひとりの狙撃兵が、一部隊の足を止めることはままある。が、原はそうした恐怖とは無縁《むえん》だった。狙撃されたと言われても実感が湧《わ》かない。遠坂と来須にからかわれているのでは、と疑ったくらいだ。

「拡声器で呼んでみましょうか。戦いがひどくならないうちに呼び戻さないと」

森が提案《ていあん》した。遠坂の行動は今ひとつ理解に苦しむ。どうして若様が殺し屋……じゃなかった狙撃者を追わなければならないのか？　そんなことは専門《せんもん》の人に任せておけばいいのに。

「遠坂君、至急整備テントに戻ってください！　聞こえますか、遠坂君……」

森は生《き》まじめな口調で、遠坂が消えていった方角に呼びかけた。

森の声が聞こえたが、遠坂は戻ろうにも戻れなかった。思い切って道路を横切ろうとした瞬間、右膝に痛みを覚えた。ウォードレスの装甲《そうこう》を銃弾が突き破っていた。

転倒《てんとう》した遠坂の鼻先を二発目の銃弾がかすめ過ぎた。これを見て遠坂は逃げることをあきらめた。敵はウォードレスの装甲を破れるほど近くにいて、射撃の腕も精確《せいかく》だ。自分を撃ち殺せる位置にいながら、あえて足を狙った。二発目はその意思表示《いしひょうじ》だろう。

路上に投げ出されたスナイパーライフルを遠坂はため息まじりに見た。こんなもので自分は何をしようとしたのだろう？　戦争のまねごとか？

「わたしは遠坂といいます。少しお話しをしたいのですが」

無駄《むだ》だとは思いながらも、遠坂は発射地点とおぼしき方角に声をかけた。

遠坂の正面、五十メートルほど離れたところはT字路になっており、生保会社《せいほがいしゃ》のビルがあるほか、歩道には植え込みと街路樹《がいろじゅ》があった。目を凝《こ》らして相手を探したが、やがて遠坂はかぶりを振ると身を起こし、アタッチメントからハンカチを取り出した。傷口に当てると、血が滲んでハンカチを真っ赤に染めた。骨、神経、と致命《ちめい》的な部位ははずれているらしい。息をするたびに痛みは走るが、ごく一般《いっぱん》的な裂傷《れっしょう》だろう。

「あなたは勘違《かんちが》いしていますよ。わたしをオトリにしても誰も助けに来ません」

遠坂はオットリと言った。戦争映画で見たことがある。有能《ゆうのう》な狙撃手は、わざと敵を殺さずにおいて、助けに駆けつけた者を狙う。

「けど、礼を言っておきます。この傷なら一週間あれば治りそうです。ほっとしました」

遠坂には命が危険にさらされているという実感がなかった。負傷したというのに、心のどこかでほっとしていた。相手は人間だと思うと、奇妙《きみょう》な懐《なつ》かしさを感じて、遠坂は苦笑した。自分は相当におめでたい人間だ。

「ご返事がないようなので、勝手に話します。わたしは当局とは違いますから、あなたと戦うつもりはないんです。ただ、話がしたかった」

「妙なオトリが引っかかった」

不意に声がかかった。生保ビルからではない。遠坂の真横、観光ホテルの植え込みのあたりからだ。遠坂が身じろぎすると、遠坂のこめかみを銃弾がかすめていった。

「そのままで。これ以上の勝手は許さないわよ」

女の声？　遠坂は元の姿勢を保ったまま、うなずいた。

「わかりました。ところで提案があるのですが。わたしの小隊は今、大変な状況で、あなたの相手をする余裕《よゆう》はないんですよ。あなたのことは忘れます。ですから、あなたもわたしたちのことを忘れてもらえませんか？」

微かに笑い声が聞こえた。遠坂のオットリした理屈《りくつ》に失笑《しっしょう》を誘われたのだろう。

「あなたは幻獣共生派ですよね？」

「それ以外に考えられないですよ、ウチの小隊を狙うとしたら。わたしも以前、共生派の集会に出たことがあります。言っていることはもっともだと思いました。ひどい弾圧が行われてきたことも知っています。だからといって、幻獣が勝って、人類が滅《ほろ》びてよいという理由にはならないでしょう」

「何故わかる？」

沈黙《ちんもく》があった。少しして、女は低い声で言った。

「おまえには何が行われていたのか、わかっていない」

「そうかもしれません。きっと想像を絶するような残虐行為《ざんぎゃくこうい》が行われてきたのでしょう。だから共生派の考えていることが知りたくて集会に参加したんです」

またしても沈黙。おそらくは位置を変えているのだろう。相手の声を聞いて戦意《せんい》はとうに失《う》せていた。相手が根負《こんま》けするまで勝手にしゃべり続けようと思った。

「……わたしには妹がいましてね。生まれつきアレルギー体質で、無菌《むきん》状態の中でないと生きていけないんです。わたしが共生派に興味《きょうみ》を持ったのもそんなところからだったんです。この世界は人間のつくった化学物質で汚染《おせん》されていて、妹もその犠牲《ぎせい》者かもしれない。それに比べ、幻獣の支配する地域では自然が急速に回復しつつある。だったら地球にとって人間とは何なのかとね。一時は、幻獣とは地球の意志であるとの説に共感さえ覚えていました」

もっとも幻獣の犯《おか》した数々の残虐行為を見るに及《およ》んで、遠坂の目は覚めた。幻獣は倒すべき敵と割り切るしかなかった。

「そういう話をされても困るよ。あいにくと理屈は苦手《にがて》でね」

「ああ、これは失礼」

遠坂は苦笑した。自分でもなんでこんな話をしているのかわからなかった。たぶん命までは盗られまいという甘えがあるのだろう。相手の気分しだいで殺されるという状況にありながら、自分の甘さにつくづくあきれていた。

「本当に変わったやつだな。部隊名は？」

「５１２１独立駆逐戦車《どくりつくちくせんしゃ》小隊です」

「……なるほど」

「ご存《ぞん》じですか？」

「聞いたことがあるかもしれない。さて、やっとまともなやつが来た」

女は言い捨てると、気配《けはい》を絶《た》った。遠坂が振り返ると、来須がこちらに向かってくるのが見えた。

「来ないほうがいいですよ」

遠坂が言葉をかけると、来須は一瞬のうちに遠坂の視界《しかい》から消えた。

空を覆《おお》っていた黒雲は流され、雲の切れ間からはすでに陽《ひ》が射《さ》し込んでいた。明るみを増した地上は戦場の音で満たされていた。

一二〇㎜滑腔砲《かっこうほう》の轟《とどろ》くような音。敵生体《せいたい》ミサイルの派手《はで》な風切り音。四〇㎜高射機《こうしゃき》関砲《かんほう》の低く金属的な音。九四式小隊機銃《きじゅう》の重たげな連続音。それらの間隙《かんげき》を埋《うず》めるように、圧倒的《あっとうてき》な量のアサルトライフルの射撃音が響く。

「高平《たかひら》ポイント沈黙。北側陣地に敵が到達するまで一分三十秒。敵戦力はスキュラ四、ミノタウロス十、ゴルゴーン八、小型幻獣二百五十」

切迫《せっぱく》した瀬戸口の声が聞こえた。一番機と三番機は現在、常根《とこね》橋《ばし》交差点付近に待機していた。すぐ先には検察庁《けんさつちょう》の建物が見える。

煙幕弾《えんまくだん》が発射され、視界が曇《くも》った。

厚志はヘッドセットの隅に表示される戦術画面に視線を移した。

「まずいな。これだけの量だと、他方面から来た敵と合流《ごうりゅう》されると厄介だ」

厚志の言葉に、舞は「ふむ」とうなずいた。

「特にスキュラだ。スキュラの砲列《ほうれつ》など想像したくもない。わき道を迂回《うかい》して、敵後方のスキュラをまずたたくか」

その時、厚志の網膜《もうまく》に小型幻獣を先頭に押し立てた敵が映った。

「参《まい》りますっ！」

壬生屋から通信が入り、一番機が突進を開始する。

「一番機に追随《ついずい》。ミサイル発射後、残敵にはかまわずスキュラをたたく」

舞が言い終わらぬうちに三番機はダッシュしていた。すでに一番機は小型幻獣にかまわずしゃにむにミノタウロスに斬りかかっていた。

煙幕の靄《もや》の中を白刃《はくじん》が一閃《いっせん》する。ざっくりと胴《どう》を断ち割られた敵はたたらを踏むと、ビル群に突っ込んで爆発した。

「よしっ、今だ！」

三番機は小型幻獣の頭上を跳躍《ちょうやく》すると、一番機に寄り添《そ》うように立った。ほどなくジャベリンミサイルが発射され、次々と敵を撃破《げきは》してゆく。戦果を確かめる余裕《よゆう》もなく、三番機は敵の視界から姿を消した。この間、わずかに三十秒足《た》らず。三番機は低層《ていそう》ビル群を踏み越えながらさらに後方をめざした。

厚志の視界に悠々《ゆうゆう》と宙に浮かぶスキュラが映っている。これを守るようにミノタウロスが周囲を警戒していた。射程《しゃてい》二千に及ぶ空中要塞《ようさい》スキュラに、接近戦では無類の強さを発揮《はっき》するミノタウロスの組み合わせだ。このフォーメーションに人類側は散々苦戦《さんざんくせん》してきた。戦車随伴歩兵ではまず歯が立たず、装輪式戦車《そうりんしきせんしゃ》でもアウトレンジからたたかれるのがオチだ。これを撃破するには待ち伏せを仕掛けるか、犠牲《ぎせい》を顧《かえり》みずに肉薄《にくはく》するしかない。この種のフォーメーションがいくつか形成されれば、その地域における戦闘はまず幻獣側の勝利になる。

「ミノタウロスが五体いるね。こちらに気づいた」

三番機は道路をはずれ、住宅街に突っ込んだ。周囲で敵の生体ミサイルが次々と爆発する。適当なビルを探し、その陰に潜り込む。かがんだ姿勢で、ジャイアントアサルトを構えた。距離三百。舞がすばやくスキュラをロックする。

士魂号の指が引き金《トリガー》を引いた。二〇㎜機関砲弾がスキュラの巨体に吸い込まれてゆく。二秒、三秒……。制止して射撃をする時間が果てしなく長く感じられる。護衛《ごえい》のミノタウロスが地響きをあげて突進してくる。

スキュラの表面に亀裂《きれつ》が生じた。蛇《へび》の舌《した》のような炎が亀裂から噴き出す。射撃即移動《ヒットエンドラン》だ。厚志は戦果《せんか》を確認せずに機体をジャンプさせる。

轟音《ごうおん》。肉薄するミノタウロスをわずかの差でかわして、側面から再び機関砲弾をたたきこむ。

「よしっ、このまま直進。残りの敵を引きまわしてやるぞ」

舞の言葉を待たずに、厚志は三番機を猛然《もうぜん》とダッシュさせた。敵が一斉に方向を換え、三番機を追いはじめた。この瞬間が狙い目。運動性能に優《すぐ》れる士魂号は、すぐにターンして敵の側面にまわりこんだ。

「ふむ。今日の厚志は動きが切れているな」

一体を撃破し、次の動作に移る瞬間、舞が言葉を投げかける。

「僕じゃないよ。切れているのは士魂号のほうさ」

一瞬一瞬の判断を正確に下しながらも、厚志は律儀《りちぎ》に返事を返した。

「ここだ」

若宮は射撃位置を滝川に示した。公園入り口から二百メートルほど離れたところ、東西に長く伸びた陣地群の真ん中付近である。北側陣地では最も敵の攻撃が激しい一帯だ。精鋭《せいえい》の戦車随伴歩兵の小隊が配備され、5121小隊の即席《そくせき》の陣地とは違って、ところどころに速乾性《そっかんせい》コンクリートで造られたトーチカが見える。その後方に位置する二番機の傍《かたわ》らにはジャイアントバズーカを満載《まんさい》した軽トラが停まっていた。

滝川の視界に群れをなし、雪崩《なだれ》のように押し寄せてくる小型幻獣が映った。味方の陣地が一斉に弾幕を張る。弾幕に入ったとたん、幻獣の群れは無数の肉片《にくへん》と化して消滅《しょうめつ》する。はるか前方では壬生屋の一番機が大太刀を閃《ひらめ》かせミノタウロスと白兵戦《はくへいせん》を演じている。

二番機はバズーカを構えると、慎重にミノタウロスを狙った。距離二百五十。発射と同時に、機体が揺れた。後方に凄《すさ》まじい勢いでガスが噴出《ふんしゅつ》し、わずかに残された樹木《じゅもく》を薙《な》ぎ倒した。

「よおし、命中だっ！」

軽トラから声がした。見ると田代が屋根に乗り双眼鏡《そうがんきょう》を手に、ガッツポーズを取っている。

「若宮さん、どうして田代が……」

拡声器をONにして滝川が尋ねると、若宮は呵々《かか》と笑った。

「なんだなんだ、せっかく田代が志願してくれたんだぞ。ありがたく思え」

「けど田代は陣地を……」

「陣地のことなら心配ない。俺がしっかり守ってやるさ。おまえは田代とうまくやれよ」

若宮は二番機に向け親指を立ててみせると、背を向けて駆け去った。

「ぼんやりするな。とっととバズーカを装備しろ！」

軽トラの屋根から田代が叫んだ。

「田代、おまえ、どうして志願なんか……？」

滝川が尋ねると、田代はにやりと気味の悪い笑みを浮かべた。

「これも何かの縁《えん》ってやつだ。おまえを助けた以上、最後まで面倒《めんどう》を見てやらなきゃな」

「最後まで……」

「ほら、ぐずぐずしねえで仕事、仕事！」

「わ、わかったよ……」

二番機はしぶしぶ撃ち終えたバズーカを捨てると、軽トラの荷台に手を伸ばした。

「なかなかやるね。惚《ほ》れなおしちゃうぜ、壬生屋」

瀬戸口の陽気な声が一番機のコクピット内にこだました。

「そのセリフは前に聞きました！　話すなら別のことをおっしゃってくださいっ！」

こう叫びながらも、壬生屋の一番機は冷静に敵の突進を避《さ》け、逆に大太刀をたたきつけた。

「別のこと……ねえ。じゃあ子守歌《こもりうた》でも歌ってやろうか」

「今は戦闘中です！　不謹慎《ふきんしん》な」

言い返しながら壬生屋は、瀬戸口の歌だったら聴きたいなと思った。

敵の背後にまわりスキュラをたたくと言い残して三番機が去ってから十分が経《た》つ。その間、
壬生屋は三番機のミサイルが討《う》ち洩《も》らした中型幻獣を丹念《たんねん》に片づけていた。各隊の陣地からは
戦場に舞う壬生屋機の姿がよく見える。

ふと瀬戸口の声が途絶《とだ》えた。わずか二、三分の間なのだが、壬生屋は大太刀を敵にたたきつ
けながらもじりじりして瀬戸口の声を待った。

「あの、瀬戸口さん……」

「なんだ？」

壬生屋はほっとして言葉を探した。

「……忘れないでくださいね。北本《きたもと》さんのご機嫌《きげん》うかがいに行くこと」

「今は戦闘中。私語《しご》は厳禁《げんきん》だ」

「あ……わたくしとしたことが、すみません」

瀬戸口の笑い声が聞こえ、壬生屋はまたしてもからかわれたことを悟った。

「けど、なんだか戦いやすいです。どうしたのでしょう？」

「そりゃそうさ。各陣地のレーザーライフルの射手《しゃしゅ》に頼んであるんだ。壬生屋の援護《えんご》をしてく

れってな。滝川も援護に加わっているぜ」

「気づきませんでした」

「そんなことはいい。とにかく派手にがむしゃらにやれ。おまえさんが暴れれば暴れるほど、味方の士気《しき》は高まる。皆《みな》喜んでくれるってわけさ」

「喜んでくれる……」

瀬戸口の言葉に、壬生屋は元気づけられた。皆さんが喜んでくれる？　こんなことで——戦うことで喜んでもらえるなら、わたくしは鬼《おに》にだってなれる。「はぁっ！」壬生屋の口からいつしか裂帛《れっぱく》の気合いが洩れていた。


幻獣の群れは百メートルほど先に敷設《ふせつ》された鉄条網《てつじょうもう》を越えると、しゃにむに陣地に向かってきた。整備班の面々は混成小隊と合流《ごうりゅう》して、その陣地内にいた。

小隊機銃を三丁《さんちょう》設置し、朝よりは充実した火線《かせん》を形成《けいせい》している。来須とともに陣地を任された若宮は弾幕を張る地点に、どこから探してきたか駐車《ちゅうしゃ》禁止の三角マーカーを置いていた。あとはこれを目印《めじるし》として引き金を引き続ければよい。

「来たばい！」

中村が機銃の引き金に指をかけると、若宮が一拍《いっぱく》おいて中村の肩をたたいた。

「撃てっ」

三丁の小隊機銃が火を噴いた。これに若宮の四丁の七・六二㎜機銃が加わり、陣地前面にシャワーのような弾幕が形成される。中村の傍らでは森が給弾手《きゅうだんしゅ》を務《つと》め、茜が変わらぬ不満顔で三脚《さんきゃく》を押さえていた。もう一丁の機銃を引き金を引く岩田の側には加藤祭と田辺真紀がついていた。ヨーコ小杉《こすぎ》はマシンガンを抱えて、壕内《ごうない》の少し離れたところに待機している。それぞれの持ち場は来須と若宮が決めたものだ。

「レッツ、ダンシング！　踊りなさい、踊ってそのまま死になさいっ」

岩田裕《いわたひろむ》のシャウトが妙に韻《いん》を踏んで聞こえる。田辺はこわごわと、引き金を引き続ける岩田を見上げた。岩田がこわくてたまらなかった。できれば遠坂の傍らで甲斐甲斐《かいがい》しく応援をしたかったのだが、何故か遠坂はここにはいない。来須も姿を見せず、留守部隊《るすぶたい》は人数を欠いたまま応戦《おうせん》するしかなかった。

「フフフ、わかってますよ」

岩田の視線がちらと三脚を押さえる田辺を捕《と》らえた。田辺はびくっとして身をすくめる。

「どうです、このビリビリする感じ、とってもクール」

「あ、はい……」どう答えてよいか、田辺はしどろもどろになる。早く帰ってきて、遠坂さん。

「ノオオ、田辺はノリが悪いです。一緒にシャウト、するあります」

「シ、シャウト……します」

泣きそうになっている田辺を見かねて、加藤が岩田をにらみつけた。

「こら、岩田虫、田辺さんをイジメたらあかん！　シャウトするなら勝手にしなはれ」

「オオウ、わたしはしょせん凡人《ぼんじん》には理解されないのだぁ……！」

隣の銃座《じゅうざ》で聞いていた森が眉《まゆ》をひそめた。片腕でせわしなく弾帯《だんたい》を送りながら中村に耳打ちする。

「ねえ、田辺さんが岩田君をこわがっているわよ」

「そうだ。岩田のやつ、少しいい気になってるぞ」茜が一も二もなく同調《どうちょう》する。

「そぎゃんこつ言われても、俺ァ困るばい。ほんなら、茜、田辺と代わってやれ」

「待て、ちょっと待て！……どうして僕がおまえに命令されなきゃならないんだ？」

茜は憤然《ふんぜん》と抗議《こうぎ》をした。しかし森が無情《むじょう》にも中村の味方をして言った。

「そうね。大介、ここはいいから田辺さんと交替して」

「嫌だっ！　僕は僕のやりたいようにする」

茜の目には森の顔しか映っていない。三十メートル先まで幻獣が迫っているというのに、これも恐怖の裏返しか、茜は徹底して姉弟喧嘩《きょうだいげんか》をやるつもりでいた。というより姉の声をずっと聞いていたかった。

「静かにしろ、茜！」

若宮があきれたように怒鳴《どな》った。こんな状況下でこいつらは何を考えているのか？

「くそっ、どうして僕だけが……」

「だからそれをやめろって言っているんだ！　無駄口《むだぐち》をたたくな」

若宮は射撃を続けながら、苦々《にがにが》しげに言った。ここは小学校か？　自衛軍の連中がこんなやりとりを聞いたら、絶句《ぜっく》するだろう。若宮は自衛軍では先任下士官《せんにんかしかん》として新人の教育を受け持ってきた。元教育係から見れば、整備兵の態度は言語道断《ごんごどうだん》というか、同じ人間とは思えない。罰《ばつ》を与えれば、腕立て伏せなら一万回、ランニングなら百キロを軽く超えてしまうところだ。

善行に従って５１２１小隊に配属されてから、若宮は驚かされてばかりだ。軍人らしい軍人、兵らしい兵がほとんどいず、パイロットも整備兵も変わり者が揃っている。規律《きりつ》を重んじる心などまったく持ち合わせていない。そしていつのまにか自分もそんな隊の雰囲気《ふんいき》に慣れてしまっていることに愕然《がくぜん》とすることがある。

「あ、そういえば来須さんと遠坂君は……？」

加藤が思い出したように声をあげた。

「別の任務に従事《じゅうじ》している」

狙撃の件については来須から聞いているが、若宮はあえて言わずにおいた。今、こうして戦っている最中にも狙撃手の銃口《じゅうこう》がこちらを狙っていると考えるのは不愉快《ふゆかい》だったが、来須に任せておけば大丈夫だと信じていた。

「へえ、来須さんと遠坂君がねえ。妙な取り合わせやなあ」

加藤が感心したように言った。

ヨーコ小杉は島村百翼長《しまむらひゃくよくちょう》の側《そば》についていた。島村は元々は事務官で、書類上のミスで独立混成小隊の隊長になっていた。それだけに慣れぬ戦闘に相当にまいっている。目の下に隈《くま》ができ、ふくよかだった頬《ほお》は痩《こ》けている。生まじめで責任感の強い性格が災《わざわ》いしたか、戦闘で部下を死なせたことが重荷《おもに》になっているようだった。

おまえにしか頼めん、と来須は言った。他のやつらは自分のことで手いっぱいだ、と。言われなくてもヨーコはそうするつもりだった。整備班の面々は、幸《さいわ》いなことにと言うべきか自分自身が生き残るために必死になっている。そうしている限りは恐怖や絶望を忘れられる。が、島村は事情が異《こと》なる。二十数名の部下を任せられた隊長《たいちょう》だ。喜劇《きげき》的なまでに臆病《おくびょう》で、へっぴり腰《ごし》だが、責任感だけは人並み以上にある立派《りっぱ》な人物だ。だから自分の弱さを責め、絶望し、無力感に苛《さいな》まれる。ヨーコは島村の苦しみを尊《とうと》いと思った。

「島村サン、島村サン……」

青い顔をしてぼんやりしている島村に、ヨーコは声をかけた。整備班に倣《なら》って、混成小隊の機銃も旺盛《おうせい》に射撃音をあげている。高射機関砲のクルー達も、射撃のこつを身につけたか、精確な射撃で敵を倒し続けている。朝の戦闘では戦死《せんし》者三名、重傷者二名を出した混成小隊だが、生存《せいぞん》への本能からか、学兵達の戦いぶりは進歩したように見える。

ヨーコに声をかけられて、島村は目をしばたたいた。

「あ、……小杉さん、でしたっけ。ごめんなさい、ぼんやりしちゃって」

「ヨーコと呼んでくだサイ。島村サン、リラックスするデス。何も心配イリマセン」

「わたし……」

こわくて吐《は》き気《け》がするんです、と言おうとして島村は口をつぐんだ。弱音《よわね》を吐くな。こわいのは自分だけではない、と理性が働きかけたのだ。そんな島村にヨーコはにこっと笑いかけた。

「こわい、OKデス。泣きたいなら泣いてもOKデス。わたしがついていますヨ」

ヨーコの包み込むような笑顔を向けられ、島村の目元に涙が滲《にじ》んだ。ヨーコの手がすっと伸びて、島村の髪に触れた。

「あの……？」

「髪が乱れてぃマス」

ヨーコはアタッチメントから櫛《くし》を取り出すと、島村の髪を梳《す》きはじめた。梳かれるうちに、島村の心は落ち着いてきた。そういえば髪に櫛を入れるなんていつ以来だろう？　うつむけた顔を上げて、島村はクラスメートに合コンに誘われた時のことを思い出していた。

——わたし、やっぱりやめとく。そんな気分じゃないし
——島村はそこがだめなんだよ。気分じゃなくたって、ぱぁっと盛り上がるの。いまどきの合コンなんてどうせしょぼいもんだけどさ、楽しいことが待ってるって信じるの

──けど、わたしなんて……

──あ、それ、その顔！　恥《は》じらうところがなかなかいいね。わたしのは半分演技《えんぎ》だけど、島村のは純度《じゅんど》百パーセントだもんね。さ、行こうよ。ああ、ちょっと待って。その髪、少しは女の子らしくしようよ

わずか二週間前のことだ。洗面所《せんめんじょ》の鏡《かがみ》の前。島村はクラスメートに髪を梳いてもらっていた。鏡に映るのは冴《さ》えない自分の顔だ。しかしクラスメートは、島村の合コン初参加に気をよくしたかハミングしながら櫛を入れている。数日後、そのクラスメートはミサイルの直撃を受け、跡形《あとかた》もなく消え去った。

「……ヨーコさん」

「なんですか？」

「あの……ちょっとだけ、泣いてもいいですか？」

敵は誤解《ごかい》をしている。5121小隊の整備兵に教科書通りの作戦は通用しない。狙撃されても、せいぜいが流れ弾が飛んできたくらいにしか思っていないようだ。

心理的な効果を狙う狙撃手にとっては忌々《いまいま》しい事態だったろう。唯一《ゆいいつ》、5121小隊をパニックに陥《おとしい》れる手段があるとすれば、わかりやすく、派手に銃弾を浴《あ》びせることだが、そうなると居場所《いばしょ》を察知《さっち》される可能性が高くなる。

遠坂をおびき寄せてオトリに使おうとしたようだが、そのうちに戦闘がはじまり、狙撃手どころではなくなった。負傷して路上に取り残された遠坂と、自分だけが狙撃手に関《かか》わっている。

来須は物陰に隠れ、しきりに遠坂の様子をうかがっていた。遠坂の位置を目視《もくし》できる場所に狙撃手は潜んでいるはずだ。

「来須さん、ここは休戦《きゅうせん》にしませんか」

遠坂が無頓着《むとんちゃく》に話しかけてきた。声をかけるなど愚《おろ》かな……。周囲の気配を確かめたうえで来須はしぶしぶと口を開いた。

「どういうことだ?」

「相手は共生派です。我々と共生派が戦う理由はない、と言っているんです。我々は当局とは違いますしね。だから休戦ですよ」

「そんなことで相手が納得《なっとく》すると思っているのか?」

来須が尋ねると、遠坂はゆっくりとかぶりを振った。

「一筋縄《ひとすじなわ》ではゆかないでしょうが、説得すればきっと……」

遠坂は何気なく生保ビルの方角に顔を向けた。

敵はあの中か? 確かに遠坂を監視《かんし》するには最も適した建物だ。しかし……と来須は遠坂の様子を見て首を傾げた。そんなに素直に居場所を察知《さっち》されるような相手だろうか?

しゃべり続ける遠坂を後目《しりめ》に、来須は考え込んだ。

来須は観光ホテルに目を向けた。路上にうずくまる遠坂の正面には五階建ての生保ビルと鬱《うっ》蒼《そう》とした植え込みがあり、観光ホテルの玄関《げんかん》は遠坂のすぐ横だ。十メートルと離れていないだろう。そして来須はホテルの向かい側の建物の陰に身を隠している。狙撃手が支障《ししょう》なく遠坂を監視するとすれば生保ビルとホテルしかなかった。

ホテル玄関の自動ドアは半開きになっており、中は黒々とした闇《やみ》に包まれている。陣地の方角から機銃音が聞こえてきた。はじまったか。来須はレーザーライフルを背負って両腕を自由にした。アタッチメントから手榴弾《しゅりゅうだん》をはずし、ピンを抜いて遠坂の方向に投げた。煙幕手榴弾。濛々《もうもう》たる煙が湧き起こり、遠坂の姿は掻き消えた。突進《とっしん》する。遠坂を抱えると、陣地へと戻ろうとした。ピシリ、と音がして路面《ろめん》に銃弾が跳ね返った。

「な、何を……!」

茫然《ぼうぜん》とする遠坂を抱え、ライフルを回収《かいしゅう》すると来須は猛然と走った。敵は虚《きょ》を衝《つ》かれたらしい。生保ビルではなくホテル玄関からの銃撃だった。

「わたしは話し合いがしたかったのです」遠坂が抗議《こうぎ》をすると、来須はぼそりと言った。

「おまえの仕事は整備班を守ることだ」

陣地前面では小隊の機銃がバリアのような弾幕を形成し、敵を寄せつけずにいた。まだ余裕はある、と陣地の様子を横目に、整備テントに遠坂を運び込んだ。

デスクに座っていた原が腰を浮かした。

「来須君、遠坂君も……どうしたの？」

「負傷しているが見かけほどひどくはない。止血《しけつ》した後、陣地の救援《きゅうえん》に向かわせろ」

「新井木さん、救急キットを持ってきて！」

原の剣幕《けんまく》に、新井木はびくっと身を震わせてテント奥に消えていった。

「遠坂君、とんだご帰還《きかん》ね」

原は微笑むと、遠坂の顔をのぞきこんだ。遠坂は憔悴《しょうすい》し、珍《めずら》しく不機嫌を露《あらわ》にしている。

「もう少しで説得できたのに……」

「説得って？」

「こちらの話です。これじゃわたしは道化《どうけ》だ。来須さん、あの人をどうするつもりです？」

遠坂は来須をにらみつけた。来須は応えずに無表情に遠坂の視線を受け止めた。そして無言のまま背を向け、整備テントを後にしようとした。

「待ってください！　どうしてあなたはそうなんですか？　あなたの世界には敵と味方しかいないんですか？」

立ち上がろうとしてよろめく遠坂を原があわてて支えた。来須の姿はほどなく消えた。

「とにかく手当てをしないと。話は後でゆっくり聞かせてもらうわ。ね？」

「……来須さんのやり方じゃ絶対にだめなんだ。殺せば済むって話じゃない。来須さんは間違っている」

垂《た》れかかる前髪に隠れ、表情は見えなかったが、その声は悔《くや》しげだった。こんな遠坂ははじめてだ。原は戻ってきた新井木に目配《めくば》せをすると、「とにかく手当てを」と繰り返し言った。

「ねえ、遠坂君、機嫌直してよ」

新井木はぎこちない手つきで包帯《ほうたい》を巻きながらおずおずと遠坂に話しかけた。オットリとしていつもご機嫌な若様がこんな風だと不安になる。

「ああ、よけいな気を遣わせてしまって、すみません」

思いのほか、穏やかな声だった。新井木が見上げると、遠坂は前髪を掻《か》き上げ、つくろったような笑みを浮かべた。

「何があったか聞きたいけど、聞かないよ」

詮索《せんさく》好きの新井木としては最大限の我慢《がまん》だった。あの若様が感情を剝《む》き出しにして来須先輩に食ってかかったとなればそれだけでスキャンダルだ。ふたりとも存在感があるし、隊内外の女子にもファンがけっこういる。

「はは、新井木さんらしいですね。さて、そろそろ行きます」

遠坂はライフルを杖替《つえ》わりにして立ち上がった。

「しっかりね。わたしはこれから補給車に移動するわ」

「ええ、原さんもお気をつけて」

遠坂は原に微笑みかけると、足を引きずりながら整備テントを後にした。

「遠坂君、大丈夫かなぁ」

新井木が不安げにつぶやくと、原はわずかに眉をひそめた。

「あなた、まだいたの？　人手《ひとで》が足《た》りないのよ。遠坂君と一緒に陣地を守って」

「……僕、原さんと一緒にいるって決めたんです」新井木は下を向いて小声《こごえ》で言った。

「危険なのは陣地も補給車も変わらないわよ。わかってるでしょ？」

「そんなつもりじゃないですよォ。……原さんだって僕が必要なはずです」

「わたしはべつに……」

「ひとりじゃ寂《さび》しいですよ。だから僕がついていてあげます、なんちゃって」

照れくさげに新井木が笑いかけると、原の口許がふっとほころんだ。いるわよね、こういう子。この子は懐《なつ》く先輩をずっと探してきたのかな、と思った。整備学校、研究所と、先輩後輩の人間関係で揉《も》まれてきた原には新井木の気持ちがわかる。自分も茜大介の母親であるフランソワーズ茜にくっついて歩いていた。もっとも自分がフランソワーズ茜に懐いたのは、科学者としてのフランソワーズに憧れ、尊敬《そんけい》していたからだが。自分と森の関係も似たようなものだ。しかしこの子はわたしに何を求めているのだろう、と原は首を傾げた。

「必要ないわ。わたしってひとりが好きなのよね」

新井木の表情が一瞬、崩れた。不安げな今にも泣きそうな表情になった。原はため息をつくと、うなだれる新井木の肩をポンとたたいた。

「というのは冗談。特別に許可してあげる。けど迷惑はかけないでね」

「どうも遅れてしまいまして」

遠坂は塹壕《ざんごう》にすべりこんだ。すべりこむ際、痛みを覚えたが、麻酔の世話にならずに済んだ傷である。ウォードレスの装甲《そうこう》を破壊しているにも拘《かか》わらず、軽い裂傷《れっしょう》で済んだのは幸運だった。あの女性は手加減《てかげん》してくれたのだな、と遠坂は本気で信じていた。

加藤が振り向くと、「あれぇ」と声をあげた。

「遠坂君や。今まで何しとったん？」

「まあ、いろいろとありましてね。加藤さんこそご機嫌いかが？」

「あっははは。遠坂君らしいわ。なんだか元気が出てきた」

飄々《ひょうひょう》とした遠坂の物言いに、加藤は嬉しそうに笑った。努めて明るく振る舞おうとはしているが、加藤は元々生まじめな性格だ。遠坂のように超然《ちょうぜん》とした態度は取れない。少しでも気を抜けば死が待っている状況下で、「ご機嫌いかが」は嬉しかった。

「あ……、遠坂さん。ご無事で良かったです」

田辺が顔を上げ、ほっとしたように微笑んだ。すぐ隣にいる岩田がとにかくこわかった。青ざめた顔でげらげらと笑いながら引き金を引き続ける岩田には、人間離れした迫力がある。なんだか連続殺人犯《れんぞくさつじんはん》と隣り合わせになっているような、そんな感じがした。憧れの遠坂が来てくれたことで、救われた思いがした。

「田辺さん、頑張ってますね」

「いえ、わたしなんか……」田辺は頬を染めて口ごもった。

「タイガーあぁ、さっさと持ち場につきなさいっ！」

岩田が半《なか》ばトリップした状態で声をかけてきた。少しジェラシーも入っている。

陣地の三丁の小隊機銃は三十メートルから五十メートルのところに弾幕を張って、小型幻獣の群れを阻止《そし》し続けている。しかしわずかでも気を抜くと、いっきに距離を詰められ、敵は陣地内になだれこんでくる。

機銃の射手はこんな状況下ですでに長時間引き金を引き続けている。遅かれ早かれ、疲労し消耗した小隊の陣地は敵に蹂躙《じゅうりん》されるだろう。奇跡《きせき》でも起こらない限り。遠坂はふっと笑うとかぶりを振った。わたし達は何をしているのだろうか？

「中村君、代わりましょうか？」

中村に声をかけると、中村は丸っこい背を向けたまま、「うんにゃ」と首を振った。

「まだまだ頑張るたい。遠坂こそとっとと銃ば撃たんかね」

「これは失礼。それでは」遠坂はスナイパーライフルを構えると、連射した。ゴブリンリーダーが三体、いずれも目を撃ち抜かれて倒れた。

「大当たりや！　遠坂君ってやっぱり頼りになる」

加藤が感心すると、遠坂はまんざらでもなさそうな顔になった。

「銃がいいのですよ。執事《しつじ》がスナイパーライフルを送ってくれましてね」

オットリとした口調で言いながら、遠坂は腹をくくった。もう何も考えまい。ただ引き金を引き続けていよう。


「よおし、よし！　絶好調《ぜっこうちょう》だ。おまえは怪我しているほうが調子がいいな」

田代は戦果《せんか》を確認すると、機嫌よく言った。視線の先には二番機の射撃で炎上《えんじょう》するミノタウロスの姿があった。すぐ前には5121小隊の陣地とは比べものにならぬ火力で応戦《おうせん》する陣地群があった。もちろん敵の攻撃も相当なもので、小型幻獣の投げるトマホークやら生体ミサイルの破片《はへん》やらが飛来《ひらい》し、決して安全とは言えないのだが、田代は軽トラの屋根の上にあぐらを掻いて悠々《ゆうゆう》と双眼鏡をのぞきこんでいる。

「田代、ここはいいから、おまえは陣地に戻れよ」

滝川は半ばあきれて言った。肝試《きもだめ》しじゃあるまいに、何を平然としているのか？　それに田代がいなくても戦闘に支障《ししょう》はない。

「バカヤロ。俺は看護婦さんだ。本当のこと言うと、おまえは重傷なんだよ。だから気つけ薬だの麻酔だの抗生物質だの、いろいろと持ってきてるんだぜ」

田代は心外《しんがい》だというように滝川に応えた。そういえば、と滝川は足下《あしもと》にちらと目をやった。右足の感覚はない。脳髄《のうずい》だけがあの時の痛みを覚えていたが、あんな痛みを経験するのは二度とごめんだ、と思った。

「そ、そうか。看護婦さんか……」

「へへっ、今、いやらしいこと考えたろ」

「ばっきゃろ、そんな余裕ねえよ。じゃあ、せめて安全なところに隠れてくれ。頼むから」

「ん……わかった」

田代は腰を上げると、軽トラの陰に隠れた。二番機は射出《しゃしゅつ》済みのバズーカを捨てると、新たなバズーカを荷台から取り出した。視界には奮戦《ふんせん》を続ける壬生屋の一番機の姿があった。中型幻獣を見つけるたびに一番機は突進して、これを倒す。さらに各陣地のレーザーライフルが一番機が討ち洩らした幻獣を始末していた。二番機のバズーカも大いに戦果を挙《あ》げている。対中型幻獣戦に関しては、標的《ひょうてき》を探すのに苦労するほど北側陣地は順調《じゅんちょう》な戦いを続けていた。

滝川はバズーカの照準をOFFにすると、ジャイアントアサルトの照準に切り替えた。右腕に持ったアサルトを連射して、小型幻獣を薙《な》ぎ倒す。

「なあ、滝川。おまえ、戦争が終わったらどうするつもりだ？」

射撃音を縫《ぬ》うようにして田代の声が聞こえた。

「パイロットを続けられるんだったら、軍に残るのも悪くないかなって思ってる」

「……そうか」

田代は双眼鏡から目を離さずにうなずいた。

「おまえはどうなんだよ」

「俺か？　俺は軍に残るよ。今さら娑婆《しゃば》には戻れねえし」

田代は淡々とした口調で言った。

「娑婆って……刑務所《けいむしょ》じゃないんだぜ」聞き慣れぬ言葉に、滝川は首を傾げた。

「わかってないな。この歳《とし》で兵隊やってんだ。俺達は相当世の中からハズレてる。昔の先公《せんこう》やダチと会っておかえりなさいって言われても、まともに受け取ったら傷つくだけだ。元の世界には戻れねえよ」

大げさな、と滝川は思った。なんとなく田代という人間がわかったような気がした。「娑婆」に出て傷つくことを田代はこわがっている。

「極端《きょくたん》だぜ。おまえの言っていること」

「ん、そう言われるとそうかもな。けど、俺は学生だった時より、兵隊になってからのほうが楽しかった。娑婆にいた時は役立たずのクズだったけど、兵隊になってからは世の中の役に立っているっつうか、そんな感じがしたしさ」

「自分のことクズなんて言うなよ」

滝川が思わず言うと、田代の顔がぱっと輝いた。

「それそれ、そのセリフ！　前にも同じようなこと言ったやつがいた。おまえの百万倍格好よくて頭もいいやつだったけどな」

「ちぇっ、勝手に言ってろ」

滝川は憮然《ぶぜん》として口をつぐんだ。数体のミノタウロスが視界の隅に入った。一番機を迂回《うかい》するようにして陣地に突進してくる。

「バズーカを撃つ。田代、後ろには立つなよ」

「わかってるって。景気《けいき》よくぶっ放そうぜ」

射撃音がひときわ高く響き渡った。東原《ひがしはら》ののみは廃棄《はいき》された地下貯水槽《ちょすいそう》の階段の縁《へり》に腰掛《こしか》けて、地上の音に無心《むしん》に耳を澄ましていた。少し離れたところでは狩谷夏樹《かりやなつき》がうつむき加減に考え込んでいた。

僕が加藤祭を嫌うのは、加藤が障害者《しょうがいしゃ》を介助《かいじょ》する自分の姿に酔《よ》っているからだ。たとえ自分という存在がなくても、加藤はなんらかの「対象」を見つけ、自己犠牲《じこぎせい》に酔っているに違いない。そんな「対象」となることは狩谷にとっては屈辱《くつじょく》だった。

僕のことが本当に好きなら、健常者《けんじょうしゃ》であった頃《ころ》も近づこうと思えば近づけたはずだ。加藤は僕が健常者であった頃は隠れていて、障害者となってはじめて近づいてきた。

それに、どうして僕と対等に向き合おうとしないのか？　僕がどんなひどいことを言っても、加藤はわがままな息子《むすこ》をあやす母親のような態度で接しようとする。これは優越感《ゆうえつかん》の裏返しだ。対等ではないと思っているからこそ、加藤は僕に口答えひとつしないのだろう。加藤は僕をずっと苦しめるつもりなんだ――。

「そうじゃないのよ、なっちゃん」

不意に東原が話しかけてきた。またか。狩谷はウンザリしたように東原に向き直った。

「僕のことは放っておいてくれ」

「だけど、祭ちゃんをイジメてもたのしくはならないのよ」

「苛《いじ》めてなんかいないさ。ただうっとうしいだけだ。あいつは僕のことなんか見ていない。鏡に映った自分の姿にうっとりしているだけだよ」

「なっちゃんはそうおもいたいんだよね」

東原は年下の弟を諭《さと》すような口調になった。知ってか知らずか、東原の言葉は痛いところを衝《つ》いていた。狩谷の理屈は自分のプライドを守るための言葉の羅列《られつ》でしかなかった。理屈を連《つら》ねる前提《ぜんてい》そのものが恨《うら》みがましく感情的なものだった。

しかし狩谷は自分がつくりだした理屈にすがっていたかった。東原に攻撃されたと感じて、狩谷は口許をゆがめ、笑った。

「……東原こそ自分をごまかしていないか？」

「ごまかすって？」

東原の無心《むしん》な表情を狩谷は壊してやりたくなった。

「わからないのかい？　善行さんも瀬戸口も……誰も君のことを仲間だなんて思ってやしないさ。成長障害を起こしている女の子に同情しているだけ。皆、優越感に浸《ひた》って君を哀《あわ》れんでいるだけだ。君は皆の哀れみにすがっているにすぎないんだよ」

泣くかな、と暗い期待を抱いて狩谷は東原を盗《ぬす》み見た。しかし東原の表情は変わらなかった。

「むずかしいのね、なっちゃんのかんがえることは。わたしは小隊のみんながすきなの。それでいいのよ」

「東原は僕の言うことを理解していないな」

「そう？」

「そうさ。君にはプライドがないのか？」

「ぷらいどってなに？　あのね、なっちゃんは祭ちゃんにふりむいてもらいたいんだね。だけどこわいし、どうしていいかわからないから、めーなことというのね」

僕はそんなに単純じゃない。狩谷の顔が怒りに紅潮《こうちょう》した。辛うじて感情を抑えつける。

「ああ、そうやって自分をごまかしていればいいさ。今に立ち直れないほど傷つく時が来るから。そうなった時、僕の言うことがわかるよ」

しゃべればしゃべるほど敗北《はいぼく》感を感じてしまう。狩谷は苦虫《にがむし》を噛《か》みつぶしたような顔になり、東原から顔をそむけた。

来須はホテルの玄関口をうかがっていた。

来須の着ている武尊《たける》は戦車随伴歩兵にとっては最新最強のドレスで、遠坂の戦車兵用ウォードレス互尊《ごそん》に比べ、防御《ぼうぎょ》力ははるかに強い。アサルトライフルの銃弾なら至近距離《しきんきょり》でない限り跳《は》ね返すことができる。敵にまず撃たせて位置を確認する。そうなれば今度はこちらが相手を狩る番となる。武尊を着用していればこその作戦で芸《げい》はなかったが、これが最もてっとり早いと来須は判断した。レーザーライフルはこの場合、役に立たない。背に負《お》って、手にはサブマシンガンを構えていた。

慎重にあたりの気配を探る。身を起こすと、玄関に向かって駆けた。銃声がして銃弾がはるか手前の路面に突き刺さった。生保ビルからだ。狙いがずいぶんと不精確だ。来須は一瞬、首を傾げたが玄関ロビーに転《ころ》がり込むと、次のアクションに移っていた。今度は敵に気づかれずに生保ビルに入らねばならない。

ロビーからレストランへ。厨房《ちゅうぼう》の勝手口《かってぐち》のドアを開け、再《ふた》び外に出ようとした。

「来たね」

声のした方向に振り向こうとすると、銃弾が頬をかすめ過ぎ、タイル張りの壁に当たって跳ね返った。何が起こったか、来須は瞬時《しゅんじ》に察《さっ》した。どうりで射撃が精確さを欠いていたはずだ。敵は生保ビルの窓に固定したライフルの引き金を遠隔操作《えんかくそうさ》で引いたのだ。適当な長さのピアノ線ないしはワイヤーと予備のライフルさえあれば、慣れた兵ならすぐにセットアップできる。初歩的《しょほ》なトラップだ。

幻獣との戦いではこの種のトラップとは無縁《むえん》だ。そのせいで、ついつい警戒《けいかい》を怠《おこた》った。自分ではそのつもりでも、頭の切り替えが完全ではなかったようだ。

「こんな手に引っかかってくれるとはね。幻獣ばかり相手にしていると勘《かん》が鈍《にぶ》るようね。マシンガンをゆっくりと床《ゆか》に置いて」

どこかで聞いた声だ。記憶を探《さぐ》って、すぐに声の主《ぬし》に思い当たった。

「木下《きのした》か？」

「手を上げて、ゆっくりと振り向いて」

来須の目に、ほっそりとしたウォードレス姿の女性が映った。頭には包帯を巻き、左目には眼帯《がんたい》をしている。別人のようにやつれて見えるが、木下だった。狙撃用のアサルトライフルを構え、残った右目を光らせ来須を見つめていた。

木下とは少し前に鉄橋《てっきょう》爆破《ばくは》任務《にんむ》に携《たずさ》わった時に知り合った。部隊が全滅《ぜんめつ》してひとりになったと木下は言っていたが、どこか投げやりで淡々《たんたん》とした雰囲気が不思議と来須の心にひっかかっていた。

「よく生きていたな」

「まあね。あの時はとんだ目に遭ったよ。気がついたら病院に寝かされていた」

「共生派だったのか」来須は動揺《どうよう》するでもなく、じっと木下を見つめ返した。

木下は首を傾げたが、やがてふっと苦笑《にがわら》いを浮かべた。

「答えはYESでもありNOでもある。本音《ほんね》を言えば、幻獣なんてどうでもよくなっているの。殺された仲間が気が済んだというまで、殺し続けようと思っているだけ」

奇妙な理屈だ。しかし来須には理解できた。木下の「仲間」は彼女にとって錘《おもり》の役目を果たしてきた。錘を失った木下はあてもなく漂《ただよ》い続けるしかない。誰かを殺すことは今の木下にとって唯一《ゆいいつ》、自分がなにものであるかを認識《にんしき》させてくれる行為《こうい》だ。

「それで小隊を狙ったのか」

「偶然《ぐうぜん》なの。人型戦車は目立つしね。来須さんの隊だったんだね」

来須は応えずに、木下を見つめ続けた。木下は一見して普通の十代後半の女性に見える。特別な訓練を受けたというわけでもないはずだ。ただ、命を懸《か》け戦っているうちに本人が持っている戦士の天分《てんぶん》が目覚めたのだろう。まったく隙《すき》が見当たらなかった。

「全滅した隊とは、おまえの仲間のことだったんだな」

来須がようやく口を開くと、木下の顔に照れのようなものが浮かんだ。

「ほんの少しだけ嘘をついた。殺す相手にはなるべく誠意《せいい》を見せるようにしているんだ。だからほんの少しだけ」

「殺せばいいだろう」

来須は静かに言った。木下が引き金に指をかけた瞬間、突進するつもりだった。悪くても相《あい》討《う》ちにはなるだろう。

木下は声をあげて笑うと、銃を向けたままふたりを隔《へだ》てる床に棚ごと食器類《しょっきるい》をぶちまけた。

来須のもくろみはあえなく見破られた。

「言われなくてもそうするわ。ただ、あなたを殺す前に話がしたくてね。わたしの話を聞いてくれたのはあなただけだしね」


三番機は北側陣地から三百メートルほど離れた市《し》街地《がいち》に潜んでいた。市街地での戦いの利点《りてん》のひとつは、遮蔽物《しゃへいぶつ》に困らないことだ。通常の戦車と違って、人型戦車ではその利点がさらに大きくなる。

三番機は瓦礫《がれき》で機体を隠蔽《いんぺい》して頭上を通過するスキュラに照準を合わせていた。スキュラの通過を許し、アウトレンジからのレーザー射撃を可能にすれば北側陣地は一挙《いっきょ》に敗勢《はいせい》に陥る。あらかじめスキュラを潰《つぶ》しておくことが厚志と舞が自《みずか》らに課《か》した任務だった。

「残るスキュラは二体。射撃した後、すみやかに離脱《りだつ》だ。わかっているな、厚志?」

舞は戦術画面に表示された赤い光点《こうてん》をちらと見やった。スキュラを潰すのはよいが、潰した後が問題だ。スキュラを護衛《ごえい》するミノタウロス、ゴルゴーンなどの中型幻獣の反撃を避けねばならない。射撃即移動《ヒットエンドラン》。厚志と舞の戦術はじつは極めてシンプルだ。この鉄則《てっそく》を徹底《てってい》して突き詰め、進化させた先に幻獣撃破数二百数十の結果があった。

「行くぞっ！」

距離三十。ほとんど真上。スキュラの腹にジャイアントアサルトの二〇㎜機関砲弾が吸い込まれてゆく。至近距離からの攻撃に、スキュラはまたたくまに炎を噴き出した。戦果を確認する間もなく舞はもう一体のスキュラをロックし、射撃。背後《はいご》からの攻撃に、スキュラは機首《きしゅ》をめぐらそうとして果たせず、地上に激突《げきとつ》した。

爆風が起こり、市街地の一区画がまるまる消滅《しょうめつ》した。三番機は姿勢を低くして爆風をやり過ごすと、ためらわずその場を逃げ出した。ミノタウロスが、ゴルゴーンが遠ざかってゆく。体勢を立て直し、敵が三番機に向かってくるまで、舞の計算によれば十五秒。三番機のふたりにとっては十分な時間だ。

「ミノタウロス七、ゴルゴーン二が追ってくる」

「ちょっと多いね。ああ、これは使える」

厚志は視界の隅に中層《ちゅうそう》のビルを認めると、建物の陰に機体を移動させた。三番機は膝《ひざ》をつくとビルの窓にジャイアントアサルトを突き刺した。一階部分の窓ガラスが粉々《こなごな》に砕《くだ》け散る。ビルを盾《たて》とし、窓を銃眼《じゅうがん》の代わりに利用しようというのだ。

「ふむ。視界は狭いが、こんなものだろう」

舞は冷静に言うと、先頭のミノタウロスをロックした。敵の動きは三番機に比べはるかに緩《かん》慢《まん》だ。さらに障害物が多いため、整然とした隊列《たいれつ》を組むことができないでいる。

距離五十。ジャイアントアサルトが火を噴いた。攻撃されたミノタウロスは足を速め突進するが、やがて体液を撒《ま》き散らしながら瓦礫の中に崩れ落ちた。さらに一体を攻撃した瞬間、左右で生体ミサイルが爆発した。

三番機は射撃地点を放棄《ほうき》すると、再び後退《こうたい》した。移動しながら厚志の目は、抜け目なく遮蔽物を探している。

「現在地は？」舞が確認するように尋ねた。

「ええと……。陣地からは一キロというところか。南に二百メートルほど戻ると総合《そうごう》体育館ポイントがある。まだ一個小隊が応戦《おうせん》している」

舞はすばやく戦域《せんいき》情報を参照《さんしょう》する。

「ふむ。モコスの小隊か。珍しいな」

モコスは装輪式《そうりんしき》戦車の不足を補うため、軽ホバー輸送車の車体を流用《りゅうよう》して開発された戦車である。拠点《きょてん》防衛用には十分な装甲と火力を持っていた。

「どうする？」

「敵を体育館ポイントまで案内してやろう」

追いすがる敵との距離は百を切っている。厚志は三番機を体育館ポイントへ向けた。

「こちら5121小隊、士魂号三番機だ。聞こえるか？」

モコス小隊の周波数《しゅうはすう》に合わせ舞が通信を送ると、ほどなく応答《おうとう》があった。

「こちら体育館ポイント、紅陵《こうりょう》女子α《アルファ》小隊です。そちらの位置を確認しました、どうぞ」

「ミノタウロスとゴルゴーンを引き連れ、そちらに向かっている。迎撃準備《げいげきじゅんび》頼む」

「了解《りょうかい》しました。歓迎《かんげい》してやります」

通信が切れると、厚志は首を傾げた。

「女子校って戦車小隊が多いよね。どうしてかな？」

「体格が合っているのだろう。士魂号乗りに大男がいないのと同じことだ」

「なるほどね」

「それにマシンへの心理的アレルギーさえ克服《こくふく》すれば、女子のほうがねばり強く戦う。車内の密閉《みっぺい》された空間で長時間の戦闘に耐《た》え得《え》ると適性《てきせい》試験で結果が出ている」

再び通信が入った。

「5121小隊の方ですよね。瀬戸口さんはお元気ですか？」

「瀬戸口がどうかしたか？」舞はぶっきらぼうに応えた。

「え、ええ……」舞の不機嫌な調子に相手は口ごもった。

「瀬戸口さんなら相変わらずですよ。そういえば紅陵の皆さんとはよく顔を合わせますよね」

舞に代わって厚志が愛想よく対応する。

「本当に。5121小隊とはご縁《えん》がありますよね。それでは伝言《でんごん》をお願いしたいのですが。約束、忘れないでねって」

「了解しました」

厚志が請け合うと、何がおかしいのか受信機《じゅしんき》の奥でくすくすと笑い声が聞こえた。通信を切ると、舞はわざとらしく咳払《せきばら》いをした。

「今のそなたの顔は想像がつくぞ。女子と軽薄《けいはく》な会話を交わし、緩《ゆる》みきった顔だ」

「僕は別に……」

「どうせわたしと話をしても面白《おもしろ》くないんだろう。わたしはその……男女の会話というやつを学んでこなかったからな。なーにが約束忘れないでね、だ」

「そんなことないって。舞としゃべる時が僕は一番楽しいよ」

「嘘を言うな、嘘を」

じつはさして本気ではない。近頃《ちかごろ》の舞は絡《から》むことを覚えた。厚志がしどろもどろに言い訳をするのを聞くのが、楽しいらしい。厚志も心得《こころえ》たもので、ことさらにぼけてみせる。

「本当だよ。舞は面白いし。話していると退屈《たいくつ》しないし」

「……なんだか別の意味で腹が立ってきたぞ」

「体育館が見えてきた。そろそろターンするよ。準備はいいかな？」

厚志が戦闘モードに入ると、舞もそれが自然な流れであるかのように同調《どうちょう》する。敵は三番機を追うのに精いっぱいなのか、無防備《むぼうび》に密集《みっしゅう》して進んでくる。

「むろんだ。十秒後、射撃に移る」

三番機はターンすると、ジャイアントアサルトを連射した。これを支援《しえん》すべく、巧《たく》みに隠蔽《いんぺい》されたモコスの一二〇㎜砲が吠える。一発がミノタウロスに命中し、これを仕留《しと》めた。散開《さんかい》をはじめた敵に三番機は銃撃を加え続けた。

「敵の足が止まった。我らを狙い撃つ気だ」

舞の言葉にうなずくと、厚志は三番機を横へ横へと移動させた。釣られて方向を転換《てんかん》する敵をモコスの一二〇㎜砲弾が次々と仕留めていった。

「協力、感謝する」

舞が通信を送ると、先ほどの声がすぐに応じた。

「どういたしまして。時間に余裕がおありでしたら、しばらく一緒に戦いませんか？」

舞は体育館ポイントを一瞥《いちべつ》した。一見して陣地とは思われない。モコスがどこに隠れているのかは舞の目にもわからなかった。

「残念だが、陣地に戻らねば。ところで、そなたらはどこに隠れている？」

舞は多少の尊敬を込めて尋ねた。一月《ひとつき》あまりの戦闘で、学兵もなかなかのものになった、と他人事《ひとごと》のように思った。碾《ひ》き臼《うす》ですりつぶされるような過酷《かこく》な消耗戦《しょうもうせん》を生き残った兵は、より巧妙《こうみょう》により狡猾《こうかつ》に戦うすべを学んでいた。特に中・大型幻獣を相手とする戦車兵は、偽装工作《コンシールメント》に長《た》け、待ち伏せをするテクニックを身につけていた。

「花壇《かだん》に一両。あとはヒミツです」

舞が花壇に目を凝《こ》らすと、咲き乱れる花が揺れ、モコスがゆっくりとせり上がった。車体にかけられたネットにこれでもかというように花が結わえつけられている。ハッチが開き、髪を鮮《あざ》やかな金色に染めた戦車長が敬礼を送ってきた。

舞はふっと笑った。やるものだ、と思った。戦車を花で隠すとは。彼女らの能天気とも言えるふてぶてしさに、旺盛《おうせい》な士気《しき》を感じた。


「ああ、やっと通じたな。これまで何をやっていたんだ?」

陣地へ帰還《きかん》する旨《むね》の通信を送ると、瀬戸口の声がすぐに応じた。

「スキュラを潰《つぶ》してまわっていた。そちらはどうだ?」

「そういうことか。助かったよ。こちらは壬生屋が頑張っている。小型幻獣が波状《はじょう》攻撃を仕掛けているが、陣地はまだ健在《けんざい》だ」

「滝川は大丈夫ですか?」

厚志が尋ねると、瀬戸口は「よくやっている」と言った。

「移動砲台《ほうだい》として戦ってもらっている。あいつ、調子を取り戻したみたいだ」

「そうだ、瀬戸口さんに伝言があるんです。紅陵女子の人から、約束忘れないでねって」

「ははは。忘れるもんか。彼女達、どうしている？」

「体育館ポイントにいますよ。なんなら通信を送ってみたらどうです？」

しかし瀬戸口はそれには応えず、低い声で告げた。

「悪いニュースだ。ここ十五分の間に熊本大ポイントをはじめ、九つの主要なポイントが完全に沈黙した。敵はいっきに陣地に押し寄せてくるぞ。三番機、帰還《きかん》急げ」

「植木はどうだ？」と舞。

「……まずいな、戦力は半減《はんげん》。陣地は寸断《すんだん》され、包囲《ほうい》攻撃を受けている。敵の突破《とっぱ》をあっさり許している状況だ。この分だと玉名《たまな》、山鹿《やまが》方面からの敵はけっこうな数になるぞ」

「包囲援軍は静観《せいかん》の構え、ですね」

通信を切ると、瀬戸口は忌々《いまいま》しげに言った。市内を中心とする戦場は幻獣を包囲し殲滅《せんめつ》するための巨大な罠《わな》だ。すべての敵が罠にかかったうえでなければ包囲援軍は動き出さないだろう。市内外に三十六ある抵抗拠点《ていこうきよてん》のうち、すでに半数が沈黙するか、陣地を維持《いじ》できなくなり撤《てっ》収《しゅう》している。

公園北側陣地はまだ持ちこたえているが、それは単に三十六の抵抗拠点に守られてきた結果にすぎない。そのツケは最後の最後に一挙《いっきょ》にまわってくるだろう。

「そういう作戦ですから」

善行は静かに応えると、戦況分析《せんきょうぶんせき》スクリーンを拡大《かくだい》モードにした。九州《きゅうしゅう》総軍の精鋭《せいえい》部隊が着々と県央《けんおう》に集結《しゅうけつ》しつつあるが、その動きはゆっくりしている。援軍とは名ばかりで、味方の救出より、敵の殲滅を目的とする軍だった。そして、じつのところ、北側陣地が全滅し、「幻獣オリジナル」が奪われたとしても、総軍はいっこうに困らなかった。

「第三波の規模《きぼ》を算定《さんてい》してください」

善行にうながされ、瀬戸口の指がすばやくキーボードをたたいた。

「そうですね……三十分後の抵抗ポイントの損耗率《そんもうりつ》を最大限に考えると、公園外郭《がいかく》陣地、及び北側陣地に到達する敵第三波は中大型幻獣八十、小型幻獣九百というところですか」

画面に現れたシミュレーションの結果を見て、善行はふっと笑った。

「ああ、さすがは瀬戸口君だ。オリジナルに数式を作ったんですね。しかも意地《いじ》悪《わる》くできている。容赦《ようしゃ》ありませんね」

「最悪の状況を想定《そうてい》してある、と言ってくださいよ。軍のソフトだとこの半分くらいの算定ですかね。楽観《らっかん》的すぎて、俺の好みには合わないんですよ」

「妙なところで気が合う。わたしも分析《ぶんせき》は悲観《ひかん》的、ないしは悲劇《ひげき》的なほうが好きですね」

「悲劇的、ねえ。俺達はどんな芝居《しばい》を演《えん》じることになるやら」

受信機が鳴って、原が呼びかけてきた。

「戦闘は順調よ。小隊正面の敵は退却《たいきゃく》していった。死《し》傷者《しょうしゃ》はゼロ……ああ、遠坂君が軽い怪我をしたけど、まあ大丈夫ね」

「ご苦労さまです。第三波が来るまであと三十分ほどは余裕があるようですから、その間に隊員を休ませ、弾薬を補給しておいてください」

受信機の向こうで息を呑む音が聞こえた。

「第三波って……まだ来るの？」

「残念ながら。前より大きな規模でね。……もしもし、原さん？　聞こえてますか？」

落胆《らくたん》する原の様子が見えるようで、善行はため息をついた。長距離走《ちようきよりそう》でやっとゴールに駆け込んだと思ったら、まだ半分も走っていないと言われるようなものだ。

「あとどれくらい戦えばいいのかしら？」

原の声は沈んで聞こえた。

「そうですね……二、三時間と考えてもらってけっこうです」

好みに反する楽観的な数字を善行は口にした。二、三時間という言い方もあまりに適当で、善行は内心やましさを覚えた。

「……善行さんはこれからどうするの？」

「陣地で補給を行った後、一番機、三番機とともに外郭陣地と連係《れんけい》して防衛戦を行います。その旨《むね》、皆に伝えておいてください」

原は深々とため息をついた。

「楽しいお報《しら》せ、ありがとと。それじゃ……」

「十分後に」

「ええ、十分後にね。補給の準備をして待ってるわ」

くたりと補給車のシートにもたれた原を、新井木は心配そうにのぞき見た。

「原さん、大丈夫ですか？」

「大丈夫じゃないわよ。こんなことなら結婚退職《けっこんたいしょく》していればよかったわ」

「……え、相手いるんですか？」

新井木の目がきらりと光った。原はふっと笑って、新井木の髪をくしゃくしゃにした。

「あっ、何を！」

「あんたって本当に幸せな性格よね。さあ、みんなのところに行くわよ」

原はドアを開けると、肩《かた》を怒《いか》らせて陣地のほうへ歩いていった。何か悪いこと言ったのかな、と新井木は首を傾げたが、しかたなく原の後を追った。

「あ、原先輩。ご無事で良かったです」

原の姿をめざとく見つけた森が嬉しげに駆け寄ってきた。森の姿は痛々《いたいた》しかった。胸から肩にかけて包帯を巻いて、顔は機銃の硝煙《しょうえん》で汚れている。原は笑ってコンパクトを取り出した。

「なんだか大変そうね。ずっと戦争してましたって感じ」

事実ずっと戦争をしてきたのだが、鏡に映った自分の顔を見て、森は顔を赤らめた。

「す、すみません。すぐに顔を洗って……」

「それは後にして。みんなに伝えることがあるの。全員、注目」

整備員の目が自分に注《そそ》がれたことを確認すると、原はにこっと笑った。

「整備の皆さんに、最低のニュース。三十分後に敵の第三波が攻めてくるって。ついては君達に一層《いっそう》の奮励努力《ふんれいどりょく》を求むって。そうねえ、もう戦いは嫌っていう人は逃げてもいいわよ」

「原さん……！」森は真っ青《さお》になって原にすがりついた。

「というのは冗談だけど。当分は楽《らく》できそうもないわ。ああ、今から五分後に士魂号が補給を受けに帰ってきます。準備よろしく」

整備の面々はウンザリした顔で、原の表面だけはにこやかな言葉を聞いた。

「原さん、苦しそうに笑ってはる……」

加藤のつぶやきを耳に留めた若宮は、はっとなった。戦闘は相当に難しいことになっているらしい。原は、皆の士気《しき》を高めようと笑顔を絶やさないのだ。顔で笑って心で泣いて。なんという健気《けなげ》さか。やっぱり原さんは女神《めがみ》だ。

「若宮君、顔が赤いよ？」加藤が怪訝《けげん》な面もちで若宮の顔をのぞきこんだ。

「むむ、なんでもない。よおし、みんな聞いたか？　あと少しの辛抱《しんぼう》だ！　元気を出せ。一丸《いちがん》となって原主任《しゅにん》を助け、この難局《なんきょく》に当たろうではないか！」

「……皆、整備テントに走っていった」

加藤がため息まじりに言った。若宮が見まわすと、加藤以外誰も残っていなかった。

「わたし達もできることとやろうよ。小隊機銃の弾だけど、朝に使った分がこれだけ。それで昼から今までがこれだけや。もう少し運び込んだほうがいいんとちゃう?」

加藤が数字を書きつらねた紙を見せると、若宮は「そんなになるか」と目を剝《む》いた。自衛軍の一発必中《いっぱつひっちゅう》の訓練とは違って、現実の戦闘では湯水《ゆみず》のように弾を消費《しょうひ》する。小隊の火力の基幹《きかん》となる機銃の目的は、特定の敵を狙撃して倒すのではなく、弾幕《だんまく》を張って敵を圧倒することにあるからだ。事情が許す限り、引き金を引きっぱなしにするのが正しい使用法だ。

「それじゃあ、この倍は運んでおこう」

「そうやね。お隣さんにも声かけとこう」


「……学校から帰ってきたら家の前で人だかりがしていたの。近所の人に声をかけると、皆、そそくさと逃げ出した」

木下は来須に銃を向けたまま話しはじめた。

「家の中に入ると目つきの鋭い男達がいて、家中をひっくりかえしていた。わたしが両親を呼ぶと木下の娘さんかって。そうだって答えると、両親は反政府活動《はんせいふかつどう》により逮捕《たいほ》されたって言われたわ。なんのことかわからなかった」

その日から木下の生活は一変《いっぺん》した。高い塀《へい》に囲われた施設《しせつ》に送られ、同じく両親と引き離された子ども達と一緒になった。子ども達はつねに十人前後いたろうか、それぞれ鉄製《てっせい》のベッドを割り当てられ、寝食《しんしょく》をともにすることとなった。

「山本《やまもと》さん」と呼ばれる中年の女性が親代わりとして彼女達の面倒《めんどう》を見てくれていたが、子ども達の顔ぶれは定期的に入れ替わった。急に姿を消した仲間のことを尋ねる者もいたが、山本さんは笑って、「ご両親が迎えにきてね」とそれ以上話そうとはしなかった。

「けれど、わたしにはなんとなくわかっていた。このおばさんは嘘をついているって。表情が硬かったし、どこか怯《おび》えていた」

むっつりと沈黙を守る来須の前で、木下は記憶《きおく》を探《さぐ》るように話していた。時折《ときおり》まなざしが宙をさまようことがあったが、来須は動けずにいた。木下のライフルを構える姿勢は無理なく自然だった。相手が隙《すき》をうかがっていることくらい承知《しょうち》しているに違いない。

「わたし達が住んでいた建物の隣には研究所があって、白衣《はくい》を着た人達が出入りしていた。ある時、自由時間に庭でぶらぶらしていたら、研究所の方角からバンがやってきたの。わたしはとっさに隠れたわ」

運転手は慣れない人らしくて、バンのドアを開けると、山本さんを呼んでしきりに問いただしていたという。山本さんは血相《けっそう》を変え、あわててバンのドアを閉めた。「被験者《ひけんしゃ》の処理《しょり》は反対側、煙突《えんとつ》のある建物よ！」と山本さんは運転手を怒鳴りつけた。

その時、木下は偶然《ぐうぜん》目にしてしまった。風にあおられめくれた白布《はくふ》の隙間《すきま》から、見慣れた運動靴を履《は》いた子どもの足が見えた。

木下は食堂からフォークをくすねると、じっと機会をうかがった。ある夜、宿舎《しゅくしゃ》の二階に寝ている山本に近づき、ためらいもなくその喉《のど》に突き立てたという。

「けれど大失敗。喉にフォークを突き立てたまま、あの女は暴れ出してなかなか死ななかった。偶然目に留めた果物《くだもの》ナイフを何度も何度も突き刺して、やっと死んでくれたわ。

それからわたし、仲間を起こしてここにいたら殺されるって言ったんだけど、皆、両親が迎えにくるまで待つっていうの。どんなに訴《うった》えても、わたしを怪物《かいぶつ》でも見るような目で見て。わたしの、はじめての仲間だったのに……だから……、わたしはひとりで逃げた。それからずっとひとりで生きてきたわ。幻獣共生派と出合ったのはその後。彼らはいろいろと教えてくれた」

木下は淡々と話し終えると、苦笑いを浮かべた。

「身の上話はこれで終わり。ご感想は？」

「ひとつ聞きたいことがある」

来須は木下と視線を合わせた。木下の瞳孔《どうこう》が微かに収縮《しゅうしゅく》した。そろそろ引き金を引こうと考えているようだった。来須は低い声でいっきに言った。

「はじめての仲間はおまえが殺したんだな」

木下の瞳孔《どうこう》が開いた。わずかな隙に来須は賭《か》けた。来須は調理台《ちょうりだい》の陰にかがむと、いっきに出入り口まで走った。ライフルが銃声を発した。三メートルと離れていない距離だったが、銃弾は幸運にもはずれた。

厨房を飛び出し、玄関ロビーまでひと息に走った。物陰に隠れると、アタッチメントからバタフライナイフと手榴弾を取り出した。突進していたら殺《や》られていた。直線的な動きには隻眼《せきがん》でも十分に対処《たいしょ》できる。横へ移動したからこそ木下は距離感を掴むのが遅れ、はずした。にわかに隻眼となった木下には照準に相手をとらえての狙撃こそ可能だが、肉眼《にくがん》での射撃には支障《ししょう》を来《きた》す。もっとも紙一重《かみひとえ》で幸運としか言いようはなかったが。

「どこにいるの、来須さん……？」

木下の声が深閑《しんかん》としたホテル内に響き渡った。来須は息を殺して相手を待ち受けた。

「そうよ。仲間はわたしが殺した。だって残酷《ざんこく》じゃない。両親が帰ってくるのを信じ続けて突然、殺されるのよ。モルモットにされて。そんなのは嫌だった。だからわたしが殺してやった！」

木下の声はうわずっていた。来須が沈黙を守っていると、木下はさらに言い募《つの》った。

「どうしてわたしを信じなかった？　どうしてわたしから逃げようとするの？　来須さん、あなただって何人も殺しているんでしょ？　わたしにはすぐにわかった」

木下は混乱しているようだが、それをあてにすると痛い目に遭う。戦うとしたら手榴弾とナイフで接近戦を挑《いど》むしかない。あらかじめ想定《そうてい》した距離に木下が近づくのを来須は待った。

不意に銃声が聞こえた。まったく見当違いの方角だ。立て続けに銃声が聞こえ、木下の絞り出すような罵声《ばせい》が続いた。

来須が銃声のした方角へ移動すると、十体以上のゴブリンが木下を追っていた。木下はライフルを乱射《らんしゃ》しながらこちらへと退《しりぞ》いてくる。

木下が目の前に現れた瞬間、来須はライフルを奪い、木下を蹴り飛ばした。来須はライフルを手にすると一連射で半数を倒した。ゴブリンは意表《いひょう》を衝く動きで来須に接近しようとするが、小型幻獣との戦いは来須の得意とするところだ。相手の動きは完璧《かんぺき》に読める。またたくまにすべてのゴブリンを掃討《そうとう》した。

木下はカウンターに全身をぶつけ、起き上がろうともがいていた。来須は木下にライフルを突きつけた。

「女の子を蹴るなんてね」

木下は辛うじて顔を上げ、苦笑いを浮かべた。来須はアタッチメントからあるものを取り出すと木下の側に置いた。真鍮製《しんちゅうせい》の安っぽい十字架《クロス》のペンダントだった。仲間の無事を祈るお守り、と前に木下は言った。

「返しておく」

「……あなたが持っていてくれたんだね。だから助かったのかもね」

来須は無表情に相手を見やると、武器を回収するため背を向けて厨房へと去ろうとした。

「殺せば？」

木下の声が背に投げかけられたが、来須はかぶりを振った。

「もういいだろう。遠坂の言う通り休戦だ」

茫然《ぼうぜん》とする木下を残して、来須は立ち去ろうとした。

「待って、待ってよ、来須さん。わたしと一緒に行こうよ――」

「どこへだ？」

「わからないけど。そんなことはどうでもいい。わたしと一緒のほうが来須さんは似合うよ！　今のところじゃ、誰もあなたの本性《ほんしょう》に気づいていない。あなたの強さをわかっていない。けれどわたしには理解できる。あなたは戦い続ける人だって」

来須は振り返ると、木下に笑いかけた。木下もぎこちなく笑みを返した。

「おまえとは行けない。俺は小隊の連中を守る」

「……そうだよね。あなたはそういう人だよね」

木下はがくりと肩を落とし、うずくまった。体中から張り詰めていた何かがいっきに抜け出したようだった。来須はしばらくその場にとどまった。

「気にしないで。……行って」

来須はうなずくと、今度は振り返らず、その場を後にした。

善行が戦闘指揮車のハッチを開けると、原が整備テント前にたたずんでいた。気難《きむずか》しい顔をして腕組みしている。

「どうも、面倒《めんどう》をかけます」

善行が声をかけると、原は腕組みしたまま横を向いて言った。

「一番機、三番機とも異状なし。あとは弾薬を補給して送り出すだけ」

「ああ、それは良かった」

「あと二十分ね。みんなには少しでも休むように言ってあるわ」

「正確には十七分と三十秒ですが。第三波が陣地前に姿を現すのは。一番機と三番機は十分後に出撃させます。それと……二番機にジャイアントバズーカの追加《ついか》分は届けましたか？」

「抜かりはないわ。今、ありったけのバズーカをトラックに積んでいるところよ」

「けっこう」

善行は眼鏡を押し上げた。

「あと十六分」原はストップウォッチを取り出すと、ぽつりと言った。

「原さんも休んでください」

「手のかかる作業はないし、わたし今ヒマしてるのよね」

原には善行の言葉が聞こえなかったようだ。善行は怪訝な面もちで原の顔をのぞきこんだ。

「だから休んで……」

「ね、十分だけデートしようよ」

　その場にそぐわない言葉に、善行はまじまじと原を見つめた。

「デートって……」善行はあたりを見渡した。目の前には樹木が根こそぎにされた荒涼《こうりょう》とたさら地に、機銃が設置された塹壕《ざんごう》陣地、そして背後には整備テントが広がっている。こんな状況で、こんな風景の中で、どうしてデートなどという発想《はっそう》ができるのか？

「時間が惜《お》しいわ。あと九分しかない」

「……それでは、そうですね、指揮車の上に移動しましょう」

　まるでままごとだなと思いながらも善行は指揮車に飛び乗って、「ここへ」と言った。原は車体の手すりに手をかけたまま、善行をにらみつけた。

「手を貸してくれないの？」

「両手を使わないと上がれませんよ。でも、まあ、かたちだけでも……」

　善行は右手を差し出すと、原ははじめて笑顔になった。

「気持ちが大切なのよね。ああ、いい景色《けしき》」

「そうですか？」

　善行は原と並んで、あたりの殺伐《さつばつ》とした風景を眺めた。陣地前のさら地は、今でこそグラウンドのように平《たい》らに均《なら》されているが、元々は鬱蒼と樹木が生い茂る遊歩《ゆうほ》道《どう》だった。そういえば整備テントの付近には東屋《あずまや》があったな、と善行は頭の中で公園の風景を再現していた。

「気持ちよ、気持ち。このあたりに東屋があったじゃない」

「わたしも同じことを思い出していました」

「前はよくそこで本を読んでいた。緑の中にいると落ち着くしね」

「そうですね、弁当を食べたり……」

「それはしなかった。ひとりでお弁当食べてもわびしいし。昼時《ひるどき》になるとカップルがやってきて読書の邪魔《じやま》するのよね。まったく、食事するなら別のところでしなさいっていうのよ」

原が大げさに顔をしかめてみせると、善行の口許がほころんだ。

「そう怒らないで。今度はわたし達が邪魔をしてやりましょう。弁当を持って」

「そうね、邪魔されたらお返ししなきゃね」

原はストップウォッチに目を落とした。あと一分を切っている。原のあまりに真剣なまなざしに、善行はふっと笑みを洩らした。

「何を笑っているの？　わたし、そんなにおかしなこと言ったかしら」

「いえ、こちらのことです。……時間というのは面白いな、と思いましてね」

「そうかしら」

「こんな風に一秒一秒を噛みしめるように過ごす時間もあるんだな、と。このまま時間が止まればいい、と柄《がら》にもなく考えましたが、凍《こお》りついた時間には未来はありません。だとしたら、たとえどんな運命が待ち受けていようとわたしは未来を選びます。ええ、と、わたしは何を言ってるんでしょうね」

善行が自分の言葉に照れて顔を赤らめると、釣られて原の顔も赤らんだ。

「わたしも未来を選ぶ。……善行さん、頑張ろうね」

「あなたと出会えて良かったです」善行は低い声で言うと眼鏡を押し上げた。

「わたしだって。善行さんと出会って、しっかり人生誤《あやま》った。責任取ってもらうわよ——」

原は独特の言いまわしで言うと、指揮車を飛び降り、駆け去った。善行は息を吐くと原の後ろ姿を見つめた。

「そろそろですか？」

ぎょっとして振り返ると、機銃座《きじゅうざ》から瀬戸口が顔を出していた。

「瀬戸口君、いつのまに……」

「ずっと車内で寝ていましたよ。何を動揺しているんです？」

瀬戸口は眠たげに目をこすった。

「いえ、別に」

「あなたと出会えて良かったですってやつですか？　けっこう良かったですよ、あれ。善行さんにしちゃ上出来《じょうでき》だ」

狼狽《ろうばい》する善行に、瀬戸口は冷やかすように笑いかけた。

「……不覚《ふかく》」

「ま、無駄話《むだばなし》はこれくらいで。敵第三波が到着するまで十分を切っています。一番機と三番機も補給が済みました。指示をお願いします」

一三三〇時。戦闘が開始されて二時間が経った。

その間、北側陣地は堤防《ていぼう》を破って押し寄せる津波《つなみ》にも似た幻獣の攻撃を受け、苦戦《くせん》に陥《おちい》った。5121小隊及び混成小隊の陣地正面でも激しい攻防《こうぼう》が行われていた。

三丁の小隊機銃がうなり、アサルトライフルが吠える。弾幕をくぐり抜け塹壕に飛び込んだゴブリンから、隊員達は必死で逃げる。来須と若宮はそのたびに白兵戦《はくへいせん》を仕掛け、隊員達を守った。誰もが生きることに懸命《けんめい》になっていた。

一体のゴブリンが森の頭上を飛び越えたかと思うと、背後《はいご》でトマホークを振りかぶった。

（だめ。殺《や》られるっ……！）

森は身を固くして目をつぶった。と、銃声と同時に何やら引きちぎられるような音がして、森はおそるおそる目を開け振り返った。顔面《がんめん》を吹き飛ばされたゴブリンが、ぴくぴくと痙攣《けいれん》していた。幻獣の体液《たいえき》は咳《せ》き込むほどの生《なま》ぐささだった。とたんに震《ふる》えが襲ってきた。どうしてこんな目に遭《あ》わなければいけないのか？　このまま家に帰ってシャワーを浴びて、何もなかったように毎週見ているドラマを見て、眠ってしまいたい。そうだ、そうしよう！　腰を浮かしかけると、なにものかの手が伸びて森の頭を地面に押しつけた。

「放して。わたし、帰るんだから！」

「しっかりして、森さん」

耳元で原の声がした。顔を上げると、原が微笑んでいた。

「最後まで、あきらめないで、ね」

森の目から涙がひと筋《すじ》したたった。もう限界だ。辛《つら》くてたまらなかった。涙がひっきりなしに流れ、視界《しかい》がぼやけた。

「原先輩、わたし、もうだめです。戦えません！」

森は泣きじゃくりながらかぶりを振った。原は微笑《びしょう》を浮かべたまま、諭《さと》すように言った。

「泣くことはないでしょ。大丈夫よ安心して。わたしがついているから」

森は目をしばたたいた。原の言葉が整備学校時代と重なった。森は整備実習《じっしゅう》の要領《ようりょう》がどうしても呑《の》み込めず、珍しく指導係の原に泣き言《ごと》を言ったことがあった。

誰もいない実習室で、泣きながら作業をする森を原は励ましてくれた。原がいなかったら、思い詰めやすい森は脱落《だつらく》していたかもしれない。

「帰ることなんてできないのよ。森さん、わたし達は今どこにいるの？　答えて」

「……陣地です。小隊の」

森は嗚咽《おえつ》を堪《こら》えて辛《つら》そうに言った。

「大正解。それじゃつべこべ言わずに働きなさいね」

森は涙をぬぐうとしぶしぶとうなずいた。

「姉さん、サボるんなら僕が給弾手を代わるぞ！　仕事、取ってもいいんだな？」

それまで姉の様子をうかがっていた茜が、身を乗り出して叫んだ。実は茜も辛かった。誰か先に逃げ出すやつはいないかとしきりと陣地内を見まわしていた。誰か逃げ出したら後に続こうと思っていた。

しかし皆、意地になっているらしく、誰ひとりとして逃げ出す者はいない。あの弱そうな田辺でさえ、遠坂の傍らで頭を抱え突《つ》っ伏《ぷ》している。ならば現実を忘れるしかない——、と茜の繊細《せんさい》な神経は問答無用《もんどうむよう》の姉弟喧嘩《きょうだいげんか》を求めた。

案《あん》の定《じょう》、弟に言われて、それまで泣いていた森は意地になって叫び返した。

「だめよ、絶対、だめ！　わたしには責任があるの」

「くそっ、僕のほうが姉さんなんかより上手《じょうず》にできるのに！　姉さんは怪我人なんだから、とっとと逃げればいいじゃないか！」

「あんたに指図《さしず》されたくないわ。大介こそ、おぼっちゃまはさっさと逃げなさいよ」

「こうなったら絶対に逃げないからな。先に逃げたら笑ってやる！」

身をかがめて喚《わめ》き合うふたりを見て、原はため息をついた。まるで子どもね、と思ったが、陣地にとどまっているだけましか、と思い直した。

と、それまで黙々と引き金を引き続けていた中村が、血走った目を向け、「せからしか!」とふたりを怒鳴りつけた。

「気が散ってしょんがなか。これ以上喧嘩したら、ふたりとも陣地から放り出すぞ!」

「何をえらそう……」

中村に食ってかかろうとした時、茜の目の前で閃光《せんこう》が散った。敵の生体ミサイルの欠片《かけら》が茜のこめかみをかすめていった。茜はびくんと身を震わせると、スローモーション再生のようにゆっくりと仰向《あおむ》けに倒れ込んだ。

「大介っ!」

森は弟の体にむしゃぶりつき、懸命に揺《ゆ》り動かした。

「大丈夫。脈《みゃく》はあるし、気を失っているだけよ」

原は茜の腕を取り、脈を確かめた後、冷静に言った。

「でも、もし死んじゃったら。……わたしも死にますっ!」

「あのねえ、大丈夫だってわたしが言ってるの。茜君は見ててあげるから、持ち場に戻って」

原は森が根負《こんま》けするまでにらみつけていた。

「茜君、大丈夫ですかね」

遠坂は愛用《あいよう》のスナイパーライフルをマシンガンに持ち替え、引き金を引き続けていた。十メートル、銃手の疲労《ひろう》のためか、弾幕は精確さを欠き、くぐり抜けてくる敵が多くなっていた。

二十メートルの距離に迫った敵を、遠坂は淡々と倒していた。

「……茜君、怪我したんですか?」

田辺がおずおずと顔を上げた。茜と同じく「機銃の三脚を押さえる役」を務めていたが、今では「頭を抱えて塹壕内で突っ伏す役」を担《にな》っている。遠坂のマシンガンの弾《たま》が切れそうになった時だけ、弾薬箱《だんやくばこ》に這っていって持ち帰る。誰からも文句《もんく》は出なかった。他の隊はいざ知らず、陣地にとどまっているだけでも頑張っているなと皆、考えていたからだ。

「そのようですよ。原さんが傷口《きずぐち》を調べていますね」

遠坂はオットリ言うと、肉薄《にくはく》してきた敵に掃射《そうしゃ》を浴《あ》びせた。

「わ、わたし、原さんをお手伝《てつだ》いしたほうが……」

「まあ、そんなに無理をしないで。田辺さんは自分にできることをやればいいですよ」

「わたしにできること、ですか?」

「ここにいてくれるだけでもありがたいですよ。田辺さんを守らないと、と思うとやる気が出てきますしね」

「田辺さん、大事にされてええなー。わたしもそんなこと言われてみたいわあ」

加藤が横合いから口を挟《はさ》んだ。加藤にはまだ余裕があるようだ。笑顔を浮かべて、左右の状況に目を配っている。加藤にはまじめで義務感《ぎむかん》の強いところがある。しかも嫌《いや》がる狩谷を献身《けんしん》的に介護《かいご》することで少々の逆境《ぎゃっきょう》なら笑い飛ばせる強さを身につけたようだ。

「本当だよね。僕もそんな風に言われてみたいよ。ねえ、遠坂君、僕にも言って言って！」

田辺に代わって三脚を押さえている新井木が、景気《けいき》をつけるように叫んだ。怯え、震えて、顔は涙と鼻水でぐしょぐしょになっているが、今は負けん気だけで持ちこたえている。

「そう言われても……ええと、困りましたね。じゃあ……、行きますよ。新井木さんを守らないと、と思うと元気が湧いてきますよ」

「あはは、遠坂君ってやさしいわ」

「やったー！」

加藤と新井木は顔を見合わせ、にこっと笑った。

「俺も言ってやろうか？」

若宮が銃撃を加えながら新井木に言った。若宮は緊張の極《きわみ》にあった。前方の敵に備えるほか、塹壕内に飛び込んだ敵を来須と分担《ぶんたん》して、確実に仕留《しと》めなければならなかった。これだけは訓練された兵でなければできない仕事だ。整備班の面々が塹壕内で銃を撃てば、まず十中八九《じっちゅうはっく》味方を傷つけるだろう。

「若宮君はいいや」

「むむ、ずいぶんと態度が違うな」

「だって、若宮君なら僕のこと守れて当然だもんね。それがお仕事でしょ」

「わはは。どうしたんだ、新井木は？　やけに素直になったものだな」

「僕もいろいろ苦労しているからね。今日一日で大人になったよ」

「あとは背丈《せたけ》とスリーサイズだけだな」

若宮が呵々《かか》と笑って自衛軍流に冷やかすと、新井木は「おやじ！」と言い返した。


一四〇〇時。戦闘はなお続いていた。

壬生屋の一番機は北側陣地群から二百メートルほど離れたあたりでふた振りの超硬度大太刀を手に戦っていた。これと決めた相手に肉薄《にくはく》し、太刀を振るう。一瞬たりとも気の休まる時はなかった。しかし、無我夢中《むがむちゅう》と言うべきか、壬生屋は一時間の間ずっと集中を保ったまま、ひたすらに中型幻獣を狩り続けていた。

「壬生屋、背後にミノタウロスが三体。射撃体勢に入った」

瀬戸口の声が聞こえた。すでに通信を介《かい》してという意識はない。瀬戸口が後ろにいて、逐一《ちくいち》指示をしてくれているような、そんな近しさがあった。その声に導《みちび》かれるまま、壬生屋の全身は反応し、敵に必殺《ひっさつ》の剣をたたきつける。

正面に三体のミノタウロスの姿。なぜか壬生屋には敵がぼんやりと突っ立っているように見えた。右端の敵がレーザーに腹を貫《つらぬ》かれて爆発した。爆風《ばくふう》を浴びながらも一番機は跳躍し、敵の背後に降り立つ。壬生屋は首を傾げた。どうしたのだろう？　今日の敵はやけに動きが鈍《にぶ》い。背後を取られたというのに、まるで静止《せいし》しているようだ。

壬生屋は首を傾げながらも大太刀をたたきつけ、たちまち二体を地に沈めた。

「見事だ。今さらながら、今日の壬生屋にはぞっとするよ」瀬戸口の声がする。

「ぞっと……ですか？」機体を動かしながらも、壬生屋は心外《しんがい》そうに口をとがらす。

「剣が冴《さ》えている。今のおまえさんには敵が案山子《かかし》のように見えるはずだ」

「ええ、どうしたのでしょう？」

「さあな。さて、手を休めずに聞いてくれ」

手を休めずに、と言われて壬生屋はむっとした。

「失礼な！　わたくし休んでなんかいません！」

「ははは。そうだったな。どうだ、疲れてきたか？　本当のことを言ってくれ」

疲れている？　壬生屋は小声でつぶやいた。そんなことは考えたこともなかった。ただ瀬戸口の指示に従い、機体を動かし剣を振るってきただけだ。と、つかのま緊張状態から解放された筋肉がピクリと痙攣した。

「……多少は。けれどあと少しで極意《ごくい》に近づけそうなんです。その……ミノタウロス斬りの。あと三十分は大丈夫ですわ」

「三十分……」

「いえ、必要とあれば一時間でも二時間でも戦えます！」

瀬戸口の意外そうな声を聞いて、壬生屋はあわてて言い直した。何を軟弱《なんじゃく》な。味方を救《すく》うためなら一日ぶっ通しでも戦える——。

「ああ、そうじゃないんだ。普段《ふだん》の何倍も働いているから、どうなのかと思ってね。おまえさんは大したやつだ。健気《けなげ》で凛々《りり》しくて勇《いさ》ましくて」

「そ、そんな……誉《ほ》めないでください。わたくし、恥ずかしくなってしまいます」

壬生屋はかぁっと顔を赤らめた。

「誉めてなんかいないさ。だから心配なんだ。突っ走ったあげく、ふっと俺の前からいなくなるんじゃないかってね。心配でたまらなくなる」

「瀬戸口さん……」

壬生屋は口許を引き締め、ゆっくりと息を吐き出した。そうしないと泣いてしまいそうだった。それだけ瀬戸口の言葉はやさしかった。

「今は戦闘中です。そのようなことを言われると困ってしまいます」

「悪かったな。ひとつだけ約束してくれ」

「なんでしょう?」

「俺の指示に絶対従うこと。目の前に敵がいて、十分に戦える状態であっても、指示があったらあきらめて退くこと。約束できるか?」

「……約束します」

瀬戸口さんは自分に何を求めているのだろう? 壬生屋は困惑《こんわく》しながらも請《う》け合った。

「指切りげんまんだぞ」

「ええ、指切りいたします」

通信を切ると、善行が声をかけてきた。

「彼女、そろそろ限界ですか？」

「自分では絶好調と思っているようですが、ここ十分ほどで反応速度が急速に落ちています。もっともここからがあいつの腕の見せどころなんですが。気力だけで十分持ちこたえてくれますよ。だから厄介なんだ」

「ええ、危険ですね」

ことパイロットに関しては、指揮官は繊細すぎるほど繊細であれと善行は考える。最も戦意欲が旺盛《おうせい》になる、すなわちアドレナリンなどの脳内物質《のうないぶっしつ》の分泌《ぶんぴつ》が盛《さか》んになる時間帯と、肉体的な疲労《ひろう》が機体の操縦《そうじゅう》に影響を及ぼしはじめる時間帯は重なることが多い。このふたつの要素が重なり合う時間が一番こわい。自分では最高の状態と思っていても、機体は思ったほど動かず、それが時として致命《ちめい》的な結果を招く。

もっとも三番機の厚志や舞のようにおのれの状態を把握《はあく》し、それに応じた戦い方ができるパイロットもいるが、極めて希《まれ》だ。そうした存在は奇跡に近い。エースパイロットと呼ばれるエリートの中にもごくわずかしかいないだろう。

「そう言っていただけるとありがたいです。あと五分戦った後、壬生屋を休ませます」

「整備テントに戻りますか……」

「そうしたいのはやまやまですが。前線を横切ることになり、またぞろ戦わなければならなくなります。公園からいったん離れ、百メートル離れた検察庁《けんさつちょう》の敷地内で休みましょう」

「なるほど、あそこの中庭なら敵の侵攻《しんこう》ルートからもはずれていますね」

一番機と指揮車は検察庁の中庭に侵入した。煉瓦《れんが》造りの、歴史を感じさせる建物だったが、一番機は庭に入るには巨大すぎた。瀬戸口はためらわず玄関を破壊することを命じた。

「静かですね。ここなら休める」

瀬戸口はハッチを開けると、伸びをして言った。四囲《しい》を囲《かこ》む建物が防音壁《ぼうおんへき》となって、戦場の音が遠く感じられる。風が吹き、木立をざわざわと揺らした。

すぐ横には漆黒《しっこく》の一番機が、膝をついてかがんでいた。その姿はつかのまの休息《きゅうそく》にとまどっているように見えた。

「あの、瀬戸口さん……」

壬生屋がためらいがちに話しかけてくる。

「休んでくれ。目を閉じているだけでも違うぞ」

「わたくし、まだ戦えます」

「十分だけ、目を閉じ、肩の力を抜いて。休んでくれ。司令からの命令だよ」

「けどいきなりそう言われても……」

戦闘の興奮《こうふん》はなかなか収まらない。壬生屋は不満げに言った。

「俺にできることがあれば協力するから」

瀬戸口が何気なく言うと、壬生屋はつかのま黙り込んだ。

「あの……それでは」

「なんでございましょう、姫君《ひめぎみ》」

「子守歌……、歌ってください」壬生屋はおずおずと切りだした。

「俺が？」

「歌ってやろうかっておっしゃったじゃないですか。わたくしだって、こんなこと言うのは恥ずかしいんですけど……ごめんなさい、わがまま言って。やっぱりいいです」

壬生屋の自爆《じばく》パターンだ。瀬戸口はため息をつくと、自棄《やけ》になったように言い放った。

「わかった、わかったよ。歌えばいいんだろ。言っておくけど俺、音痴《おんち》だから。どうなっても知らないからな」

「ごめんなさい」心から申し訳なさそうに壬生屋は謝《あやま》った。

「じゃあ外国の歌なんだけど」

ほどなく瀬戸口の歌声が回線を通じて流れてきた。不思議な旋律《せんりつ》の歌だった。音痴などとんでもない、瀬戸口の声はよく伸びるテナーだった。

懐かしく、切ない響きだった。

(どこかで聞いたことがある……)

壬生屋はつぶやくと、シートにもたれ瀬戸口の歌に耳を傾けた。

「瀬戸口さん……」

壬生屋は涙をぬぐった。歌に耳を傾けながら壬生屋は眠りに落ちていった。


「不思議な歌ですね」

「ええ、まあ。大昔の、外国の歌なんです」

「聞いたことのない言葉だ」

「そうですか? 旅する男が故郷《こきょう》の恋人を懐かしむって歌なんですけど。空ゆく雲のはやさよ」

……ええと、金色《こんじき》の海は麦畑《むぎばたけ》のことか。そうか、そうだったな……」

瀬戸口は思い出に沈み込むようなまなざしになった。

善行は首を傾げたが、やがて戦況分析スクリーンに目を向けた。空《あ》き時間を利用して、少しでも戦況を把握《はあく》しておきたかった。包囲援軍の進出状況によって、5121小隊の運命は異なってくる。この作戦の趣旨《しゅし》から言えば、小隊が全滅したとしてもいっこうにかまわないはずだ。

(そういう気か……)

スクリーンに見入る善行の顔つきはしだいに険《けわ》しいものになってゆく。善行はマイクを取ると小隊の陣地に通信を送った。

「ああ、ヨーコさん。じつはお願いがあるのですが。原さんに気づかれないように来須君を呼んでもらえませんか」

「原サン、どしてダメですか？」ヨーコの無邪気《むじゃき》な声が聞こえてきた。

「……陣地の指揮官は原さんではなく、来須君です。指揮官に直接話したいことがあるのです」

「俺だ」ほどなく来須が出た。

「時間がないので、率直《そっちょく》に言います。以後、生き延びることを優先《ゆうせん》して考えてください。退却の可否《かひ》、方法についてはあなたに一任《いちにん》します」

「……わかった」

来須は低いが、はっきりとした声で請《う》け合った。これで大丈夫だ、善行が通信を切ろうとしたとたん、雑音《ざつおん》が入って、聞き慣れた声が響いた。

「ただ今、来須君からマイクをひったくったところ。ここぞと通信を送っているのはどちらさんかしら？」

受信機から響きわたる原の嫌みに、善行は知らず苦笑を洩らした。

「……善行です。来須君に作戦指示をしていました。我々もそうですが、そちらもこれから難しい状況になると思います。何かあったら必ず来須君の指示に従うように」

「そんなことわかってる！」

原は憤然《ふんぜん》と言った。

「原さん、そう怒らないで」

「怒ってなんかいないわよ」

「本音を言います。隊員には見事に戦ってくださいと言いましたが、今は、たとえぶざまでも生き恥《はじ》をさらそうとも皆に生き残って欲しいのです。むろんあなたにも。あなた達は十分に頑張った。だからあとは生き残ることを考えましょう」

「善行さん——」原の声のトーンが変わった。

「生き残ってデートを……などと未練《みれん》がましくなるゆえ、その……あなたと話すのは嫌だったんです」

「わかった。何があっても生き残るから安心して」

通信を切ると、善行はほうっと何度めかのため息をついた。原と話すと、強引《ごういん》に首根《くびね》っこを摑まれ、修羅場《しゅらば》から日常へと引き戻される気がする。そして、今は戦闘状態なのに、それを望んでいる自分を後ろめたく思ってしまう。

また冷やかされるんだろうな、と瀬戸口のほうを見たが、肩をすくめただけだった。

「十五分は休めましたね」

「ええ、それでは壬生屋を起こしますか」

同じ頃。三番機は死闘《しとう》のただ中にあった。

すでにスキュラを阻止《そし》する抵抗ポイントはなかった。

遮蔽物に影響されない空中から、長距離のレーザー射撃を加えてくるスキュラは陣地群にとっては天敵《てんてき》だった。アウトレンジから一方的《いっぽうてき》にたたかれ、特に空からの攻撃に弱い塹壕陣地はまたたくまに沈黙させられる。

そんなわけでまだ生き残っているポイントも、スキュラをあえて見送り、後続《こうぞく》の敵をたたくことに専念《せんねん》していた。

三番機だけが孤独な刺客《しかく》のようにスキュラを狙い続けていた。スキュラを倒すには隠密裏《おんみつり》にジャイアントアサルト、ミサイルの有効射程《ゆうこうしゃてい》まで接近し、撃破《げきは》後は護衛《ごえい》――主としてミノタウロス、ゴルゴーンなどの中型幻獣の反撃を振り切らねばならない。市街戦に適合《てきごう》した人型戦車だからこそ可能なことだが、言葉で表現するほど簡単ではなかった。これがどれほど大変な仕事かは士魂号乗りでないとわからないかもしれない。

並のパイロットならまずこうした地獄《じごく》の蓋《ふた》を開けるような戦闘は避けるだろう。単独では決して仕掛けず、僚機《りょうき》、友軍《ゆうぐん》との密接な連係《れんけい》のもとでなければ動かないはずだ。

厚志と舞は信じられぬことに、単独で、それを繰り返し行っていた。ふたりは十機と算定されたスキュラをすべて撃破するつもりでいた。

「こちら5121小隊三番機だ。無事か？」

厚志の後ろで舞の無愛想な声が響いた。

「はい、紅陵女子αです。我が隊は全員無事です。残念ながら大物には手が出せませんけど、孤立した敵を片づけています。ええ、と、あなたは……」

すぐに応答があった。

「芝村舞だ。下手《へた》に色気《いろけ》を出すな。そなたらの戦いぶりは正しい。スキュラはこちらが仕留めるゆえ、パターンを崩《くず》すな」

舞の感覚からいえば無駄口《むだぐち》に等《ひと》しい通信だ。しかも名前まで名乗っている。

舞はα小隊が気に入ったようだ。というより、α小隊の女子学兵の見事な偽装工作《コンシールメント》を相当に気に入ったようだった。彼女達は朝から一貫《いっかん》して、辛抱《しんぼう》強く敵を待ち伏せする攻撃パターンを維持《いじ》してきたのだろう。

α小隊の戦いは決して華々《はなばな》しい戦果は得られないが、ねばり強く確実だった。

それにしても……と厚志は笑いを噛み殺した。舞の口調は相変わらずだ。気に入った相手には多少の無駄口をたたく。これが舞の友情表現だが一般にはなかなか理解されない。横柄《おうへい》でえらぶった女だと思われることが多い。また片思いに終わるかな、と厚志は少し心配になった。

「芝村さん……ですね。どこかで聞いた声だなと思ったら、以前、5121小隊と作戦をともにした時、あなたの通信を傍受《ぼうじゅ》したことがあります」

「いつのことだ？」

「ええ、と。確か志衛館《しえいかん》高校……」

「わかった。皆まで言わずともよい」舞は忌々しげに言った。滝川のたわけの失敗で危《あや》うく一個小隊を全滅させてしまうところだった。思い出したくもない。

受信機の向こうでは相手が笑いを堪《こら》えていた。

「『そなたに臨機応変《りんきおうへん》は似合わぬ。愚直《ぐちょく》であれ。それがそなたの最大の長所だ』わたし、記憶力いいんです。瀬戸口さんのＤＪ聞こうと思って周波数《しゅうはすう》合わせたら、いきなりあなたの声が飛び込んでくるんだもの。なんだか自分が怒られているような感じで。びっくりしたけど、やっぱり士魂号乗りは格好いいなって」

「格好いいだと？」そんなことを言われるのははじめてだ。

「堂々《どうどう》としていたし。わたし達の小隊、県南《けんなん》で散々《さんざん》たたかれて再編制《さいへんせい》したばかりだったんです。皆落ち込んでいたけど、５１２１小隊の無線を聞いていると元気が出てきて。芝村さんは凛々《りり》しいし、姉弟喧嘩ははじまるし」

「やめろ。その話は思い出したくもない」

「ごめんなさい。けど、５１２１小隊と一緒ならこわくないなって思ったんですよ。あ、わたし、佐藤《さとう》っていいます。ミノタウロスをお連れの際は、ぜひお越しください、なんちゃって」

隊長は自己紹介《じこしょうかい》をした。

「……そろそろ包囲援軍が動き出す。無理をせずに生き残れ」

「了解しました。芝村さんもご無事で」

通信を切ると、舞はふうっと息を吐いた。

「友達ができたね」

厚志がやさしく言うと、舞の舌打ちが聞こえた。

「たわけ。使えそうなやつらゆえ、安否《あんぴ》を確認したまでだ。やつらのモコスが無事なら、また利用することができる」

「けど、佐藤さんだっけ？　あの小隊長のこと気に入ったでしょ」

「記憶力がよいのが欠点だが、強《し》いて言うならそうかもしれぬ。戦場で友と呼ぶべき存在を見《み》出《いだ》すのは芝村の伝統《でんとう》でもある」

「友達と思ってるんだ」

「向こうはどう思っているか、わからんがな」

舞は冷静な口調で言った。実際は顔を赤らめているに違いない。

「スキュラ二、中型幻獣十二が近づいてきた。そろそろだよ」

厚志の言葉に、舞は戦術画面を確認した。言葉にしなくてもわかるのだが、ふたりはあえて会話することにしている。

「先頭のスキュラが頭上に差しかかったら、ミサイルを発射する」

「アイアイサー。これからが大変だね」

吐きたくなったらそう言ってね、と軽口《かるくち》をたたこうとして厚志は辛うじて思いとどまった。

一番機が姿を消して二十分以上が経っていた。陣地は相変わらず大わらわで敵の突進を防ぎ続けていた。敵の攻撃は寄せては返す波のようだ。そして小隊の陣地は、波打ち際に作られた砂《すな》の城《しろ》だ。今度こそ崩れる、と思われたところでしぶとく残っている。

上空では雨雲《あまぐも》が風に流され、太陽が見え隠れしている。しかし誰も空を見上げようとする者はいなかった。誰もが地べたにへばりつき、戦い、怯え、震えていた。

「原先輩、何か話してください」

森が振り返った。原は小隊機銃のすぐ後ろに横座りになって、澄ましかえった表情でノートに何やら書き込んでいた。側では茜が気を失っている。

「何を話そうかしら？　それじゃ、あなたが好きなタイプは？」

「……まじめでやさしい人」

「ありがちな答えで四十点ね。本当にまじめでやさしい人なんてそうざらにはいないわよ。まじめでやさしく見える人なら掃《は》いて捨《す》てるほどいるけどね。まじめに見えるのは決められた道を踏みはずすのがこわいってこと。やさしく見えるのは人間関係に臆病《おくびょう》ってこと」

……話の内容はともかく、原の声は森を落ち着かせてくれた。なんというか、こう、原には意地でも日常性を失わないところがある。浮き足立っていない。超然《ちょうぜん》とした原の態度は、森にとってはとても格好よく映った。

原さんのようになりたいな、と思った。中身は追いつかないかもしれないけど、せめて原先輩のようにスリムなスタイルになれたら。

不意にぐらりと大地が揺れた。森はかぶりを振ると、その場にうずくまった。目眩《めまい》がしてふっと何かに引きずられた。

「森！」

森はゆっくりと地面に突っ伏した。

「森サン、どうかしたデスか？」

原の声を聞きつけ、ヨーコが背をかがめて移動してきた。狭い壕内で茜と森が折り重なるようにして気を失っている。原は森の具合を確かめ、

「気を失っている。まったく人騒《ひときわ》がせな姉弟だこと」

とつぶやいた。

「無理しすぎネ。寝かしといてあげるデス」

「そうね。ヨーコさん、いざとなったらふたりを抱えて逃げられる？」

「だいじょぶデス。ヨーコに任せてくださいネ」

ヨーコは頼もしげに請《う》け合った。原はノートを閉じると、森に代わって弾帯を手に取った。

「こんな感じでいいの？」

「は、原さん！　原さんにこげなこつはさせられん」

耳元で原にささやかれ、中村はあわてて断《ことわ》った。

「原さんは遊んどってくれれば……」

「失礼ね。わたしのこと、そんな風に見ていたのかしら？」

「そ、そぎゃんこつじゃなくて。原さんは小隊の神様たい。神様は神棚《かみだな》に収まっとるとがよか」

自分でも何を言っているのかわからず、中村はしどろもどろに言い訳した。原を敬愛《けいあい》することでは中村は誰にも負けないつもりでいるが、隣にいられるとどうにも落ち着かない。こんな状況であってもそれは変わらなかった。

「つべこべ言わずに集中しなさいっ！」

「ラ、ラジャー……」

中村は顔を赤らめながらも、再び敵に向き直った。

壕の前後で立て続けに生体ミサイルが爆発した。

来須は中型幻獣を狙撃しながら、あたりの状況に目を配っていた。どこかの陣地が破られたらしい。マシンガンを連射する音が聞こえ、兵の絶叫がこだました。位置からすると、北側陣地のほぼ中央。敵の攻撃を受けやすく、塹壕のほか、戦車壕、速乾性コンクリートのトーチカが造られた最も堅固《けんこ》な箇所《かしょ》だ。

「中央がやられたな」

若宮の声に来須はうなずいた。潮時《しおどき》か？　生き残ることを最優先にと善行は命令した。ならば敵との距離を保っているうちに退いたほうがいいだろう。あとは自分と若宮が時間を稼《かせ》ぎ、両隊の隊員達を逃がす。

「撤退だ」

来須の言葉に、若宮はすぐさま応じた。

「ここまでだな。逃げるのか？」

「俺とおまえは連中が逃げる時間を稼ぐ」

「うむ。で、手順はどうする？　煙幕でも使うか？　それとも……？」

「TNT爆薬を埋めてある」

若宮はすぐに原と島村を呼んだ。

「来須から話があります」

原と島村は顔を見合わせ、来須の言葉を待った。

「今から五分後に撤退だ。俺が合図《あいず》をしたら隊員を連れて整備テントへ向かえ。テントにたどり着いたら、警戒《けいかい》だけは怠《おこた》るな」

「わかったわ」

「了解しました。あの来須さんは……」

心細げに口ごもる島村を、原は顔をしかめて眺めやった。嫌いなタイプなのだろう。原の視線に気づいて、島村は気まずげに押し黙った。


「合図があったら整備テントに逃げるわよ。準備しといて」

原が伝えると、整備班の面々に緊張が走った。これで終わりなのか？　陣地を放棄《ほうき》して、あとは敵に殺されるのを待つだけか？

「やあねえ、安心しなさいって。善行さんからも言われているの。今は生き残ることを最優先《さいゆうせん》に考えなさいって。あなた達は死なないわよ」

原はにっこりと笑った。そしてなおも不安を隠そうとしない隊員達に声をかけた。

「中村君は機銃をよろしく。もったいないからね。ヨーコさんは茜君。加藤さんと新井木さんは森さんを運んで。あとは……田辺さん、走れる？」

呼びかけられた田辺は顔を赤らめた。

「えっと、その……たぶん、大丈夫だと思います」

「……田辺さんが転んだら、遠坂君、面倒を見てやってね」

「わかっております」遠坂はそう請け合って、田辺に微笑みかけた。

「以上。あと二、三分で合図が出る。皆、しっかりね」

「ノォオ、わたしを忘れていますゥ！」あっさりと無視された岩田がシャウトした。

「ああ、忘れてた。岩田君もしっかりね」

一四三〇時。来須の合図と同時に、整備班と混成小隊は陣地を飛び出すと、一斉《いっせい》に整備テントへ走った。来須と若宮が援護射撃をするなか、突然、原はひとり陣地へと引き返した。

「原さん、危険です！」

若宮がぎょっとして声をかけた。原はノートを握りしめ、塹壕から這い出した。すぐ背後にゴブリンが迫っている。若宮は懸命《けんめい》に駆け寄る原を、かばうように敵に突進した。重ウォードレスの腕がゴブリンにたたきつけられた。小型幻獣は全身を砕《くだ》かれ、地面に転がった。若宮は獣《けもの》のように吠えながら、七・六二㎜機銃を掃射《そうしゃ》、その隙に原は整備テントに駆け込んだ。

「大丈夫ですか、原さん？」

息を切らし、青ざめた顔で主任用デスク、通称「原さんの席」に座り込む原に新井木はおそるおそる声をかけた。他の隊員達も心配そうに見守っている。原は何度も深呼吸《しんこきゅう》すると、人心《ひとごこ》地《ち》がついたように新井木を見た。

「ちょっと忘れものしちゃって。あんなに一生懸命走ったのは子どもの頃の運動会以来ね」

轟音《ごうおん》がしてテントの生地《きじ》がビリビリと震えた。原はなおも息を調《ととの》えながら、整備班一同に告《つ》げた。

「これからが正念場《しょうねんば》よ。来須君と若宮君の指示に従って、生き延びること。勝手なまねをしたら許さないからね」

原はデスクの引き出しから拳銃を取り出すと、スライドを引いて撃鉄《げきてつ》を起こした。そして息を呑んで見守る隊員達を後目《しりめ》にすたすたと歩きだした。

「は、原さん、どこへ行くばいね？」中村が怪訝《けげん》な面もちで尋ねた。

「わたしは補給車を守ります。いつ士魂号が戻ってくるかわからないから」

「だけん、勝手なまねは許さんと原さんが……」

「わたしはいいの」

「そ、そんなの理屈になってないですよォ」新井木があきれたように口を挟《はさ》んだ。

「このテントもじきに放棄《ほうき》することになるわ。せめて補給車は守りたいの。でないと速水君や芝村さんや壬生屋さんが戦いを続けられないでしょ」

そう言うと原は振り返らず、拳銃《けんじゅう》を手にテントを出ていった。

「ま、待ってください！　僕もつき合います」

新井木があわてて後を追った。

「姉さんっ！」

何度も何度も自分を呼ぶ声がした。目を開けると、茜の顔があった。加藤の顔もあった。そしてヨーコや田辺の顔もあった。隅に固まっているのは混成小隊の隊員達だ。

「わたし、あれ……？」

森はあたりを見渡した。整備テントの中だった。

「大介、怪我したんじゃなかったの？」

「ああ、何かの破片が側頭部《そくとうぶ》をかすったらしい。ちょっと気持ち悪いけど、もう大丈夫だよ。気がついたら姉さんこそ倒れてるんだもんな。心配したよ」

「森サン、怪我をして他の人より疲れていたね」

ヨーコが微笑んで、森の顔をのぞきこんだ。なんだか介抱《かいほう》されてばっかり、と森は顔を赤らめ身を起こした。

「もしかして、戦争、終わったの？」

「あいにくや。まだまだ続いてる。またしても負け、や。陣地を持ちこたえられなくて逃げてきた。来須君や若宮君は敵を引きつけて戦ってる。状況は最悪。ここに敵がやってくるのも時間の問題やね」

「……そうなんだ」森は肩を落とした。

「原さんは？」

「フフフ、拳銃を持って補給車に行きました」

岩田が二階から声をかけてきた。手には小隊機銃を抱えている。

森の顔からさあっと血の気が引いた。早まらないで、原さん！　急いで跳ね起きると、補給車へ向かおうとした。

と、不吉《ふきつ》な風切り音がしてテント周辺で爆発が起こった。生体ミサイルだ。衝撃と振動《しんどう》で整備テントの鉄骨《てっこつ》が崩れ、森の鼻先をかすめ落下した。

「来ました、来ましたよォ！」岩田は叫ぶと、小隊機銃を腰だめにして撃ちはじめた。

「固まって、応戦しろ」

来須と若宮が幻獣を追い散らしながら隊員達に合流《ごうりゅう》した。数体の幻獣が吹き飛んで、体液を撒き散らす。小型幻獣の群れはひっきりなしに流れ込んできた。

倒しても倒しても、新手《あらて》が現れる。隊員達はしだいに追い詰められ、整備テント裏に出るとそこでひと塊《かたまり》になって最後の抵抗を試《こころ》みようとした。

戦いには不向きな、遮蔽物《しゃへいぶつ》も何もないさら地である。しかしどこへ逃げても同じだ、と彼らは思った。士魂号が駆けつけてこないのは、自分達以上に切羽詰《せっぱつ》まった状況に置かれているからに違いない。

誰もが必死で戦っているのだ。

「聞け。おまえ達は二《に》の丸《まる》に逃げ、なんとしても生き延びろ。時間は稼《かせ》ぐ」

来須の声に皆、我《われ》に返った。ここから北側陣地後方の二の丸までは二百メートルあまり。防《ぼう》御《ぎょ》工事は施されていなかったが、樹木が生い茂り、遮蔽物はふんだんにある。生き延びる確率《かくりつ》は高く、少なくともいっきに殲滅《せんめつ》されることはないだろう。

「来須さん達はどうするんですか？」

「小型幻獣ならば俺達は切り抜けられる。心配するな」

森が尋ねると、来須はこともなげに言い放った。

「けど……原さんは？」

「任せておけ。命に替えても助けてみせる」

若宮の顔つきに、隊員達は後ずさった。普段《ふだん》は馬鹿笑いを響かせる気のいい体育会系といった風を装《よそお》ってはいたが、今の若宮は獰猛《どうもう》な気を発散《はっさん》していた。必要とあらば、幻獣とナイフひとつでも渡り合う生粋《きっすい》の戦車随伴歩兵の持つ獰猛さである。

ほどなく、裏口からゴブリンリーダーが一体姿を現した。敵の足が止まった。そして思い思いの姿勢で銃を構える隊員達を警戒するように見据《みす》えた。

「行けっ！」

来須は合図をすると、マシンガンの引き金を引いた。若宮がこれに続き、飛び出してくる幻獣を次々と薙《な》ぎ倒した。

「姉さん、行こうよ」

茜の手を振り払って、森は拳銃を敵に向けた。

「何してるんだ。姉さん、走ろう！」

「あんた達なんかに絶対負けないんだから」

パン、と銃声がして薬莢《やっきょう》が宙に飛んだ。これが本当の合図であるかのように、整備班の面々は一斉に走りだした。

と、西の方角から地響《じひび》きが聞こえた。森が目を向けると、二番機が軽トラを伴《ともな》ってこちらに向かって駆けてくる。森は足を止め、敵に向き直った。これなら勝てる！　他の隊員達も同じ気持ちらしく、思い思いの姿勢で幻獣を狙い撃ちしはじめた。

「ま、待て！　勝手なことをするな。味方を撃ってしまうぞ！」

若宮の狼狽《ろうばい》した声。あまりの危なっかしさにその顔は青ざめていた。

と、今度は整備テントの方角から聞き慣れたエンジン音がこだました。テントの生地を突き破って、補給車が巨大な姿を現し、小型幻獣を次々と車輪にかけてゆく。

運転席には原の顔が見える。

「原さん……あれっ？」

森は足下を見つめた。ふっと地中に没《ぼっ》するような感覚。

前後して、二番機の姿が地に没してゆく。軽トラがそれに巻き込まれるように地の底へと消えてゆく。

誰かが悲鳴《ひめい》をあげた。

地鳴《じな》りがして目の前に大量の土砂《どしゃ》が押し寄せてきた。地震か？　森は息を吸い込み、目をつぶって、来《きた》るべき事態に備えた。

最後のスキュラを葬《ほうむ》った時、弾薬はとうに尽きていた。補給しに戻ろうにも、陣地からは応答がなかった。それに三番機は大量の敵を引きつけていた。

このまま敵を連れて陣地に戻るわけにはゆかない。厚志と舞はそう判断して、一番機に通信を送った。

「壬生屋さん、三番機だけど」

とたんに壬生屋のきっとした声が返ってきた。

「どうしたっていうんです？　通信を送っても返事がないし。わたくし、心配しました！」

「ごめん……」

通信を送る余裕はなかった。これまでに経験したことのない大軍を相手に、厚志と舞はぎりぎりの戦いをしてきた。壬生屋はすぐに悟ったらしく、

「いえ、こちらこそごめんなさい。北の方角でしきりに閃光と爆発が起こっていました。あれは速水さん達ですね？」

「……あはは。ちょっと欲張りすぎちゃって。壬生屋さんにお願いがあるんだ。弾が切れちゃって。超硬度大太刀を一本、貸してもらえる？」

「それはかまいませんけど……陣地に戻ったほうがよろしいのでは？」

「陣地からは応答がない。戻れぬ事情もある。我らはどうやら敵に目の敵《かたき》にされているらしい。このまま引きつけて全滅させる」

舞が冷静に言った。

地響きがして五体のミノタウロスが姿を現した。厚志はとっさに三番機を瓦礫の陰に隠した。

「どうする？」

「むろん攻撃だ」

舞はこともなげに言った。

厚志はうなずくと最後尾《さいこうび》の敵に狙いを定めた。距離は約五十。深呼《しんこ》吸《きゅう》して頭をすっきりさせる。白兵戦《はくへいせん》では、これまで以上のステップワークが要求される。死角《しかく》から死角へ。それも複数の敵を相手にしてだ。

三番機はダッシュすると背を見せる敵に襲いかかった。敵が向き直る気配。しかし、次の瞬間、三番機の正拳《せいけん》が敵の装甲を突き破っていた。体内で誘爆《ゆうばく》が起こったことを確認すると、三番機は横っ飛びに跳んで、再び敵の視界から消えた。

「速水さん、芝村さん……！」

壬生屋から通信が入った。頭をめぐらすと、壬生屋の一番機が駆けてくる。ミノタウロスの生体ミサイルを紙一重《かみひとえ》でかわし、三番機に向け大太刀を投げた。

「ありがとう」

厚志は大太刀を宙で受け止めると、発射を終えたばかりの敵に肉薄《にくはく》した。一番機も加わり、二機の士魂号はほどなくミノタウロスを撃破していた。

「さあ、一緒に戻りましょう。陣地が心配です」

壬生屋からの通信に厚志が答えようとした時、舞が制した。

「そなたは先に戻るがよい。我らはあと少し哨戒《しょうかい》を行った後、戻る」

「……きっとですね」壬生屋の声に微かな懸念《けねん》の響きがまじった。

「ああ」

舞はそっけなく請《う》け合うと通信を切った。


「壬生屋、聞こえるか、壬生屋」

三番機と別れた後、瀬戸口から通信が入った。壬生屋の顔がぱっと輝いた。

「瀬戸口さん、ご無事だったのですね。他の皆さんは……」

「ああ、ピンピンしてるよ。と……そういやブータがいなくなった」

「え、ブータが？」

「まったくあの馬鹿猫め、どこをほっつき歩いているんだか」

「そんな言い方は可哀相《かわいそう》ですっ！　ブータだってわたくし達の仲間なんですから！」

「悪かった。探してはみたんだが……」

間《ま》があって、石津の声が聞こえた。

「ブータ……だったら……大丈夫。子ども達を助けに……行くって。嬉しそう……だったわ」

「あの、石津さん？　何をおっしゃって……」

「そんなことより、緊急《きんきゅう》に伝えることがあったんだ。そこから陣地は見えるか？」

「ええ、見えますわ。距離は百といったところです。あれ……おかしいですね」

「どうした？」

「整備テントが見当たりません！　もとい、潰れています」

壬生屋の視界に整備テントの残骸《ざんがい》が映った。壬生屋の顔がさあっと青ざめた。口を開こうとする壬生屋の機先《きせん》を制するように瀬戸口が言葉を発した。

「陣地には近づくな。遮蔽物を探して潜り込め」

「なんですって！　どういうことです？　皆さんの安否《あんぴ》を確認しなくては」

「時間がない。包囲援軍が動きだした。守備隊には北側陣地の放棄《ほうき》が伝わっている。三分後に陣地を目標として長距離砲の一斉射撃が行われる」

「けれどけれど……」

壬生屋はおろおろして口ごもった。

「大丈夫。来須と若宮がついているから、連中《れんちゅう》、今頃《いまごろ》は避難しているさ。そんなことより、自分のことを考えろ。北本のおやじのところに行くって約束したろ?」

壬生屋が返事をしようとしたとたん、轟音が聞こえた。次いで耳障りな雑音が延々と流れ続けた。

「瀬戸口さん、瀬戸口さんっ……！」

壬生屋は真っ青になって瀬戸口の名を呼び続けた。返ってくるのは雑音ばかりだったが、壬生屋は祈《いの》るような気持ちで相手の名を呼んだ。

「瀬戸口さん、お願いですから返事をして！　お願いですから……」

壬生屋は嗚咽《おえつ》を堪《こら》えた。泣くものか、と思った。瀬戸口さんは黙っていなくなるような人ではない。だから泣くなんて変だ、と自《みずか》らに言い聞かせた。


一番機の背を見送りながら厚志は口を開いた。

「どうして嘘を言ったの？」

「残っている敵は我らだけで十分であろう。それに……」

舞は沈黙した。厚志が舞の言葉を待っていると、雑音まじりの通信が入った。

「こちら植木環状陣地。現在、敵と交戦中。味方の損耗《そんもう》はなはだしく、至急救援求む。繰り返す、こちら植木環状陣地……」

「５１２１小隊、士魂号三番機だ。通信を傍受した。ただちにそちらへ向かう」

「ありがたい。到着までなんとしても持ちこたえてみせる」

通信はぷつりと切れ、厚志は言葉を失った。

「そちらへ向かうって……舞？」

「聞いた通りだ。友軍がいる限り、手を休めるわけがない。今回は特にな。これより戦闘を続行する」

「どうしても……？」

「厚志よ……我ら芝村にとり、この戦場は故郷《こきょう》のようなものだ。我らは戦いの中で生を享《う》け、戦いの中に死んで帰る。好んではいないが、故郷であることに違いはない。なんとも心あたまる、我らの故郷だ。我らは友も、恋人も、信頼もここで得た。我らが選ぶ道は戦いの道。我らが戦って死しても守るべき誇《ほこ》りはそこにある。万民《ばんみん》のために、我らは最前列で戦おう。だが、そなたまでつき合う必要はないぞ。厚志よ、地獄《じごく》は我らの故郷なれど、そなたは違おう」

厚志は舞の言葉の意味を考えていたが、やがて絞り出すように言った。

「たわけ……だよ」

「なんだと？」

「君の言葉をまねしただけさ。知っているかい？　僕は君がいるから戦えた。君がいるから過去の亡霊《ぼうれい》と決別《けつべつ》できた。君がいるから今、生きているし、これからも生きてゆける。君は鈍感《どんかん》だからそんなこともわからないんだね」

厚志は真っ赤に頬を火照《ほて》らせながらいっきに言った。相当に恥ずかしい。しかし恥ずかしくたっていいじゃないかと開き直った。……舞の顔が見たいな、と無性《むしょう》に思った。狭いコクピットでは声だけは聞こえるが、顔は見えない。舞は今、どんな顔をしているだろう？

「な、な、何をわけのわからぬことを言っている！　それにわたしは鈍感《どんかん》ではない。薄々《うすうす》、そなたの気持ちには気づいていたぞ」

「薄々ねぇ。やっぱり鈍感だ」

「……今のは言葉の用法を間違えた。そなたの気持ちなどとうに見通していた。それで……どうなのだ？　わたしと一緒に来るのか？」

「行くよ」

「感謝を。厚志、聞いてくれ。我らの伝説《でんせつ》は言う。竜はただのトカゲだが、空を飛ばねばならぬから、空を飛ぶ。火を噴かねばならぬから、火を噴く。最強でなければならぬから、最強なのだと。トカゲはすべての不可能を可能にしても、やらねばならぬことがあったのだろう。不可能を可能にしよう。そうすれば多くの者を助けられる」

舞の言葉は厚志の胸に響いた。

植木の上空にはひときわまばゆく閃光がまたたいている。

三番機は県道を北上していた。県道の両側には陣地が点々と見える。道路沿いの地域はブルドーザーで強引にさら地にされ、一般の建物に代わって、塹壕陣地やコンクリートの地肌《じはだ》を剝《む》き出しにしたトーチカが建設されていた。

朝からの激戦で、陣地の多くは沈黙した。何が燃えているのか、胸の悪くなるようなにおいがあたりには立ち込めている。ふたりの目はいつしか生存者《せいぞんしゃ》を探していた。

厚志は陣地のひとつに目を留めた。大型幻獣にでも激突されたのか、破壊され、鉄骨が露《あらわ》になったトーチカの残骸《ざんがい》から煙が流れている。陣地を支え切れず、後方の住宅地に逃げ込もうとしたのか、ウォードレスを着た兵が折り重なるようにして倒れていた。兵にまじって、消防《しょうぼう》服に身を包んだ死体もあった。

「ひどいね」

厚志はひとりごちた。そう言うしかなかった。

「生存者はなし、か。先を急ごう」舞がぽつりと言った。

突如《とつじょ》として北側陣地の方角から地鳴りのような音が聞こえた。おびただしいミサイル、長距離砲の砲弾が、弧《こ》を描いて陣地に吸い込まれてゆく。轟音と閃光は途切《とぎ》れることなく続き、ビリビリと空気を震わせた。

「やっと包囲援軍が動き出したか。隊の連中、無事だといいが」

「大丈夫さ。そう信じよう」

厚志はそう言うと、三番機の足を速めた。

「こちら植木陣地。そちらの姿を視認《しにん》した。整備兵が待っている。補給が必要なら、急げ」

受信機の向こうから激しい銃声が聞こえる。

「5121小隊、士魂号三番機だ。弾薬の補給ができるのか？」

「ああ、おたくらの司令から戦前に士魂号用の燃料、弾薬を確保しておいてくれと要請《ようせい》があった。共同作戦を採《と》る可能性もあるから、とな」

「ありがたい」

「だが、あいにくと整備スペースは今、激戦の真っ最中というやつだ。長い時間は、支え切れそうもない。急いでくれ」

厚志の目の前に、大地にへばりつくように造られた灰色のトーチカ群が見えてきた。植木陣地は大小の道路が交差する交通の要衝《ようしょう》を砲台、トーチカ群で取り囲むようにして建設された現代の要塞《ようさい》だった。陣地の周囲二百メートル四方は一般の建物、樹木はことごとく除去《じょきょ》され、幾《いく》重《え》にも壕が設けられていた。

ここからの砲撃によって、南下する幻獣の群れは相当数削られていた。公園北側陣地が持ちこたえてこられた理由は、植木陣地の存在が大きかった。

とはいえ、敵の執拗《しつよう》な攻撃によって、陣地はその能力を失っていった。分断《ぶんだん》され、孤立《こりつ》した陣地が多くなるにつれ、損害は飛躍《ひやく》的に増えていった。

「見えた。あれが南ゲートだね」

幅二十メートルほどの壕には鉄橋《てっきょう》が架《か》けられていたが、爆破され、鉄骨の塊《かたまり》と化している。厚志は躊躇《ちゅうちょ》せず、三番機をジャンプさせた。三番機は鉄骨に指をかけ、足場《あしば》を確かめながら落とされた橋をよじ登る。

「気をつけろ。ゲート横でゴルゴーンが一体、待ち伏せしている」

「わかった」

厚志はうなずくと、ゲートをくぐらず、トーチカの屋根に飛び移った。眼下《がんか》にゴルゴーン。三番機は超硬度大太刀を持ち替え、陣地内へと降り立った。ゴルゴーンが反応する間《ま》もなく、大太刀が敵の背を串刺《くしざ》しにする。

整備スペースでは激戦が展開《てんかい》されていた。破壊された車両が散らばり、その陰に隠れ、整備兵が繰り返し押し寄せる小型幻獣の群れを撃退《げきたい》していた。

「5121小隊、士魂号三番機だ」

幻獣の群れを蹴散《けち》らしながら、三番機が整備兵達の防御線に駆け込むと、拡声器を手にした整備兵が「姿勢を低く」と指示をしてきた。

「ジャイアントアサルト、弾薬、ジャベリンミサイルの補給を頼む。たんぱく燃料はあるか？」

「ああ、任せておけ。しかし、人型戦車ってのは厄介なシロモノだな。これだけの装備を取り寄せるのに一週間、かかっちまった」

ウォードレスに百翼長《ひゃくよくちょう》のマークを染め抜いた整備主任が苦笑いした。その間にも、巨大な台車《だいしゃ》に積まれたジャイアントアサルトが運ばれ、弾薬類が次々と運ばれてきた。整備兵が慣れない手つきでたんぱく燃料を補給する。整備主任は話し好きらしく、戦闘と作業が同時に行われているというせわしない状況にも拘《かか》わらず、しきりに話しかけてきた。

「マニュアル見たけど、こいつのメンテナンスって相当に難しいな。人型戦車の整備兵ってどんな連中なんだ？」

「変わり者揃いだ」

舞が無愛想《ぶあいそう》に言った。舞がそれを言うか？　厚志は笑いを嚙み殺した。

「時に作業手順はわかっているのか？」

舞が尋ねると、整備主任はプライドを傷つけられたように忌々《いまいま》しげに言った。

「なにも整備をしようってわけじゃねえ。このくらいはできるよ。安心しろ」

整備兵がひとり、地面に突っ伏したまま動かなくなった。ナーガのレーザーだ。三番機はジャイアントアサルトを手にすると、敵を掃射《そうしゃ》した。

「ミノタウロスだ！」整備兵の悲痛《ひつう》な声。

三番機の周囲で生体ミサイルが爆発した。整備スペースは紅蓮《ぐれん》の炎に包まれた。整備兵の悲鳴、絶叫が聞こえる。舞は奥歯《おくば》を嚙みしめると、ミノタウロスをロック、二〇㎜機関砲弾をたたきこんだ。

「だめだ。このままじゃ整備の人達がやられる！」

厚志の目に、倒れ伏す整備兵の姿が映った。作業など続けられる状況ではない。厚志は三番機を起こすと、移動しようとした。

「待て。最後までやらせてくれ！」

整備主任の声が響いた。

「厚志」

舞にうながされ、厚志はしぶしぶと機体を戻した。

「たんぱく燃料 注入《ちゆうにゆう》完了」

「ミサイル装着完了。多目的弾倉もOKです」

「二〇㎜機関砲弾、弾倉装着完了、と。よし、行ってくれ！」

次の瞬間、またしても爆発。生体ミサイルが次々と落下し、整備スペースは熱風《ねつぷう》に包まれた。

「無事ですか？ 返事をしてくださいっ！」

厚志の呼びかけに応える者はなかった。厚志は奥歯を噛み鳴らすと、三番機を起こした。そして殺到《さつとう》する小型幻獣を蹴散らしながら、迎撃《げいげき》ポイントを探し、移動した。

「悲しんでいる暇《ひま》はないぞ、厚志」

「……わかっている」

「敵は北から来るな。算定では……スキュラ二」

舞はふんと鼻を鳴らした。

「ミノタウロス十、きたかぜゾンビ十、小型幻獣五十……なるほど」

「包囲援軍の支援はないのかな?」

「長距離射撃ではこの半分も削れぬ。三分の一減らせればよいほうだろう」

淡々とした口調で舞が言うと、厚志はため息をついた。

「なんだ、操縦が楽しいんじゃなかったのか? さて、それでは行こう。我らの麗《うるわ》しき戦場へ」

——四月二十四日一五三〇時。この日、植木環状陣地を守る将兵《しょうへい》は一機の士魂号が死力を振り絞《しぼ》って戦うさまを目撃した。5121独立駆逐戦車小隊所属の速水・芝村機は、陥落《かんらく》寸前の植木陣地の北ゲート正面において、孤独な、献身《けんしん》的な戦いを繰り広げた。すでに火力の多くを失った陣地の将兵は、固唾《かたず》を呑んでその戦いを見守るしかなかった。

「気を抜くな。これまでとは勝手が違う」

厚志の背に舞の声が投げかけられた。端的《たんてき》な言い方だったが、舞の言わんとしていることを察して厚志は大きくうなずいた。

市街地での戦いとは様相《ようそう》が異なっていた。二足歩行《にそくほこう》の士魂号において、地形の変化に富《と》み、遮蔽物に恵まれた市街は絶好《ぜっこう》の狩り場だった。敏捷性《びんしょうせい》、器用さに勝《まさ》る士魂号は、優《すぐ》れた判断力、戦術センスを持つパイロットに駆使《くし》され、その長所を最大限に引き出し、敵を狩った。が、北ゲート正面は市街地ではなかった。荒涼としたさら地で、高所からの見通しが良い。地形らしい地形と言えば、幾重《いくえ》にも掘られた壕だけだった。

「正面と二時の方向にスキュラがいるね。どうする？」

「十字砲火を形成するつもりらしい。壕を盾《たて》としつつ、左手より迂回《うかい》、正面のスキュラを仕留《しと》めよう」

舞の指示は厚志の思惑《おもわく》と一致した。見落としがちなことだったが、敵側からは壕内はまったく遮蔽されている。壕はレ型に掘られており、深さは約十メートル、陣地方向にのみ傾斜《けいしゃ》が緩やかになっている。三番機は移動を開始した。ミノタウロスの一群が、北ゲートに通じる県道上を進んでくる。きたかゼゾンビは空中から一直線に三番機に突進してくる。これを無視し、三番機はスキュラをめざした。

「距離二百五十。射撃する」

壕内からわずかにスキュラの姿が見える。舞はすばやく敵をロックした。ジャイアントアサルトを壕の縁《へり》に立てかけ、射撃。曳光弾《えいこうだん》が微かな弧を描いて有機的空中要塞に吸い込まれてゆく。まだか？　舞は奥歯を嚙みしめ、敵をにらみつけた。五秒、六秒……不意にスキュラの表面に黒煙《こくえん》が上がった。敵は煙を上げつつ、三番機に向き直り、レーザーで反撃。三番機の前後に土砂《どしゃ》が噴き上がった。

炎が上がった。同時に側面から後方から射撃音。きたかぜゾンビがまわり込んでいる。その数八。厚志は士魂号を突進させた。敵の二〇㎜機関砲弾が三番機の腕に命中するが、かまわず、三番機は壕内を突き進んだ。

すべての敵を射程内に収めると、三番機はミサイルを発射した。きたかぜゾンビの薄い装甲を突き破って、ミサイルは爆発、またたくまにすべての敵を撃破した。

「よし、逃げるぞ」

三番機の側面、県道上からミノタウロスが一斉に生体ミサイルを発射した。残るスキュラも右手にまわり込んで、三番機を射程内に収めた。側面にまわられると壕の遮蔽効果は失われる。三番機は背を向けると、全速で敵から遠ざかった。

「西ゲートへ向かえ」

あとは陣地のトーチカを盾として、敵を削ってゆく。舞の意図《いと》を察して、厚志はみるまに敵を引き離した。敵も三番機の意図を察し、先まわりするつもりか、次々と北ゲートをくぐった。

「十体のミノタウロスが陣地内に入った。ありったけの火力で迎え撃って欲しい」

舞が通信を送ると、まだ生き残っている隊から応答があった。

「了解した。しかし、ミノ助を殺すことはできんぞ」

「五分だけ引きつけてくれ。それと贅沢《ぜいたく》を言えば煙幕が欲しいところだ」

「随伴歩兵《ずいはんほへい》用のやつがあったはずだ」

「頼む」

ほどなく陣地内で射撃音が起こった。

「引き返せ。ミノタウロスが陣地にかまけている間にスキュラを殺る」

「え、だけど……」

「ジグザグに走りつつ、敵に肉薄。そなたならできるはずだ」

「わかった」

三番機の周囲にレーザーが突き刺さる。攻撃を避《よ》けつつ、壕内を移動するのは楽ではなかった。さらにきたかぜゾンビが二体、機関砲を撃ちながら士魂号を追尾《ついび》してくる。どこからか数人の戦車随伴歩兵が這い出したかと思うと、煙幕手榴弾を投げた。

煙幕があたりに立ち込める。三番機は逃げ込むように煙《けむり》の中に隠れた。

「スキュラまで距離百。もう一体は二百の位置だ。どうする、舞？」

「停止せよ。いっきに片をつけてやろう」

舞は敵をロック、ほどなくジャイアントアサルトがうなりをあげた。至近距離からの射撃に、スキュラの表面にまたたくまに亀裂《きれつ》が生じる。

「よし、これで……」舞が言いかけた時だった。上空に風切り音がして、次の瞬間大地が鳴動《めいどう》した。三番機は地面にたたきつけられた。

「たわけめ、味方がいるというのに……！」

舞の憤《いきどお》りを耳に、厚志は機体を必死に立て直した。煙幕を吹き飛ばした熱風が三番機も襲う。厚志は三番機をかがませると、爆発が収まるのを待った。

「左足損傷。速度三十パーセント減《げん》。まいったね」

厚志が機体をチェックしてぼやくと、舞は苛立《いらだ》たしげに地団駄《じだんだ》を踏んだ。

「何がまいったね、だ！　致命《ちめい》的な損傷だぞ、これは！」

「そんなことはわかっているって。けど、怒ったってしょうがないよ。僕も頑張るからさ、機嫌を直して」

機嫌を直して、だとぅ？　舞は思いっきり顔をしかめた。

「機嫌を直してもよいが、頑張るとは、どう頑張るのだ？」

「爆風が収まったら、すぐにもう一体のスキュラを狙おうよ」

「たわけ！　そんなことはとっくに計算に入っている。スキュラを倒しても残る敵はミノタウロスが十だ。先の先を考えてモノを言え」

「あはは。けど、考えるのは舞の担当でしょ。それにさ……」

厚志は少し間を置いてさりげなく言った。

「君と一緒ならどうなったっていいんだ、僕は」

かぁっと顔が火照るのを舞はどうすることもできなかった。舞は深呼吸すると、努めて冷静な声を出した。

「スキュラを撃破した後、全速で南へ向かう。……紅陵のやつらを巻き込むのは気が引けるが体育館ポイントに引き込んでやろう」

「それだったらなんとかなるよ。三十パーセント減だけど、ミノタウロスよりは速いからね」

爆風が収まると同時に、三番機はスキュラをロックした。敵も同じ意図だったらしく、ほぼ同時に射撃をはじめた。レーザーが三番機の足下をかすめた。ジャイアントアサルトの二〇㎜機関砲弾はスキュラの表皮《ひょうひ》を切り裂いた。

引き金を引き続けて数秒。もどかしげに見守る舞の口許がやっとほころんだ。スキュラは炎を上げると、高度を落とした。

「よしっ！　残るはミノタウロスだけだ」

「……待って。様子が変だよ」

スキュラは全身から炎と煙を発しながら、接近してくる。距離が百五十に縮《ちぢ》まった。厚志は機体を転回すると三番機を走らせた。

「体当たりする気だ！」

「避けられるか？」

「なんとか」

敵はぐんぐんと接近してくる。三番機は懸命に駆けた。距離五十、三十……。衝撃《しょうげき》があった。爆風をまともに受けた三番機は地面に突っ伏した。

「くっ……！」

「大丈夫か、舞？」

「そんなことより、早く機体を起こせ。南に向かうぞ」

「……しまった。今の衝撃で足まわりの損傷が大きくなった。速度五十パーセント減。どうも運に見放されているみたいだね。ごめん」

厚志はすまなそうに謝った。これではミノタウロスに追いつかれる。

「案ずるな、厚志よ。はじめから運などあてにしていない。陣地のトーチカを盾として、可能な限り戦い続けよう」

壕をよじ登り、陣地内に入るとミノタウロスが襲いかかってきた。遮蔽物に拠《よ》って二体を倒したところで弾が尽きた。後は素手《すで》で戦うしかなかった。

「整備スペースに戻れば超硬度大太刀が置いてある。どうする？」

突進してきたミノタウロスを紙一重《かみひとえ》の差でかわしながら厚志は尋ねた。背後では壕内に転落したミノタウロスが立ち上がろうともがいている。

「ふむ。しかしそこまで移動できるか？」

「なんとかするよ」

生体ミサイルが三番機を襲った。三番機は身をかがめ、辛うじて耐える。

「五時の方向にミノタウロスがまわり込んだ。このままじゃ後ろからやられる」

厚志は言うや、三番機を壕内に飛び込ませた。先に飛び込んだミノタウロスに撃ち尽くしたジャイアントアサルトをたたきつける。気味の悪い音がして、ミノタウロスは膝《ひざ》を折った。倒れた敵の頭を三番機の脚《あし》が踏みつける。

「気をつけろ。来るぞっ！」

壕内に次から次へとミノタウロスが降り立った。これまでか？　せめてあと二、三体は道連れにしてやろうと、三番機は拳《こぶし》を固めて身構えた。

と——、ふたりの視界にまばゆい光が広がった。厚志はまばたきして、光の正体を見極めようとした。右腕？　おそるおそる三番機の右腕を持ち上げると、厚志は息を呑んだ。

右腕が光に包まれている。それは単なる光ではなかった。雄々《おお》しく決然《けつぜん》とした輝き。おのずから頭《こうべ》を垂《た》れたくなるような、神聖《しんせい》なる光輝《こうき》だった。

「光……これは」

右の掌《てのひら》に熱を感じ、厚志ははっとして掌を見つめた。ほの暗いコクピット内で厚志の掌には太陽の模様がまばゆく光り輝いていた。

「何が起こったのだ？」舞のうわずった声が聞こえた。

「光。そうだったのか。ヨーコさん……」

危機的な状況にあって、厚志の心はためらいや疑いをあっさりと捨て去っていた。今、起こっていることを信じ、受け入れる。幼子《おさなご》のような素直さに満たされていた。

厚志はヨーコの言葉を思い出していた。

この模様は幸運の模様。万物の精霊、この模様をめぐって踊り、言うことを聞くデス。イアルは太陽の名前。幸福の名——。

「厚志、返事をしろ。厚志……！」

「精霊《せいれい》を使う者。僕が？」

三番機の肩に気配を感じた。視線を向けると、そこに一匹《いっぴき》の小動物が乗っていた。

「ブータ？」

厚志は茫然として三番機の肩に留まった生き物を見つめた。

「猫……だな」

舞はまばたきした。とうとう幻覚を見るようになったか？　幻獣は悪《あ》しき夢。しかしこの夢はどういうわけだ、不愉快《ふゆかい》ではない。むしろ心地よく、懐かしさすら感じる。

（娘よ）

呼びかけられて、舞はびくっとした。ふわふわの毛むくじゃらめ、何をえらそうに。

（健気で凛々しい娘よ。英雄《えいゆう》精霊とは本来、ふわふわで毛むくじゃらなものなのだぞ。今、精《せい》

霊手《れいしゅ》の発動《はつどう》により、我ら精霊はおまえ達とともに戦うことを誓《ちか》おう)

心に直接語りかけてくる飄々《ひょうひょう》とした声に、舞はしだいに落ち着きを取り戻した。

「厚志、これは夢だが、悪い夢ではないな」

「悪い夢じゃないよ。懐かしく、希望に満ちている。夜の闇《やみ》を払う伝説。悪い夢と闘う伝説。僕達は伝説とともにある」

心に浮かんできた言葉を、厚志は自然につぶやいていた。

(まあそう固くなるな。闇深ければそこに輝く星あるように。太陽が沈めば人を見守る星が出るように。人類発祥時《はっしょうじ》から本来幻獣と戦うのは我ら。さて、速水厚志よ、存分《ぞんぶん》に戦おうぞ)

ブータの声に、厚志は深くうなずいていた。

「ああ、存分《ぞんぶん》に」

悪しき夢が襲ってきた。厚志の視界はまばゆい輝きに充《み》たされた——。

「しずかになったね」

東原は耳を澄ました。砲声はなおも遠くでこだましているが、戦場の音はしだいに遠ざかってゆくようだった。

狩谷も耳を澄まし、首を傾げた。静かになったが、これは……？

「東原はこわくないのか」

「何が？」

「皆、死んでいるかもしれないんだよ。生きているのだったら僕達を迎えに来るはずだ」

なっちゃん、暗いところに閉じ込めてごめんね。今にも加藤の声が聞こえるような気がした。そうあって欲しいと願いながら、狩谷は期待を裏切られるのがこわかった。いつでも最悪のことを考えて、人生に期待するのをやめてきた。

「こわいけど、わたしとびらをあけてみるね」

東原はそう言うと、階段を駆け上った。爪先《つまさき》立って鍵《かぎ》を挿《さ》し入れる。扉《とびら》を開けると、燦々《さんさん》と陽光が降り注いできた。陽は西の果てに差しかかり、あまりのまぶしさに東原は目を細めた。

整備テントの方角に目を向ける。

とたんに東原の表情はこわばった。テントは跡形《あとかた》もなく消えていた。あたりには部品の残骸《ざんがい》が散らばり、何故か士魂号の頭部らしきものが地上に露出《ろしゅつ》していた。

あたりはしんとして人気《ひとけ》がない。

「ふぇぇ……」

東原は懸命に嗚咽を堪えた。そして声の限りに皆の名を呼んだ。

「たかちゃん、未央ちゃん、ヨーコちゃん。かくれてないでへんじして！」

「どうした、東原？」

狩谷の不安げな声が下から聞こえた。

「大ちゃん、真紀ちゃん――」

がらがらと土砂が崩れる音がした。東原が目を向けると、土の中からにゅっと手が突き出て全身泥まみれになった田辺が顔を出した。眼鏡にはヒビが入り、特徴的《とくちょうてき》な青い髪も元の色がわからなくなっている。

「東原……さん？」

田辺はきょとんとした顔で東原を見つめた。

「真紀ちゃん！」

東原は駆け寄ると、田辺の身体にむしゃぶりついた。湿った土のにおいがしたが、そんなことはかまわなかった。

「良かった。無事で」

「真紀ちゃん、真紀ちゃん……！」

「そ、そんなに喜ばれると、なんだか照れくさいです。けど……」

東原の髪を撫《な》でながら田辺はつぶやいた。

「急に地面が陥没《かんぼつ》して。何だったのかしら」

「たぶん、昔の防空壕《ぼうくうごう》か何かとちゃうやろか。まったく、こんなよわよわな地盤《じばん》のところでドンパチやらせるなんて。陣地造るならちゃんと調査《ちょうさ》しいや。うう、気持ちわる」

加藤祭が土中から這い出してきた。ぶるんと首を振ると、口の中の土を吐き出した。東原の姿を認めると、「なっちゃん、おとなにしてた？」と尋ねた。

「うん。いっしょにメロンパン、食べたよ」

「あはは、サンキュや東原さん。迎えに行ってくる」

「原さん、原さん、死んじゃだめです！」

新井木は涙声で運転席に突っ伏す原に呼びかけた。幻獣の群れに突っ込んで、それから……急に目の前が真っ暗になった。

気がついたら車体は斜めに傾ぎ、瓦礫と土砂に埋もれていた。原はハンドルで胸を打ったらしい、突っ伏したまま動かなかった。

「ねえ原さん、何とか言ってくださいよ！　助かるんだったら、僕、なんでもしちゃう。好きな噂話《うわさばなし》もやめるし、人の悪口だって言わない。原さんっ！」

「聞いちゃった」

「え……？」

原は身を起こすと、茫然とする新井木に笑いかけた。

「やっぱりウォードレスさまさまよね。これさえ着ていれば交通事故も平気、なんてね」

「あ、そうか」

そのことを忘れていた。ウォードレスを着ていなければ、自分もただじゃ済まなかった。

「ほほほ、聞いちゃったからね。自分の好きなことを禁じられるって辛いものよ。噂話と悪口、やめるんでしょ？　人生の楽しみを半分放棄《ほうき》するようなものね」

「そ、そんなぁ」

「これからは無口《むくち》でしとやかな新井木さんで売り出すのね。けっこう人気が出るかもよ」


「うむ。こりゃあけっこう深く埋まっているな」

若宮の可憐《かれん》は四本の腕で精力《せいりょく》的に土を掻《か》き出していた。滝川の二番機はその重量もあって、地中深く埋まっていた。

森と田代、そして茜は地上からこわごわと下をのぞきこんでいる。

「で、どうなんだ？　助けられる……のか？」

田代は不安げに若宮に尋ねた。

「なんだなんだ、おまえ、やけに熱心だな。滝川の看護婦さんやるなんて言って、怪しいとは思っていたが。そうか、おまえがなあ」

「お、俺は別に……！」

田代が顔を赤らめると、若宮は呵々と笑った。

茜はちらと姉の顔を見た。表情が硬い。こわばっている。

「ファイトだ、姉さん」

言ってしまってから茜は後悔した。森は不機嫌に茜を見て言った。

「何がファイトよ。え、言ってみなさい」

「だから、滝川のことさ。僕は姉さんを応援している。あんな暴力女に負けるな」

「馬鹿大介！　勝ち負けの問題じゃないの！」

茜は耳を塞《ふさ》いで、おそるおそる言った。

「あっ、暴力女が若宮を手伝っているぜ。滝川をまた助ける気だ。姉さんは……」

言い終わらぬうちに、森は身を躍《おど》らせて地下に飛び下りた。


「島村、起きろ」

誰かが頬を触っている。はっとして目を開けると、来須の視線と合った。傍らにはヨーコがにっこりと微笑んでいる。

「あの……わたし、どうしたんでしょう？」

「土の下に埋まっていた。死なずに済んだというわけだ」

「そう……ですか。隊の子達は？」

「何人か怪我していますけど、命はダイジョブ」

ヨーコの手がすっと伸びて、島村の顔をぬぐった。

「泥だらけデス。水道見つけて顔をきれいにしましょうネ」

ふたりに見守られて、島村は恥ずかしそうにうつむいた。

「どうしてわたしを……」

助けてくれたんですか？　そう尋ねたかった。来須とヨーコは一瞬、視線を合わせると、無《む》言《ごん》で言葉を譲《ゆず》り合った。

「俺だって、生きて欲しいと思うやつはいる」来須がぼそりとつぶやいた。

「島村サンは戦争なんかで死ぬ人じゃありません。来須さん、あなたを死なせたくなかったネ。わたしもそう思いますデス」


「なっちゃん……？」

階段を下りる音がして、加藤がおそるおそる呼びかけてきた。

狩谷は車椅子を動かそうとして、はっとなった。身を固くして拒絶の姿勢を取る。加藤が近づく気配がした。

「無事で良かった。暗いところに閉じ込めて、ごめんね」

狩谷が不機嫌に顔を上げると、加藤はにこっと笑った。

「悪運が強い女だな。また僕を悩ます気かい？」

「あはは。その調子や！　わたし、なんとなく悟ったよ」

「何をだ？」

「わたしってつくづく業《ごう》の深い女やって。なっちゃんを傷つけんと生きられん」

「馬鹿なことを……」

狩谷がそっぽを向くと、加藤はつかつかと近づいた。すばやく狩谷の顎《あご》を掴んで、前《まえ》かがみになった。

「こ、こら！　何を……」

「だから堪忍《かんにん》な。わたし、ずっとなっちゃんにつきまとうから」

加藤にささやかれて、狩谷はぐったりと肩を落とした。馬鹿女め、つきまといたいだけつきまとうがいいさ――。


「どうやら助かったみたいだな」

瀬戸口の声に壬生屋は我に返った。あれから無我夢中《むがむちゅう》で一番機を走らせた。指揮車はレーザーの直撃を受け、炎上は免れたものの、横倒しになっていた。壬生屋はその上にかばうように覆《おお》い被《かぶ》さった。直撃をくらったらともに死ぬ不安に怯えつつ、一番機は指揮車を守り続けた。

「運が良かったです。あの……今度また」壬生屋は顔を赤らめて、言葉を呑み込んだ。

「今度また、なんだ？」

「もし、その……お嫌でなければ、歌を聴かせていただけませんか？　あ、やっぱり無理ですよね。あの時はわたくしが疲れていて、わがまま言ったから。だからわたくしって嫌われるんですよね……」

「何言ってるんだ」

「あの……」壬生屋は右手で、何故かのの字を書いていた。

「歌ってもいいけど、高いよ」

「あ……はいっ！」

瀬戸口が耳を押さえるほど、壬生屋は元気よく応えた。高いってどれくらいかしら？　壬生屋はがま口の中味を頭の中で数えていた。

「ののみさんがずっと祈っていてくれたんですね」

東原が振り向くと、岩田が立っていた。げっそりとやつれ、見るも無惨《むざん》な様子だが、ノーマルな状態に戻っているようだ。

「裕ちゃん」東原が跳ねるようにして近づくと、岩田は照れくさげに笑った。ふたりの目の前を滝川が若宮と来須に抱えられ、喚《わめ》きながら運ばれてゆく。何故か森と田代と、それから茜がつき添っている。

「ののみさん、約束したアレですが……」

岩田が口を開こうとした時、東原が「あ、素子ちゃんだ！」と声をあげた。

原が新井木を引き連れ、東原の前に立った。

「指揮車のみんなは無事よ。また一緒に働けるわね、東原さん」

「うん！」東原は元気よく応えたが、やがてふっと真顔になった。

「あっちゃんと舞ちゃんはどうしたの？」

「ええ……通信が切れているの。最後に壬生屋さんが会ったって……ああ、ごねんね、最後だなんて。ふたりとも、きっと無事よ」

原はやさしく微笑むと、東原の頭に手を置いた。

「うん。わたし、しんじてる。あっちゃんも舞ちゃんも、きっとただいまってここにかえってくるの。わたし、ずっとずっとまってる」

東原はそう言うと、茜《あかね》色に染まった空を見上げた。

第四話

帰還

……かくして5121小隊は海へと。光と潮騒に満たされた世界にわたしはいる。ここは楽園。涙が出るほど貧弱でささやかな楽園だけど、今のわたしにとっては最高ね。こうして潮風にあたっていると、昨日の戦いの記憶が癒される。最高といえば一番なのが、速水君と芝村さんが戻ってきたこと。決して弱音を吐かず、どんな状況下でも淡々と戦い続けるふたりだから、実は心配していた。知らぬまに限界を超えて、戻れなくなってしまったのではないか——とね。今朝、ふたりの顔を見て、わたしは本当に嬉しかった。かわいそうに、たった一日で別人のようにやつれ、消耗したふたりを見たら泣けてきて、思わず芝村さんに抱きついてしまった。なぜ泣けてきたかって？　決まっているじゃない。ふたりが懸命に生き延びて、皆のところに帰ってきてくれたから。お伽話はめでたしめでたしで終わったから。

（原素子『原日記』より）

熊本城《くまもとじょう》攻防戦《こうぼうせん》の翌朝《よくあさ》、５１２１小隊《しょうたい》の本拠地《ほんきょち》である尚敬校《しょうけいこう》は臨時《りんじ》の野戦《やせん》病院《びょういん》となっていた。教室という教室にはベッドが運び込まれ、屋外《おくがい》には高機能《こうきのう》救急車《きゅうきゅうしゃ》やＣＴスキャン搭《とう》載車《さいしゃ》など、医療《いりょう》関係の車両が並んでいた。

普段《ふだん》は人気《ひとけ》のないグラウンドも例外ではなかった。工兵隊《こうへいたい》によってプレハブ病棟《びょうとう》が建設《けんせつ》され、負傷兵《ふしょうへい》がひっきりなしに行《い》き交《か》い、医務官《いむかん》や衛生兵《えいせいへい》がせわしなく走りまわっていた。

地響《じひび》きが聞こえた。ひとりの衛生兵が、点滴《てんてき》のモジュールを抱《かか》えたまま立ち尽《つ》くした。グラウンド土手《どて》の縁《へり》に巨人の頭がぬっと現れた。眼球《がんきゅう》の代わりとなるレーダードームが点滅《てんめつ》し、付近を走査《そうさ》したかと思うと、巨人は土手を越え、グラウンドに降り立った。士魂号複座型《スピリット・オブ・ナイト》突撃仕《とつげきし》様《よう》。灰色の都市型迷彩《めいさい》を施《ほどこ》された機体は全身、埃《ほこり》と煤《すす》にまみれ、ところどころに無惨《むざん》な傷痕《きずあと》をつくっていた。九メートルの巨人は、兵らが見守るなか、ゆっくりとグラウンドにうずくまった。その圧倒的《あっとうてき》な存在感《そんざいかん》に、誰もが言葉を失った。

白衣《はくい》を着た女性の医務官が、思い切って士《し》魂号《こんごう》に近づいた。

「ここは野戦病院です。ただちに退去《たいきょ》するように！」

士魂号のレーダードームが医務官を認めた。医務官は思わず後ずさった。しかし、次の瞬《しゅん》間《かん》、拡声器《かくせいき》から聞こえてきたのは穏《おだ》やかな声だった。

「あ、すみません。驚かせちゃって。けど、ここは僕達の学校なんですよ。……僕達、帰ってきただけなんです」

「なんですって……？」

　コクピットが開き、ふたりの学兵《がくへい》が地上に降り立った。速水厚志《はやみあつし》と芝村舞《しばむらまい》だった。ふたりの顔を見て、医務官は息を呑《の》んだ。舞の消耗《しょうもう》ぶりはひどかった。目元には隈《くま》ができ、細面《ほそおもて》の鋭い顔はさらに肉が削《そ》げ落ち、いっそう鋭《するど》さを増している。ただ、生き生きとしたまなざしだけは変わりがなかった。

　その隣には速水厚志がパートナーを守るように立っている。厚志もやつれがめだっているが、ぽややんとした笑顔は相変わらずだ。

「どこに停《と》めるか悩《なや》んだんですけど、グラウンドならスペースがあるかなと思って」

　医務官はようやく事情を悟《さと》った。ふたりは昨日《きのう》の戦闘《せんとう》から今、やっと帰ってきたのだ。

「ごめんなさいね。怪我《けが》はないかしら？」

「ええ、大丈夫《だいじょうぶ》です。そうだ、５１２１小隊がどうなったか、ご存《ぞん》じですか？」

「さあ、わたし達は今朝《けさ》着いたばかりなの。申し訳ないけど、自分達で探して。校内のことは君達のほうが詳《くわ》しいでしょう」

「そうですね、それじゃ失礼します」

　厚志は頭を下げると、憮然《ぶぜん》として押し黙る舞をうながしてその場を去った。

　ふたりはにわかに人口過密《かみつ》地帯となった校内を見てまわっていた。途中《とちゅう》、担架《たんか》に載《の》せられ救《きゅう》急治療室《きゅうちりょうしつ》に運ばれる負傷者や、隊の仲間に支えられ治療室に向かう兵と何度もすれ違った。

「帰ってきたね」

「ああ、ずいぶんと校内も様変《さまが》わりしているがな」

舞は忌々《いまいま》しげに言った。

「どこに行っても消毒液《しょうどくえき》のにおいがする。けど病院になったんだからしかたがないか」

「戻ってきたのですね」

声がかかった。振り返ると、善行忠孝《ぜんぎょうただたか》がたたずんでいた。

「ご苦労さまです」善行が敬礼《けいれい》をすると、厚志は赤くなった。

「な、なんだか照《て》れますね。あっ、そうか、敬礼……」

厚志がぎこちなく敬礼を返すと、舞も指先をぴしっと伸ばして敬礼した。

「ただ今、植木《うえき》陣地《じんち》より帰還《きかん》した」

「ええ……」

善行はふたりの苦労を思った。熊本城攻防戦の最終局面《きょくめん》、ふたりは陥落《かんらく》寸前の陣地に救援として赴《おもむ》いたのだ。戦略的《せんりゃくてき》に考えれば無意味な行動である。植木陣地にしろ公園北側陣地にしろ、あの時点で全滅《ぜんめつ》したとしても全体の作戦には影響《えいきょう》がなかった。しかし自分が隊員を守ろうとしたように、ふたりは少しでも多くの将兵《しょうへい》を救おうとしたのだろう。

「実は植木の指揮官《しきかん》から聞いています。よくやってくれたと。わたしはあなた達を誇《ほこ》りに思います」

「大げさな。それ以上、言うな。背中がムズ痒《がゆ》くなる」

「そうですよ。そんなに大したことはしていないし。僕は適当なところで切り上げようと思ったんですけど、舞にせがまれちゃって。しょうがないからつき合ったんです」

厚志が笑って言うと、舞は口を尖《とが》らせた。

「なんだそれは。それではわたしが駄々《だだ》っ子のようではないか！」

「あはは、冗談《じょうだん》。けど舞とパートナーを組んで、あの時ほど良かったと思えたことはなかった。なんだか僕自身が救われた気がする」

「そなたのことなんて知らぬ」

ふたりは互いに顔を赤らめながら言葉を応酬《おうしゅう》している。善行はかぶりを振ると、おもむろに懐《ふところ》に忍ばせたデジカメでふたりを写した。

「な、なにをするっ！」

抗議《こうぎ》する舞にかまわず、善行は澄《す》ました顔でふたりに向き直った。

「仲の良いふたりを写したくなりましてね。写真ができたら送りますよ。今はゆっくり身体を休めてください」

「あ、はい。けど、その前に、隊のみんなの顔を見たくて。皆《みな》、無事ですか？」

「奇跡《きせき》的に。今は一組教室に集まっているはずです」

病室となった一組教室のベッドには滝川陽平《たきがわようへい》がひとり、ギプスで固められた右足を吊《つ》って横たわっている。他の隊員達はいずれも軽傷だが、よほどこの場所が気に入ったのか、それとも他に行く場所がないのか、何故《なぜ》か滝川のベッドのまわりにたむろしている。加藤祭《かとうまつり》は隅《すみ》に寄せられた机と椅子《いす》を引っぱり出して、ノートを広げ電卓《でんたく》を手に何やら計算しているし、隣では車椅子に座った狩谷夏樹《かりやなつき》がノートをのぞきこんでは時折文句《ときおりもんく》を言っている。中村光弘《なかむらみつひろ》と岩田裕《いわたひろむ》は床《ゆか》にじかに寝そべって、「フフフ、あの白足袋《しろたび》は実は新品を買ってきたものだったのだぁ…」、「だ、だましたな……！」などとふたりだけにしかわからない会話を楽しんでいる。来須銀河《くるすぎんが》は窓際《まどぎわ》にたたずんで、むっつりと外の風景を眺《なが》めていた。そのすぐ横ではヨーコ小杉《こすぎ》と田辺真紀《たなべまき》が東原《ひがしはら》ののみのために折り紙を折ってやっていた。遠坂圭吾《とおさかけいご》はそんな三人をやさしい目で見守りながら、——本来なら禁止されているはずの携帯電話で何やら話し込んでいる。さらに——その側《そば》では若宮が何故か熱心に腕《うで》立て伏《ふ》せをしていた。

病室の空《あ》き状況《じょうきょう》を調べにきた衛生兵は、教室の様子《ようす》を見るなりあわてて引き返していった。どうやら戦場神経症《せんじょうしんけいしょう》の患者《かんじゃ》が集まっている部屋とでも思ったようだ。

「姉さん、しっかりしろよ。ぼんやりしてる場合じゃないだろ」

こう耳打ちされて、森精華《もりせいか》は顔を赤らめ茜大介《あかねだいすけ》をにらみつけた。森の視線の先にはベッドで寝ている滝川がいた。その傍らでは田代香織《たしろかおり》がつきっきりで滝川の世話をしていた。

「どうしたんだ、姉さん？」

茜のささやく声。茜は大げさに包帯《ほうたい》を頭に巻いている。インド人の出来損《できそこ》ない、と森は密《ひそ》かに罵《ののし》った。しかしいつまでもためらっているわけにはゆかない。滝川君は隊で一番の重傷を負《お》ったのだ。見舞いをして当然だ。森は意を決して滝川のベッドに歩《あゆ》み寄った。

「あの……具合はどうですか？」

「……わかんねえよ。なあ、右足、あるよな。感覚が全然ないんだ」

滝川は身を起こすこともできず、気弱《きよわ》に言った。なんだか顔がひとまわり小さくなったように見える。右足を吊って、腕には点滴《てんてき》をしている。あの元気のいい滝川君が、と思うと森は悲しくなった。

「ちぇっ、おまえって本当に情けねえやつだな。右足ならあるよ。目の前にぶら下がってるじゃねえか」

田代が忌々しげにギプスを指差した。ギプスには隊員達がマジックで思い思いのメッセージを書き込んでいた。誰が書いたか、「根性」の二文字がミスマッチで笑える。

「にせものかもしれないじゃん。ショックを与えないように。足がなくなったら、俺……」

「だからぁ、そんなことないって言ってるだろ。わかんねえやつ」

「田代さん、滝川君は病人なんです。もう少しやさしく言ってあげて！」

言ってしまってから、森は気まずげに横を向いた。田代が息を呑む気配がした。周囲《しゅうい》の視線を感じて、森の頬は真っ赤になった。

「じゃあ甘やかすようなこと言ってればいいのかよ。俺はこいつと一緒《いっしょ》に戦ったんだ。早いとこ元気になって欲しいんだよ」

「それはわかるけど、田代さんの言い方はきついんです。気をつけてって言ってるんです」

後へは引けなくなって、森は勇気を出して田代と視線を合わせた。

「ちっ、きいた風なこと言うんじゃねえ」

「な、なあ、ふたりともどうしたんだ？　こんなところで喧嘩《けんか》するの、よそうぜ」

滝川が見かねて声をかけた。

「滝川」懐《なつ》かしい声がした。滝川がはっとして顔を上げると、教室の入り口で厚志が笑っていた。隣では舞もうっすらと笑みを浮かべている。

「速水——、芝村も。良かった！」

滝川は体を起こそうとして、田代らに止められた。

「皆、無事で良かった。本当に」厚志の穏やかな声。

「……な、なあ、おまえら、幽霊《ゆうれい》じゃねえよな。顔色、悪いぜ」

こう軽口《かるくち》をたたきながらも田代は、ふたりを思いやった。ふたりは隊でも極めつきの変わり者のカップルだったが、自分などの想像もつかない過酷《かこく》な戦いを切り抜けてきたのだろう。田代は何故か手を合わせたくなった。

「幽霊だなんて。速水君と芝村さんが気の毒です。ご苦労さまです」

森は照れくさそうに顔を赤らめ、ふたりをねぎらった。可哀相《かわいそう》に。なんという顔色。ふたりとも決してたくましい体つきではない。疲れやつれてひとまわり体が小さくなったような感じだが、目だけは生き生きとした光を放っている。速水君と芝村さんに何があったのかはわからない。ただ、ふたりがわたし達を守ってくれたんだ、と直感的に思った。

「あっちゃん、舞ちゃん――！」東原が駆け寄って、ふたりに抱きついた。

「そんなに喜ばれると、なんだか恥ずかしいよ。それに僕達、帰ってきたばかりだから……」

厚志はくんと鼻をうごめかせた。

「うん、ちょっと独特なにおいがするね。近寄らないほうがいいよ」

「そんなのいいもん。わたし、ずっと待っていたんだもん」東原は言い募《つの》った。

「そうなんですよ。東原さん、昨日《きのう》からおふたりのことばっかり口にして。だから少しは気が紛《まぎ》れるかと思って……」

田辺が折《お》り鶴《づる》を示した。傍らではヨーコがにこっと笑いかけていた。

厚志が黙って笑みを返すと、ヨーコは嬉《うれ》しそうにうなずいた。

「それじゃまあ、生還《せいかん》記念だけん、ふんなら、ぱあっとやるばい！」

中村が皆を仕切るように口を開いた。

「ぱあっと……？」森が首を傾《かし》げた。

「こぎゃん時は昔っから闇鍋《やみなべ》ばやるもんと決まっとっと」

「ふむ。そなたの厚意《こうい》はありがたいが、残念ながら食欲がない。それよりわたしは……」

舞は言葉を区切って、考え込んだ。やっぱり言うのをやめようと思った時、全員の目が自分に注《そそ》がれているのを感じて、しぶしぶと口にした。

「……海が見たい気分だ」

とたんに、ウォォと歓声《かんせい》があがった。舞は内心で舌打ちをして、厚志と顔を見合わせた。

「あー、今のはほんの思いつきだ。忘れて欲しい」

「なんの。そらよかアイデアたい！」

「そうやね。そんなセリフが似合うのは芝村さんくらいやね。大賛成っと」

加藤祭が嬉々《きき》として応じた。

「今から車を転がせば昼前には海岸につく。一日砂浜《すなはま》に寝そべって、潮風《しおかぜ》に当たって頭ん中空《から》っぽにするんだ。きっと楽しいぜ！」

田代が目を輝かせて言った。小休止《しょうきゅうし》をしていた小隊が急に活気づいたようだった。

「けど滝川が……」本気か？　厚志が困惑《こんわく》して言うと、田代は大きくうなずいた。

「ああ、こいつも連れて行こう。大丈夫、死にやしねえよ。よし、俺は車椅子の用意をする」

「ふんなら俺と加藤は車の手配をするばい。森と、そーだな、速水、芝村は原《はら》さんば探して許《きょ》可《か》をもらうがよか。他のみんなは残りの連中を探すばいね」

「……待ってくれ。俺、眠いんだよ」滝川は事態《じたい》の急変にあわてて言った。

「よしよし、おまえは眠ってろ。海についたら起こしてやるからな。楽しみにしてろよ」

田代は生き生きとした表情で、滝川に笑いかけた。


「ちょっと、わたしの番はまだ？　これでも重傷なんですからね」

待合室では原素子《もとこ》が衛生兵を呼び止め、文句をつけていた。隣には新井木《あらいぎ》勇美《ゆうみ》がつき添っている。

「あの……原さんって重傷でしたっけ？」

「何を言ってるの。ほら、ここよ、ここ！」

原は右の頰を指差した。小指の先ほどの切り傷が辛《かろ》うじてわかる。見ようによっては蚊《か》に刺されたと見えなくもない。

「それ重傷……なんですか？」

「わかってないわね。認識《にんしき》が甘いわ。顔の傷じゃない。女にとっては重傷なのよ！　デートの日までになんとしても治さないと」

憤然《ふんぜん》として言い募《つの》る原に、新井木は毒気《どくけ》を抜かれたような顔になった。なんだか前にも増してパワフルになったような気がする。それにデートってなんのことだ？

「僕、帰っていいですか？」

「だめ。あなたはつき添いなんだから。どうせヒマなんでしょ。デートの予定とかあるの？」

「萌《もえ》りんのお見舞いに行こうと思って」

指揮車《しきしゃ》運転手の石津《いしづ》萌は、車両が横倒しになった際、右肩を脱臼《だっきゅう》していた。

「ああ、石津さんね。脱臼は癖《くせ》になるから気をつけるようにって」

やっと解放される。新井木はほっとして、席を立とうとした。と、ふたりの前に速水、芝村が並んで立った。

「あー、速水君に芝村さん！　どうしてたの？」

新井木は思わず大声をだして、周囲の顰蹙《ひんしゅく》を買った。原はしげしげとふたりを見比べ、立ち上がるとやおら舞を抱きしめた。

「な、な、なにをっ……！」真っ赤になってじたばたする舞の耳元で原はささやいた。

「おかえりなさいのご挨拶《あいさつ》。速水君にこうすると、芝村さん怒るでしょ？」

「む、それは……わたしの許可がいるな」

「戦争、たくさんした？」原は独特な表現で、気遣《きづか》った。

「……そうだな。たくさん、したな」

原の言葉にとまどいながら、舞の脳裏《のうり》を昨日の死闘《しとう》がふっとかすめ過ぎた。こんな風に能天気に表現するのが一番よいかもしれぬ、と舞は思った。

「あなた達のことだから心配はしていなかったけど、よく……帰ってきたわね」

「ああ、何があっても帰ろうと思った」

「本当におかえりなさい」

原のぬくもりを感じ、舞はつかのま目をつぶった。

「ええ、と。ちょっといいですか、原さん……?」

厚志が声をかけると、原はやっと舞を放した。舞は顔を赤らめ、肩で息をしている。

「そうか、速水君も、ほら」原は大らかな気分で両腕を広げた。

「……ほらって言われても困りますよ。森さん、あとはよろしく」

厚志が呼ぶと、森が気まずげな顔で出入り口から顔をのぞかせた。もじもじしている。原が愛想《あいそ》よく笑いかけると、やっと近づいてきた。

「あの、じつは原先輩におりいってお話があるんです」

「話って何?」

「その……みんなで海に行きませんか? 緊急動議《きんきゅうどうぎ》です。原先輩が承諾《しょうだく》してくれれば、会議は成り立って。だから……」

森は言いにくそうだ。原は目を見開いた。

「あ、だめならいいんです。すいません、変なこと言っちゃって」

「森さん、ナイス! そうね、今日一日、仕事どころじゃないもんね。はい、緊急動議、受理《じゅり》しました。ええと、五人いるから会議開催《かいさい》。わたし、賛成ね」

「わたしも賛成です」と森。

「賛成……です」と厚志。

「賛成……なのだろうか」舞は首を傾げたが、あっさりと賛成票に数えられた。

「新井木さんも賛成っと。それじゃ決まりね。るん♪」

「るん……」厚志があきれてつぶやくと、舞と森、新井木は恥ずかしげに下を向いた。

「まさかおまえまで来るとはな。断《ことわ》るかと思ったぞ」

別の車両では若宮があきれ顔で来須に話しかけていた。来須は黙って海を眺めていたが、ふと若宮に向き直った。

「おまえはどうなんだ?」

「俺は個人的には反対だが、善行さんが行くというなら従うまでさ。まったく……死ぬ思いをしても素人《しろうと》っぽいところは変わらん」

若宮は忌々しげに言った。潮風のにおいに知らずわくわくしてしまっている自分が情けなかった。本来なら5121小隊をプロの軍人らしくするため配属《はいぞく》された自分が、いつのまにかこんなことになっている。

「素人だから乗り切れた。他の隊は知らんが、この小隊はそうだ」

「うむ……それにしても海に、なあ」

まあいいか、と若宮はそれ以上考えるのをあきらめ、荷台《にだい》の奥に目をやった。奥では厚志と舞が肩を寄せ合って眠っている。作戦についてよけいなことを考えないのが若宮のモットーだが、ふたりがくぐり抜けてきた修羅場《しゅらば》は容易《ようい》に想像することができた。たった一晩《ひとばん》で顔つきや、雰囲気《ふんいき》までもが変わってしまった。笑みを消して黙っていると、ぞくりとするような鋭く精悍《せいかん》な戦士の顔が剥《む》き出しになる。本人達も薄々《うすうす》自覚《じかく》しているらしく、「(整備班ではなく)来須達と一緒の荷台に頼む」と言ったきり、ひたすら睡眠《すいみん》を貪《むさぼ》っている。

「寝ているな。こいつら、げっそりとしちまって……」

若宮が鼻をすすりあげてつぶやくと、来須は黙ってうなずいた。今はあどけない顔で寝ているふたりが救った命は数え切れないだろう。来須はやさしげに口許をほころばせると飽《あ》かずふたりの寝顔を見守った。

波の音が聞こえる。目の前には陽光《ようこう》を反射して輝く海があった。お肌の大敵《たいてき》である潮風すら心地よい。補給車から砂浜に降り立って、原は大きく伸びをした。

「うーん、心が洗われるようだわ。昨日まで戦争してたなんて嘘《うそ》みたいね」

「ほんと。風が気持ちいいです。来て良かったって感じ」

新井木も原のまねをして伸びをした。隣に停まったトレーラーからは、隊員達が大わらわで車椅子ごと滝川と狩谷を下ろしている。

「さあ、今日一日、自由行動よ。遊んでらっしゃい」

原に言われて、新井木は隊員達のところに駆けていった。原は用心深くあたりを見まわした。隊員達は砂浜に出るとひと塊《かたまり》になって何やら相談している。誰も見ていない。原は澄ました顔で指揮車のほうに歩いていった。

「突飛《とっぴ》な提案《ていあん》とはじめは思いましたが、来て良かったですよ」

指揮車の上から声がかかった。見上げると善行が笑いかけていた。

「瀬戸口君達は？」

「追い出しました。というより、わたしが置いていかれたというほうが正しいですね」

善行の視線を追うと、瀬戸口は壬生屋と連れ立って波打ち際を歩いていた。原は何気ない風を装《よそお》って善行の隣に座った。

「奇跡《きせき》って……あるものよね」

「ええ、わたしには無縁《むえん》なものと思っていましたが。少し照れくさいですね」

砂浜の奥まったところは小高い丘になっており、青々と松《まつ》が茂っていた。中村は一本の松の幹《みき》にもたれかかって、隊員達を見まわしていた。

「ふんなら、最初は森にするばい」

「え、わたし……？」森は緊張した面《おも》もちで松の木に歩《あゆ》み寄った。

「じゃあ、行くぞ」

中村は言うと、やおら森の体をくすぐりはじめた。「ま、まってよ。わたし達、少しはオトナにならなきゃ。きゃ――」ほどなく森は泣き笑いの表情になった。

「ふっふっふ。誰も助けんなら、このままくすぐり続けるたい」セクハラ大魔王《だいまおう》のような憎々《にくにく》しげな表情で中村は一同を挑発《ちょうはつ》した。

これは熊本某所《くまもとぼうしょ》で爆発的に流行《はや》りはじめた「くすぐられ大王」という遊びだ。くすぐり攻撃を受ける大王の危機《きき》を救うために、家臣《かしん》の誰かが身代わりになることを申し出る。しかし現実は甘くはないのである。名乗り出た家臣は、次の瞬間から自動的に大王になってしまい、過去の大王からくすぐり攻撃を受ける。これを見かねた家臣がまた自己犠牲《じこぎせい》の精神を発揮《はっき》し、といった具合に、以後延々《えんえん》とその繰り返しとなる。

「くすぐり大王」は集団によるイジメではないか、と指摘《してき》された結果、しだいに廃《すた》れ、代わって盛《さか》んになってきたのが、この「くすぐられ大王」であった。

この遊びには、仲間を思いやる自己犠牲の精神と、次の瞬間には裏切られる「人生の厳しさ」が込められている――らしい。

ともあれ、イの一番に森を選んでくすぐり攻撃を仕掛けるという中村のセクハラめいた行為《こうい》に全員の非難が集中した。

「中村君、それはやりすぎ。森さん、泣いてる。どうして岩田君とか遠坂君にしないんや?」

非難の声はあがるが、皆、牽制《けんせい》し合ってなかなか自己犠牲の精神を発揮する者はいない。

「しょーがねえな。滝川が森を助けるってよ！」

田代が車椅子を四苦八苦《しくはっく》して押した。滝川は何が起こったかわからず、寝ぼけ眼《まなこ》で、

「ちょっと待て。俺は休みたいんだよ……」

と弱々しく抗議《こうぎ》をするが、皆、歓声をあげて滝川を車椅子ごと森の側に押しやった。

「ごめんね、滝川君。こんな遊びに巻き込んじゃって」

顔を赤らめ恥じらう森を、滝川はまぶしそうに見た。——目が覚めた。

「ちぇっ、しょうがねえな。決まりなんだろ。くすぐっていいよ」

森はそっとギプスに包まれた滝川の右足に触れた。小声で耳打ちする。

「わたしが車椅子を押しますからデートしましょう。こう見えてもわたし、力はあるんです」

「……へへっ、ちょっとは元気が出てきた、かな？」

滝川が微笑《ほほえ》むと、家臣達からクレームがついた。

「おおい、滝川、もっと辛《つら》そうに笑ってくれよ。そんなんじゃ誰も助けてくれないぞ！」茜が声を張りあげた。

「じゃあ……ははは」滝川は写真を撮《と》られる時のような笑顔になった。

「大介、滝川君は重傷なの。あんたには思いやりはないの？」

「くそっ、わかったよ！　じゃあ僕が名乗り出てやる。中村、姉さん、滝川、僕をくすぐれ」

ほどなく茜は地面を転げまわることとなった。しかし……不幸なことに茜を助けようとする家臣は現れなかった。日頃《ひごろ》から人づき合いを嫌っていた報《むく》いだろうか、誰もが茜の災難《さいなん》を見守っている。重く、気まずい空気が流れた。

「大ちゃん、いま、たすけるからねっ！」そんな空気を一掃《いっそう》するような声。

たったっと駆けてくる東原を見て、茜は不覚《ふかく》にも涙ぐんだ。東原ってなんていい子なんだ。まるで天使《てんし》のようじゃないか。

「ねえねえ、くすぐってくすぐって！」東原は状況そのものが嬉しいようだ。

「東原さん、ありがとう。大介って嫌われ者だから」

「どうして姉さんが礼を言うんだ？　嫌われ者ってなんだ？　おい中村、この遊び、変だぞ」

茜が憤然《ふんぜん》と言うと、中村はうんねと首を振った。

「これでぬしゃ東原のやさしさを知った。今、けっこう幸せな気分のはずたい。さあ、つべこべ言わんで東原をくすぐるたい」

こうして「くすぐられ大王」は時に重苦しい空気をはらみ、時に隊員達につかのまの幸福を与え、進んでいった。にこりとも笑わぬ来須に、かえって皆大笑いし、加藤と狩谷の寸劇《すんげき》にも似たやりとりを楽しく見物《けんぶつ》した。

「加藤を助けてやれ、狩谷」の声を頑《かたく》なに拒否する狩谷。加藤はくすぐられながらもちらちらと狩谷のほうをうかがっている。しまいにはリングに乱入《らんにゅう》する反則《はんそく》レスラーよろしく、若宮と来須が狩谷を車椅子ごと持ち上げた。

「……志願するそうだ」

来須……参加しているのか？　来須の声に誰もが耳を疑ったが、次の瞬間にはわっと狩谷に殺到《さっとう》した。「やめろ、こんなこと馬鹿げている！」と必死に抵抗する狩谷を寄ってたかって強引《ごういん》に笑わせた。後になるに従って、志願者は多数のくすぐり攻撃を受けることとなり、笑いのグレードも増していった。

「あはは。ちょっと待ってよ。た、助けて、舞っ！」

厚志は大げさに砂浜を転がって、舞に助けを求めた。舞は腕組みを崩さず、精悍《せいかん》な笑いを浮かべ、そんな厚志を見守っている。

「我《われ》らは生き抜いたな」状況をまったく無視した舞の言葉に、厚志は顔を上げてうなずいた。

「そうだね。僕達は今、穏《おだ》やかな日溜《ひだ》まりの中にいる。幸福だ」

ふたりは最後まで戦い抜いた。それは決して報われることのない孤独な戦いだった。どこかの誰かの未来のために――ただそれだけを念じて彼らは戦い続けた。

厚志の脳裏に昨日の光景がよみがえった。

死闘の果てに静寂《せいじゃく》に包まれた世界があった。疲労《ひろう》し、三番機を降りたふたりの目の前には荒涼とした戦場の風景が広がっていた。

誰もいないのか？　皆、死んでしまったのか？

厚志が陣地の方角に目を凝《こ》らすと、トーチカの陰からひとりの戦車随伴歩兵《スカウト》がよろめき出てきた。兵はライフルを高々と掲げ、ふたりに挨拶を送ってきた。

　それが合図であるかのように、いたるところから兵が這い出してきた。ある者は生まじめに敬礼し、ある者は手にしたライフルを何度も何度も打ち振ってみせた。

　厚志は傍らの舞を顧《かえり》みた。舞はそっと手を伸ばし、厚志の涙をぬぐった。人目は気にならなかった。ふたりはどちらからともなく互いの体を抱きしめていた。ウォードレス越しの抱擁《ほうよう》。しかし厚志は確実に舞のぬくもりを感じた。それから……ふたりは陣地に入り、肩を寄せ合って眠った。

「それで……僕を助けてくれるの？」

　舞も同じことを思い出していたらしい。厚志の言葉に我《われ》に返ると、かぁっと顔を赤らめた。

「た、たわけ……！　そなたなど知らぬ。猫にでも助けてもらうがよい」

「待って、待ってよ。心臓《しんぞう》が弱っているんだ。これ以上くすぐられたら僕は……」

「なんだと！　案ずるな、今すぐに行くぞ！」

　隊員達は手を休め、あきれてふたりのやりとりを見守った。ほどなく、憤然《ふんぜん》とした舞の声が聞こえ、あわてて逃げ去る厚志の背が見えた。ふたつの影は波打ち際を走り、そのまま海中に躍《おど》り込んだ。

　次の瞬間、わっと歓声をあげて隊員達は駆け出していた。

きむらじゅんこの憂鬱IV

キャラクター・デザイナーにして挿し絵画家!

こんにちは、もう冬も近づき、
夜は冷えこみがタタタキビシく
なってきました。

……まだタンスの中は夏一色
ですけど!!

衣がえめんどくさっ…

カンパしにず〜〜っと関わってきた
私ですが、
熊本にすんで○年になる私ですが…
こう季節のうつりかわりを何回みても…
熊本の地理がよくわかって
いません… 近所ですら…
熊本よすまん…

やな絵になっちゃった…におい
そう…

このスペース、シメはだれにしようかなと思って…思って…
ウイチタさんになってしまいました。エヘッ
え〜と…では最ごに…
今まで本を見て下さった方、
小説をかいて下さった方、
E編集さん
デザイナーさん
etc…
どうも
おつかれさん
でした!
ありがと——っした!!
いやもう今回は
もうもうもう…
編集さんには!!
おせわになりました

高機動幻想
ガンパレード・マーチ

機種●	プレイステーション用ソフト
メーカー●	ソニー・コンピュータエンタテインメント
ジャンル●	GAME
定価●	5,800円(税抜)
発売日●	2000年9月28日発売

アクション、アドベンチャー、シミュレーション……。ジャンル表記がままならないほど、ゲームのあらゆる面白さを、すべて盛りこんでしまった作品。舞台となるのは異世界から来た幻獣との戦いが激化する日本。プレイヤーは少年兵として軍の訓練校に入学し、パイロットとして腕を磨いていく。ゲームの進行はリアルタイム。学園生活で恋愛するもよし、必死で勉強するもよし、戦闘に明け暮れるもよし。自由度の高いシステムの中で、自分なりの楽しみ方を見つけよう!

◉榊　涼介著作リスト

「偽書信長伝　秋葉原の野望　巻の上・下」（角川スニーカー文庫）
「偽書幕末伝　秋葉原竜馬がゆく㈠〜㈢」（電撃文庫）
「アウロスの傭兵　少女レトの戦い」（同）
「疾風の剣　セント・クレイモア」全3巻（同）
「忍者　風切り一平太　刺客・妖霊星」（同）
「忍者　風切り一平太②　花の桔梗組！」（同）
「忍者　風切り一平太③　抜け忍・沖ノ石つばめ」（同）
「忍者　風切り一平太④　小漣、都へのぼる」（同）
「鄭問之三國誌〈一〉〜〈三〉」（メディアワークス刊）
「神来—カムライ—」（電撃ゲーム文庫）
「7BLADES　地獄極楽丸と鉄砲お百合」（同）
「ガンパレード・マーチ　5121小隊の日常」（同）
「ガンパレード・マーチ　5121小隊　決戦前夜」（同）

本書に対するご意見、ご感想をお寄せください。

■

あて先

〒101-8305 東京都千代田区神田駿河台1-8 東京YWCA会館

メディアワークス電撃ゲーム文庫編集部

「榊 涼介先生」係

「きむらじゅんこ先生」係

■

電撃文庫

ガンパレード・マーチ
5121小隊《しょうたい》 熊本城決戦《くまもとじょうけっせん》

榊《さかき》 涼介《りょうすけ》

発行 二〇〇二年十一月二十五日 初版発行
二〇〇四年十二月三十日 五版発行

発行者 佐藤辰男
発行所 株式会社メディアワークス
〒一〇一-八三〇五 東京都千代田区神田駿河台一-八
東京YWCA会館
電話〇三-五二八一-五二二二(編集)

発売元 株式会社角川書店
〒一〇二-八一七七 東京都千代田区富士見二-十三-三
電話〇三-三二三八-八六〇五(営業)

装丁者 荻窪裕司(META+MANIERA)

印刷・製本 あかつきBP株式会社

ISBN4-8402-2239-8 C0193

電撃文庫創刊に際して

文庫は、我が国にとどまらず、世界の書籍の流れのなかで〝小さな巨人〟としての地位を築いてきた。古今東西の名著を、廉価で手に入りやすい形で提供してきたからこそ、人は文庫を自分の師として、また青春の想い出として、語りついできたのである。

その源を、文化的にはドイツのレクラム文庫に求めるにせよ、規模の上でイギリスのペンギンブックスに求めるにせよ、いま文庫は知識人の層の多様化に従って、ますますその意義を大きくしていると言ってよい。

文庫出版の意味するものは、激動の現代のみならず将来にわたって、大きくなることはあっても、小さくなることはないだろう。

「電撃文庫」は、そのように多様化した対象に応え、歴史に耐えうる作品を収録するのはもちろん、新しい世紀を迎えるにあたって、既成の枠をこえる新鮮で強烈なアイ・オープナーたりたい。

その特異さ故に、この存在は、かつて文庫がはじめて出版世界に登場したときと、同じ戸惑いを読書人に与えるかもしれない。

しかし、〈Changing Time, Changing Publishing〉時代は変わって、出版も変わる。時を重ねるなかで、精神の糧として、心の一隅を占めるものとして、次なる文化の担い手の若者たちに確かな評価を得られると信じて、ここに「電撃文庫」を出版する。

1993年6月10日
角川歴彦